N&K

Marcelo Figueras

Der Spion der Zeit

Roman

Aus dem Spanischen von
Sabine Giersberg

Nagel & Kimche

Dieses Werk wurde im Rahmen des «Sur»-Programms
zur Förderung von Übersetzungen des Außenministeriums
der Republik Argentinien verlegt.

Titel der Originalausgabe: *El espía del tiempo*

1 2 3 4 5 14 13 12 11 10

Herstellung: Andrea Mogwitz und Rainald Schwarz
Satz: Satz für Satz. Barbara Reischmann
Druck und Bindung: Friedrich Pustet
ISBN 978-3-312-00458-4
Printed in Germany

The blood-dimmed tide is loosed, and everywhere
The ceremony of indifference is drowned
The best lack all conviction, while the worst
Are full of passionate intensity.

William Butler Yeats, The Second Coming

Erster Teil

I have been here before.

Dante Gabriel Rossetti

I

Trotz der außergewöhnlichen Umstände, unter denen er sich ereignete, wurde vom Tod General Ferrers kaum Notiz genommen.

Eine Reihe von Zufällen führte dazu, dass die Nachricht auf den hinteren Seiten der Zeitungen landete. Die Titelseiten berichteten an jenem Tag über einen Skandal im Parlament, den Auftakt eines umstrittenen Prozesses und eine Bluttat, die die Polizei in ein schlechtes Licht rückte. Gleichlautend war in allen Gazetten von Meineid, Tod und Verrat die Rede.

Die Tatsache, dass Ferrer an diesem Tag in den Hintergrund trat, verwunderte niemanden. Unter den Generälen war er stets die farbloseste Gestalt gewesen. Ein Bürokrat mit Haut und Haar und einem unverkennbaren Hang zur Intrige. Zwar hatte er an allen Staatsakten teilgenommen, doch seine Stimme war dem Volk nahezu unbekannt geblieben. Nicht einmal auf Fotos war er richtig auszumachen. Der Fokus der Journalisten hatte stets auf General Moliner mit seiner andachtsvollen Haltung gelegen, oder auf General Prades, der stolzgebläht davon träumte, in die Geschichte einzugehen; oder später, während des Krieges, auf dem erbärmlichen Major Abellán.

Die Archivbilder anlässlich seines Nachrufs beschworen eine Vergangenheit voller Gräueltaten herauf. Doch von allem, was das abgesetzte Prätorianerregime betraf, wollten die Bewohner Trinidads nichts mehr wissen. Jetzt, da der Frühling Einzug hielt, die Küstenstraße sich mit Studenten bevölkerte und auf den Boulevards die ersten Blumen sprossen, wer wollte sich da noch an die Zeiten im Land der Schuld erinnern?

Drei Tage später starb Major Abellán.

Während Ferrer die Tugend der Zurückhaltung kultiviert hatte, war Abellán stets ein Polterer gewesen. Er hatte eine vom Schnaps rauhe Befehlsstimme, und auch seine gerötete Nase zeugte von diesem Laster. Abellán hatte die alleinige Verantwortung für den Krieg auf sich genommen, der Tausende von Menschenleben gekostet hatte und dessen einzige Richtschnur die Unvernunft gewesen war.

Jetzt war auch Abellán tot. Was blieb, waren Tonbandaufzeichnungen seiner Stimme, Kriegsstatistiken, die Heldentaten eines Trinkers. Und der Kelch der Erinnerung wäre benutzt, gesäubert und schnell im Archiv versenkt worden, hätte nicht dieses absonderliche Vorkommnis, dieser dissonante Ton, dazwischengefunkt, der so gar nicht nach einem harmonischen Schlussakkord klang.

Wie Ferrer starb auch Abellán auf spektakuläre Weise.

II

In beiden Fällen ereignete sich der Tod am frühen Morgen. Sowohl Ferrer als auch Abellán befanden sich allein in ihren Häusern. Ferrers Frau war mit ihren Enkeln am Freitag ins Landhaus gefahren, wohin der General am nächsten Tag nachkommen sollte. Abellán war schon vor Monaten von seiner Frau verlassen worden. Erst durch den Tod erfuhr man von der Trennung: Bei ihrem Auszug hatte der polternde Soldat von seiner Frau nichts weiter als Diskretion verlangt.

Am Montagmorgen kam die Hausangestellte der Ferrers eine Stunde später als gewöhnlich. Sie ging wie selbstverständlich davon aus, dass der General auf dem Land weilte.

Ohne auch nur einmal von ihrem Eimer und dem Putzlappen aufzublicken, arbeitete sie bis zum Mittag.

Um zwölf Uhr klingelte das Telefon. Ein Ferngespräch: Frau Ferrer, aus dem Landhaus. Die Hausangestellte musste sie bitten, lauter zu sprechen, denn das Gebell der Hunde (sie waren den ganzen Vormittag über schon unruhig gewesen) war ohrenbetäubend. Frau Ferrer fragte nach dem General. Die Hausangestellte hatte ihn noch am anderen Ende der Leitung geglaubt, erst da fiel ihr auf, dass Ferrers Auto an seinem gewohnten Platz neben dem Brunnen stand.

Ferrer reagierte nicht auf ihr Klopfen an der Schlafzimmertür. Zögerlich trat sie ein. Der General blieb nie bis mittags im Bett. Doch der Raum war leer und das Bett unberührt. Ferrer hatte nicht dort übernachtet. Wo er sich auch befinden mochte, mit dem Auto war er jedenfalls nicht gefahren. Die Hausangestellte machte sich keine weiteren Gedanken über seinen Verbleib. Der General war ein strenger Mann ohne bekannte Laster, eine durchzechte Nacht war nicht sein Stil.

Sie kehrte in die Küche zurück und widmete sich weiter ihrer Arbeit. Sie lief barfuß – eine der kleinen Freiheiten, die sie sich erlaubte, wenn sie wusste, dass sie allein im Haus war. Doch die Abwesenheit des Generals ließ ihr keine Ruhe. Das Hundegebell war unerträglich. Sie nahm ein Stück Fleisch und ging nach draußen.

Im Park spürte sie gleich, dass etwas Ungewöhnliches geschehen war. Ferrer besaß zwei Hunde, einen Deutschen Schäferhund und eine Colliehündin. Nun zählte sie sechs. Der Collie war nicht dabei, und die anderen waren von undefinierbarer Rasse. Unermüdlich rannten sie hin und her, ohne einander zu berühren, als würden sie einen heiligen Ort bewachen.

Ein einziger schafsgroßer Hund bemerkte sie. Ohne nachzudenken, warf sie das Stück Fleisch weit von sich. Es troff vor Blut. Der Hund machte einen Satz und stob in die gewünschte Richtung davon; ein anderer folgte ihm still. Nur die Fliegen ließen sich nicht von dem Köder anlocken. Es mussten Tausende sein. Bei jedem ihrer Schritte flogen sie in Schwärmen vom feuchten Boden auf.

Die Hausangestellte fand einen Schuh unter dem Rosenstrauch. Er gehörte dem General. Womöglich hatte er ihn den Hunden nachgeworfen, um sie zum Schweigen zu bringen. Doch das passte eigentlich nicht zu ihm: Der General hätte sie bei den Ohren gepackt und sie gezwungen, still zu sein; er hätte ihnen mit der Peitsche den Rücken zerfetzt.

Mit fuchtelnden Armen versuchte sie, die Tiere zu verscheuchen. Das wirkte zwar wenig überzeugend, doch es half. Die Hunde hatten Respekt vor ihr. Man hörte ein letztes Bellen, eher kläglich, und die Tiere trollten sich alle in dieselbe Richtung, wie Schauspieler, wenn der Vorhang fällt.

Zu ihren Füßen entdeckte die Hausangestellte einen formlosen Haufen, ihr wurde übel. Ein Klumpen aus Fell und Blut, der Collie. Er hatte keine Ohren mehr.

Sie ließ den Schuh des Generals fallen, als hätte er plötzlich Feuer gefangen.

Fliegen krabbelten ihr über die nackten Füße. Beim Zurückweichen stieß sie mit der Ferse gegen einen Körper zwischen den Blumen. Ein Hund? Nein, ein Mensch. Einer, dem ein Schuh fehlte.

Der General sah aus, als ob er schliefe. Er hatte die Augen geschlossen, und sein Gesicht war friedlich. Nur seine Haut war trocken und aschfahl, als wäre er einer Tropenkrankheit zum Opfer gefallen.

Der Hausangestellten fiel nicht auf, dass ihre Füße rot waren. Sie bemerkte es erst, als sie ihre Fußspuren auf dem

Boden im Haus sah, während sie mit zittrigen Fingern eine kurze Telefonnummer wählte.

Auch die Polizisten verhielten sich nicht gerade vorbildlich. Sie waren bereits überall herumgetrampelt, als Carranza, der Gerichtsmediziner, ihnen mitteilte, Ferrers Körper sei völlig ausgeblutet (er hatte nicht einen Tropfen mehr aus ihm herausbekommen), und das Blut könne überall im Park verteilt sein.

Was sie an ihren Schuhsohlen umgehend bestätigt fanden.

III

Major Abellán wurde von einem Nachbarn gefunden. Die merkwürdigen Umstände waren den Vorsichtsmaßnahmen geschuldet, die der Major aus K in den letzten Jahren ergriffen hatte.

Abellán verbrachte die Abende in seinem Arbeitszimmer. Da das Heulen des Windes an seinen Nerven zerrte (einmal bildete er sich ein, drei weibliche Gestalten würden ihn mitten im Sturm aus den Bäumen rufen), ließ er alle Luftöffnungen verschließen, Türritzen, Fensterrahmen. Mit der Verzweiflung hatte er sich abgefunden, bloß stumm sollte sie sein.

Besagter Nachbar war am Morgen im Hof damit beschäftigt, die abgefallenen Blätter zusammenzukehren, die seinen Garten verschandelten. Er kniete auf dem Boden und jätete Unkraut, als er hinter Abelláns Fenster etwas Merkwürdiges bemerkte. Etwas derart Ungewöhnliches, das es dem gesunden Menschenverstand und seinem Verständnis für physikalische Gesetze vollkommen zuwiderlief. Er wollte der Sache auf den Grund gehen. Eine dicke Mauer trennte die beiden Anwesen voneinander, Abelláns Haus stand auf einer leichten Erhebung. Der Nachbar konnte das Phänomen nicht genau ergründen, doch sein erster Eindruck fand sich bestätigt.

Im Arbeitszimmer des Majors schwebte etwas.

Er ging ans Telefon und wählte Abelláns Nummer, drüben nahm niemand ab. Was nicht weiter verwunderlich war, denn für gewöhnlich schlief Abellán bis zum frühen Nachmittag. Doch dieses Anzeichen von Normalität reichte dem Nachbarn nicht aus. Er sammelte die zusammengekehrten Blätter ein, machte sich einen Tee, das Bild ging ihm jedoch nicht mehr aus dem Kopf.

Das Tor zu Abelláns Grundstück stand offen, die Haustür hingegen war verschlossen. Er beschloss, einmal um das Haus herumgehen und, falls nötig, ans Fenster im Arbeitszimmer zu klopfen. In den Bäumen zwitscherte ein Vogel. Erst dieses einsame Zwitschern machte ihn darauf aufmerksam, wie still es um das Gebäude herum war.

Der schwebende Gegenstand, bei dessen Anblick er zunächst an eine große Spinne gedacht hatte, entpuppte sich als Fußbank. Vier gedrechselte Beine, ein bordeauxfarbener Bezug. Der Nachbar versuchte weiter hineinzuspähen, aber das Zimmer war von einer grauen Wolke ausgefüllt. Es dauerte einen Moment, bis die von seinen Füßen aufsteigende Kälte ihm klarmachte, dass er in einer Pfütze stand. Die graue Wolke war Wasser.

Er stellte sich Abelláns Tobsuchtsanfall vor, wenn er feststellte, dass sich sein Refugium in ein Aquarium verwandelt hatte. Aber der Major hatte das Haus gar nicht verlassen.

Seine Leiche schwamm langsam am Fenster vorbei. Sein Mund stand offen, ein Auge war halb geschlossen, das andere blickte erstaunlich klar nach draußen. Es schien ihn unentwegt anzusehen. Da drehte sich der Körper, von einer Strömung erfasst, einmal um die eigene Achse.

Der Nachbar machte einen Schritt zurück. Abelláns Hände, dafür geschaffen, auf Tische zu schlagen und Kanonen zu ölen, sagten ihm Lebewohl.

IV

So ging Major Abelláns Traum, noch einmal die Titelseiten der Tageszeitungen einzunehmen, in Erfüllung.

Von einem Unfall war die Rede (doch die Ermittlungen ergaben, dass die Rohrleitungen in gutem Zustand waren) und von Selbstmord. Abellán hätte allen Grund dafür gehabt.

Man sprach über die Depression, in die er nach seiner unehrenhaften Entlassung gefallen und die durch den Weggang seiner Frau und den Tod Ferrers wohl noch verschlimmert worden war. Man sprach sogar von Schuldgefühlen gegenüber den Opfern des von ihm angezettelten Krieges, als müssten die Worte «Massaker» und «Schuld» zwangsläufig aufeinanderfolgen; eine gewagte Hypothese.

Dies war aber schon das einzige Detail, über das in den Berichten spekuliert wurde. Nicht einmal die Boulevardzeitungen mit ihrem Hang zur Dramatik stellten die naheliegenden Fragen. Sie schrieben lediglich, Abellán sei ertrunken, und unterstrichen das Makabre an diesem «Unfall». Missachtung von Logik war man bei ihnen ja gewohnt.

Die Diskretion, mit der sie des Themas Herr zu werden glaubten, war bereits einen Tag später verpufft, als eine Reihe *spontaner* Demonstrationen (sie setzten das Wort kursiv, um anzudeuten, dass sie den Absichten der Demonstranten misstrauten; und die Herausgeber misstrauen, wie man sieht, allem Kursiven) mit Ausschreitungen, kaputten Scheiben und zahlreichen Verletzten endete, und das nicht nur in Santa Clara, der Hauptstadt der Republik Trinidad, sondern auch in einigen bedeutenden Provinzstädten.

Die Demonstranten behaupteten, den gewaltsamen Tod Abelláns zu feiern. Sie sähen darin eine Wiedergutmachung für die Opfer des Prätorianerregimes.

Ähnliche Jubelgesänge waren in ganz Santa Clara zu hören. Die Plaza de la Victoria war das Epizentrum eines Marsches mit den Pappmachékonterfeis vom Henker Moliner und General Prades' an der Spitze, die man als nächste Opfer der rächenden Hand Gottes hinstellte. Die Figuren wurden nach Sonnenuntergang in einer feierlichen Zeremonie eingeäschert, die an die Fackelumzüge der Bonfire Night erinnerte.

Die Angelegenheit wurde zunehmend politisch. Ob die Tode auf Haushaltsunfälle zurückgingen, wie die Regierung es sehen wollte, war nicht so wichtig wie die Tatsache, dass die Vorsehung hier ganz offensichtlich das Amt der Justiz übernahm. Die Debatte über die Amnestie, die die Prätorianer vor lebenslanger Haft bewahrte, wurde neu entfacht. Hartnäckig verkündete die Regierung, das Gesetz könne unmöglich wieder rückgängig gemacht werden, ein Ausnahmegesetz lasse sich nicht einfach durch ein weiteres Ausnahmegesetz annullieren. So absurd die Argumentation auch war, es gelang dem Regierungschef, die Stimmen gegen die Amnestie zum Schweigen zu bringen. Keines der Kabinettsmitglieder konnte sich jedoch des Gefühls erwehren, man habe sie lächerlich gemacht. Und das kam einem Säbelhieb auf den gordischen Knoten ihrer Autorität gleich.

Man bat die Trauernden, sich mit den Vorbereitungen für die Begräbnisfeierlichkeiten zu beeilen. Dennoch gestalteten sich die Beerdigungen als eine Art Parade mit Neugierigen, Jubelnden, Hunderten von Polizisten und unzähligen Kameras.

Höhepunkt beider Begräbnisse war der Auftritt von Moliner und Prades. Man hatte ihnen nahegelegt, schriftlich zu kondolieren, doch das hatten sie abgelehnt. Der eine wie der andere genoss den Tumult, der es ihnen erlaubte, sich einvernehmlich mit dem Mob zu zeigen, wenn auch aus anderen Gründen: Sie lehnten die Amnestie ab, weil sie in ihren Augen eine erbärmliche Lösung war, die sie mit gewöhnlichen Verbrechern gemein machte. Und sie wollten mehr als die Freiheit. Sie wollten bejubelt werden. Daher ließen sie keine Gelegenheit aus, ihr Missfallen daran zu bekunden, auch wenn Prades das wie gewohnt mit seinem unerschütterlichen Lächeln tat.

V

Der Minister setzte den Polizeichef unter Druck, die Ermittlungen zügig zu Ende zu bringen. Der Polizeichef bedrängte seinen besten Mann, Kommissar X, der von Anfang an mit der Angelegenheit betraut war. Kommissar X gab das Ultimatum an seine Kollegen von der Abteilung für kriminaltechnische Untersuchung weiter. Und dort gingen die Ermittler noch einmal alles durch, beugten sich über ihre Mikroskope, erhitzten die Pipetten.

Man fand genauso viel heraus wie bei den ersten Ermittlungen: nichts. Als gesichert galt lediglich, dass Ferrer verblutet und Abellán ertunken war; dort standen die perlfarbenen Glasfläschchen mit dem Wasser aus seinen Lungen. Die Kriminaltechniker tüteten ihre Berichte ein (eine Kopie der früheren, mit ein paar Unterstreichungen und einem neuen Datum versehen) und schickten sie an Kommissar X, der mit seiner Kündigung unter dem Arm zum Polizeichef marschierte.

Die Opposition wollte aus dem Wirbel Kapital schlagen. Ihre Gesetzesfachleute schlugen vor, eine Kommission zu gründen, die das Amnestiegesetz noch einmal prüfen sollte. Wie gewohnt setzten sie lieber auf lange Debatten und Papierkrieg, statt auf die einzige Hand Druck auszuüben, die das Ganze rückgängig machen konnte.

General Prades parkte sein Coupé vor den Journalisten, die sein Haus belagerten, und erklärte, er verzichte auf jeglichen Polizeischutz. Diesen habe man ihm angeboten, ohne näher zu erläutern, ob man ihn vor einem *spontanen* Angriff des Mobs oder vor dem bewahren wolle, das zum Tod von General Ferrer und Major Abellán geführt hatte, was es auch gewesen sein mochte.

«Wie soll mich ein Polizeiapparat schützen», sagte Prades, «der nicht einmal in der Lage ist, herauszufinden, wie das Wasser in dieses Haus gelangt ist?»

VI

Eine weitere Frage beschäftigte die Polizei. Nach der Kündigung von Kommissar X brauchte man einen neuen Chefermittler. Erste Wahl war ohne Zweifel Kommissar Y, ein Polizeibeamter, der mit seiner Verhaftungsliste einen neuen Rekord aufgestellt hatte. Doch Y lehnte das Angebot ab. Er stand einen Monat vor seiner Pensionierung und fand es unprofessionell, mit einer Ermittlung zu beginnen, die er kurz darauf abbrechen müsste.

Z hingegen nahm an. Er zog sich mit den Akten in sein Büro zurück. Eine Stunde später kam er wieder heraus, um sich ein Glas Wasser zu holen. Ein Anfall streckte ihn auf halbem Weg nieder, von Krämpfen geschüttelt lag er auf dem Flur. Die Diagnose im Krankenhaus lautete eindeutig auf Hirnschlag, und die Ärzte konnten nicht mit Bestimmtheit sagen, ob er je wieder laufen oder richtig sprechen können würde.

Der Minister höchstpersönlich bestellte den Polizeichef ein, um mit ihm über «einen Gedanken» zu sprechen, «der mir gerade in den Sinn gekommen ist». Arglos eilte der Polizeichef sofort zu ihm; seit den Ereignissen der letzten Tage wunderte er sich über gar nichts mehr. Und so traf ihn das Ansinnen des Ministers völlig unvorbereitet.

Der Minister wollte Van Upp als Chefermittler.

Bei der bloßen Erwähnung dieses Namens verschüttete der Polizeichef seinen Tee. Er brachte gleich den ersten Einwand vor: Van Upp hatte einen Nervenzusammenbruch erlitten. «Einen heftigen», betonte er und sah dem Minister in die Augen; er fragte sich, ob er offen sprechen und ihm sagen sollte, dass Van Upp verrückt geworden war.

«Soweit ich weiß, ist er vollständig genesen», sagte der Minister.

Der Polizeichef zuckte mit den Schultern. Damit war alles gesagt, aber er wollte nicht Gefahr laufen, falsch verstanden zu werden, und formulierte es noch einmal in aller Deutlichkeit: «Niemand erholt sich vollständig von so was.»

Der Minister blätterte in den Akten, die vor ihm auf dem Tisch lagen. Sein Standort erlaubte dem Polizeichef zwar keinen genauen Einblick, aber er konnte sich vorstellen, was sie enthielten: die Berichte von Van Upps Einweisung, gespickt mit psychiatrischen Fachbegriffen und konkreten

Angaben über die Verabreichung von Medikamenten und Elektroschocktherapien.

Der Polizeichef hatte diese Akte vor einiger Zeit gelesen, als er nach Aufschlüssen über Van Upps Herangehensweise suchte. Er erinnerte sich, wie bemüht der Verfasser gewesen war, einer Reihe von unwichtigen Informationen Bedeutung zu verleihen. Der literarischen Bildung Van Upps beispielsweise. (Der Ermittler hatte eine Vorliebe für die Texte Shakespeares, die, wie er fand, eine ganze Welt enthielten; der Polizeichef, der sich höchstens mal ein Stück von Agatha Christie im Theater ansah, war der Meinung, Shakespeare und die Polizei seien wie Sonne und Mond und könnten sich unmöglich denselben Himmel teilen.)

«Das Schlimmste, was passieren kann», bemerkte der Minister, «ist, dass die Ermittlungen keinerlei neue Erkenntnisse bringen. Dann stünden wir wieder genau da, wo wir jetzt stehen.»

Dem Polizeichef fiel noch allerhand anderes ein, das schiefgehen könnte, aber er hatte das Gefühl, der Minister wolle nichts davon hören. Die Entscheidung war gefallen. Offenkundig zog die Regierung Möglichkeiten in Betracht, bei denen sie weit Schlimmeres in Kauf nahm, als sich der Lächerlichkeit preiszugeben.

Mit einem Griff nach der Lampe dämpfte der Minister das Licht. Das Zimmer wurde dunkel bis auf den Bereich, in dem die beiden Männer sich unterhielten. Der Polizeichef lauschte seinen eigenen Atemzügen. Sie kamen ihm unnatürlich vor.

«Dann sind wir uns also einig», hörte er den Minister sagen.

Als er das Büro verließ, war die Vorzimmerdame nicht mehr da. Auch keiner vom Sicherheitsdienst. Der Polizeichef durchquerte ungehindert den Flur und trat auf die

Straße hinaus. Er dachte, wenn er ihn vor irgendeinem Gericht beweisen müsste, gäbe es für seinen nächtlichen Besuch keinen einzigen Zeugen.

VII

Das Gebäude des Polizeipräsidiums hatte früher als Parlamentssitz gedient. Und zwar während der ersten Zeit der Republik, als die Institutionen noch kurzlebiger waren als die Kämpfe. Unter diesen Umständen schien es sinnvoll, die Rückseite des Gebäudes auf das Meer hin auszurichten. Drohte eine Revolte, musste man nur hinunter zum Kai gehen, ein schnelles Schiff besteigen und Kurs auf ein Nachbarland nehmen. Auf Höhe des Meeresspiegels lagen die Labore. Die Büros der Angestellten waren auf die Zwischenstockwerke verteilt. Nur das Büro des Chefs befand sich im obersten Stock.

Zehn Jahre lang hatte Kommissar X die Abteilung Sechs geleitet. Sie bestand aus zwanzig Männern und Frauen, die er aus den Absolventen der Polizeischule ausgewählt und nach drei ebenso fragwürdigen wie beklemmenden Prinzipien gedrillt hatte.

Das erste lautete: WER IN DIESES KOMMISSARIAT EINTRITT, LASSE ALLE HOFFNUNG FAHREN, in Anlehnung an das Zitat, das über den Toren der Hölle prangte. Kommissar X wollte damit klarstellen, dass die Polizeiarbeit jedes andere Lebensziel ausschloss.

Das zweite Prinzip – HALTE DICH IM ZWEIFELSFALL AN DIE REGELN – rief dazu auf, sich streng nach den Vorschriften zu richten, und wandte sich gegen jeglichen Einsatz von Phantasie.

Und das dritte Prinzip war das klassische DURA LEX. Das Gesetz mag zwar hart sein, aber es gilt. Ausnahmslos.

Kommissar X war ein Mann mit eingefahrenen Denkmustern, einer von denen, die zunächst blind versuchen, den Sturm im Wasserglas einzufangen, anstatt sich erst einmal seiner Analyse zu widmen. Sein Aufstieg bei der Polizeibehörde hatte niemanden erstaunt. Erstaunlich hingegen war, vor allem für X selbst, dass die Prinzipien, die ihn ganz nach oben gebracht hatten, genauso zuverlässig zu seinem Absturz führten.

Weil sie noch jung waren, aber auch weil das Leben naturgemäß gegen Zwänge aufbegehrt, konnte X in den Ermittlern der Abteilung Sechs nicht die Ebenbilder sehen, die er sich erträumt hatte.

Da war Nora Duarte, eine Brünette mit geschmeidigem Körper und dem strengen Gesicht einer Fruchtbarkeitsgöttin. Ihre wissenschaftliche Ausbildung verbot es ihr, sich selbst den abwegigsten Hypothesen zu verschließen. Sie gehörte zu denen, die den Sturm analysieren und das Glas ausschließlich zum Trinken verwenden.

Dann gab es Dumont, den Frischling. Der Einzige, der die strengen Regeln, die X ihnen aufzwang, rechtfertigte (das wird schon alles seinen Grund haben, erklärte er). Auch beherzigte er dessen Rat, «Feldstudien» außerhalb der Dienstzeit zu betreiben, was bedeutete, dass er vor dem Zubettgehen noch ein paar Bierchen im Cienfuegos trank.

Und dann war da Nadal, einer der Veteranen. Die Zeit, die er gebraucht hatte, um die Karriereleiter emporzuklettern, hatte ihn gelehrt, dass die von Kommissar X so bewunderte Lex alles andere als ein perfektes Instrument war. Sie war eher wie ein Gebrauchtwagen: Ständig musste man etwas nachjustieren, manchmal ein bisschen anschieben, und nicht selten musste man aussteigen, um sein Ziel zu erreichen.

An diesem Morgen unterhielten sich die drei in den Räumlichkeiten des Kommissariats, während sie darauf warteten, dass Van Upp den Chefsessel einnahm. Seine Ernennung bereitete ihnen Kopfzerbrechen. Die Frage war, ob man Van Upp ausgewählt hatte, um die Ermittlungen voranzutreiben, oder weil man sichergehen wollte, dass sie möglichst schnell zu den Akten gelegt wurden.

«Van Upp, was ist das für ein Name?», fragte Dumont und begutachtete seine Zähne im Spiegel seines silbernen Zigarettenetuis.

«Ein Name so pedantisch wie sein Besitzer», sagte Nadal.

«Welche Absicht dahintersteckt, ist doch klar», sagte Nora Duarte. «Van Upp war während des Prätorianerregimes nicht im Dienst. Also steht er nicht bei ihnen in der Pflicht. Und das schlechte Ansehen der Polizei wird nicht mit ihm in Verbindung gebracht. Van Upp war an keinen fragwürdigen Einsätzen beteiligt. Er ist sauber.»

«Da hab ich aber was anderes gehört», sagte Nadal.

«Und was ist das für eine Geschichte mit seinem Zusammenbruch?», fragte Dumont und zündete sich eine Zigarette an.

«Auf Gerüchte aus Polizeikreisen darf man nichts geben», sagte Nora Duarte.

«Warum nicht?»

«Weil wir unabhängig von aller unterschiedlichen Ausbildung, Methodik und Zielsetzung eins gemeinsam haben: den Hang zur Melodramatik.»

«Alles, was ich weiß, weiß ich aus erster Hand. Von Freunden. Kollegen», sagte Nadal.

«Genau das meinte ich», sagte Nora Duarte.

«Ich kenne einen Ermittler, der in der Brandnacht vor Ort war», sagte Nadal unbeirrt.

«Brand?», fragte Dumont.

«Der Mann sagt, Van Upp sei schuld an der Katastrophe gewesen, auch wenn im Bericht von einem Unfall die Rede ist», sagte Nadal. «Und dass Van Upp in undurchsichtige Geschäfte mit der EuroBombay verwickelt gewesen sei. Was hätte er sonst dort zu suchen gehabt?»

«Könnte mir mal einer verraten, worum es geht?», beschwerte sich Dumont.

«Der große Brand im Hafen. Vor zehn Jahren.»

Dumont nickte. Allmählich fügten sich die Puzzleteile in seinem Kopf zusammen.

«Es heißt, Van Upp ...», hob Nadal an.

Aber ein Geräusch lenkte ihn ab. An der Tür machte sich jemand daran, mit einem spitzen Gegenstand den Namen von Kommissar X vom Milchglas zu kratzen.

«Das geht aber schnell. Z hat seinen Namen nicht einmal dort stehen gesehen», sagte Dumont.

«Vor zehn Jahren hat Kommissar X in einem Mordfall in Verbindung mit Schmuggel ermittelt», sagte Nadal. «Eine ziemlich große Sache, an der die Abteilung Sechs, aber auch der Geheimdienst und sogar das Wirtschaftsministerium beteiligt waren: Sie hatten die EuroBombay-Gesellschaft wegen Betrugs, Steuerflucht und weiß ich was im Visier. Ein Hinweis führte den Kommissar an den Kai 17, wo sich eins der Lager der EuroBombay befand. Das Gebäude war noch nicht umstellt, da fielen schon die ersten Schüsse. In der Halle brach Feuer aus. Sie verfügte nicht über den entsprechenden Brandschutz. Holzbau, Kisten, Verpackungsmaterial ... Innerhalb von Minuten brannte sie lichterloh. Zur Überraschung aller ging plötzlich eine der Türen auf, und Van Upp trat heraus.»

«Van Upp, der Vorzeigepolizist der Einheit. Van Upp, der Unfehlbare. Van Upp, der Ästhet», sagte Nora Duarte.

«... völlig weggetreten, hustend, kurz vor dem Ersticken,

wirres Zeug redend. Man fragte ihn, was er dort mache und was da drinnen vorgefallen sei, aber ...»

«... Van Upp konnte nicht antworten. Er stand unter Schock. Er lag ein paar Tage im Krankenhaus und sprach auf nichts an. Da hielten es die Ärzte für das Beste für Van Upp ...»

«Van Upp, der Verrückte», sagte Nadal. «Van Upp, mit dem Dreck am Stecken. Van Upp, der ...»

Die Tür wurde geschlossen. Der Mann, der den Namen von Kommissar X entfernt hatte (ein Hüne, wieso war ihnen das vorher nicht aufgefallen?), ging an ihnen vorbei in das Hauptbüro und zog die Tür hinter sich zu. Durch das Milchglas sahen sie, wie er seinen Mantel auszog, ganz langsam, als würde er eine zweite Haut abstreifen.

«Gott der Allmächtige», sagte Nora Duarte leise.

Das Telefon auf Nadals Schreibtisch läutete. Es läutete ein zweites Mal. Nadal wirkte seltsam beklommen. Dumont bedeutete ihm, er solle abheben.

«Abteilung Sechs», meldete sich Nadal.

Er sah seine Kollegen an (erst Nora Duarte, dann Dumont, und wieder zu Nora) und deutete mit der freien Hand zum Sancta Sanctorum von Kommissar X.

«Ja», wiederholte Nadal. «Wird gemacht, Chef.»

Dann legte er auf.

«Er will Wasser», murmelte Nadal. «Van Upp will Wasser. Heiß. Kochend heiß.»

VIII

Nora Duarte bestand darauf, ihm die Teekanne persönlich zu bringen; es war eine der wenigen Gelegenheiten, bei denen es von Vorteil sein konnte, dass sie eine Frau war. Sie klopfte. Keine Reaktion. Sie klopfte noch einmal und trat vorsichtig ein.

«Das Wasser», sagte sie.

Van Upp stand mit auf dem Rücken verschränkten Händen am Fenster und starrte verloren aufs Meer; es war einer dieser Morgen, an denen der Nebel so dicht war, dass man nicht einmal die Schiffe in nächster Nähe erkennen konnte. Er trug einen außergewöhnlich eleganten Anzug, und sein Profil hätte man sich durchaus auf einer Münze vorstellen können.

«Seltsam», sagte er, ohne sich von der Stelle zu rühren.

Nora blieb mitten im Büro stehen, die Teekanne in der Hand. Sie kam sich lächerlich vor.

«Zum ersten Mal seit zehn Jahren betrete ich dieses Gebäude wieder. Wie Sie wissen, war ich lange Zeit ...»

«Außer Dienst.»

«In einer psychiatrischen Anstalt.»

Erst da drehte Van Upp sich zu ihr um, und ein Lächeln huschte über die untere Hälfte seines Gesichts. Nora hätte seine Gesichtszüge am liebsten eingesaugt, doch das markante V der Brauen hatte etwas Unmenschliches, und sie musste den Blick abwenden.

«Ich bin überrascht», sagte Van Upp, «dass die Dinge sich so wenig verändert haben. Als wäre nichts geschehen, als hätte ich das Büro gestern und nicht vor zehn Jahren verlassen und wäre heute einfach so zurückgekehrt. Ich bin sogar denselben Weg gegangen wie damals. Kann es sein, dass weniger Bäume in den Straßen stehen?»

«Es gab lange Dürreperioden.»

«Für die meisten Leute ist es beruhigend, wenn alles gleich bleibt. Ich hingegen ... Wie sieht es mit der Einheit aus? Der Polizeichef ist noch derselbe, ich weiß. Aber sonst: Ist Arévalo noch bei der Beschaffung? Valdez bei der Internen? Carranza in der Gerichtsmedizin?»

Noras Schweigen sollte Ja bedeuten.

«Ihr Name ist Duarte, nicht wahr?»

«So ist es.» (Ihre Stimme zitterte.)

«Darf ich Sie um etwas bitten?»

«Selbstverständlich», sagte sie und stellte die Teekanne auf dem Schreibtisch ab. Sie griff nach Stift und Papier. Einen Moment lang fürchtete sie, er wolle sie zur Schreibkraft degradieren.

«Beschaffen Sie mir ein Buch oder Zeitungen, damit ich mir ein Bild von den Vorkommnissen während der Prätorianerzeit machen kann. Das eine oder das andere weiß ich vom Hörensagen, aber ich brauche genauere Informationen. Was Ferrer und Abellán betrifft, hätte ich gerne eine Kopie aller Untersuchungsberichte.»

Ein Sonnenstrahl erhellte das Büro. Van Upp zog eine getönte Brille mit Horngestell aus der Tasche; damit fiel das V der Augenbrauen weniger auf. Er hatte eine dunkle, sonnengegerbte Haut, und im Gegensatz dazu dünnes hellblondes, fast weißes Haar.

«Noch etwas?», fragte Nora.

«Jalousien.»

«Wie bitte?»

«Ich weiß, das ist unzumutbar bei Ihrem Dienstgrad», sagte Van Upp und ging um sie herum; eine Dampfsäule stieg von der Kanne auf, und Nora hatte das Gefühl, im Büro sei es eiskalt geworden. «Aber ich bitte Sie um diesen Gefallen. Ich wäre Ihnen sehr dankbar.»

Van Upp nahm sich neben ihr wie ein Turm aus. Noras Blick war starr auf die Perle in seiner Krawatte gerichtet.

«Ich melde mich», sagte er.

Unberührt ließ er die Teekanne auf dem Schreibtisch zurück, nahm Mantel und Hut und ging zur Tür.

Beim Hinausgehen fiel ihm noch etwas ein.

«Glauben Sie an das Schicksal?», fragte er Nora.

«...»

«Klingt nach einer dieser Fragen, wie man sie heute nur noch in Frauenzeitschriften liest, nicht wahr?», sagte er. «Ich habe noch nie mit einer Frau als Ermittlerin zusammengearbeitet. Was hat Sie dazu bewogen, Ihr Glück in diesem Beruf zu versuchen?»

«Mein Vater war Polizist», sagte Nora. «Und als einziges Kind musste ich mir ständig seine Kommentare, seine Einschätzungen und seine Geschichten anhören. Ich bin sicher, mein Vater hätte sich ein anderes Publikum gewünscht, aber ...»

Sie hielt einen Moment inne und hing ihrer Erinnerung nach. Dann holte sie Luft und sprach weiter.

«Ich habe schnell gemerkt, dass seine Urteile ziemlich einseitig waren. Ein Mann, der nur mit Männern zusammenarbeitet. Es fehlte ihm der Weitblick. Weibliches Denken schätzte er äußerst gering ein.»

«Das heißt, Sie glauben an die sich ergänzenden Betrachtungsweisen.»

«Genau.»

«So kann man es halten.»

«Wie sollte man es sonst halten?»

«Ein alter Freund, Carranza, ich hab ihn schon ewig nicht gesehen, hat mir mal attestiert, mir sei alles Menschliche fremd. In einem Brief, den ich sogar aufgehoben habe. Carranza sagt, ich hätte nicht den blassesten Schimmer vom

Denken und Tun, vom Wünschen und Hassen der Männer und Frauen, und daher käme es, dass ich die banalsten Dinge als beachtenswerte Phänomene analysiere. Was mich zurück zur Frage nach dem Schicksal bringt. Lange habe ich geglaubt, meine Einweisung in die Psychiatrie sei ein verkappter Segen gewesen. Finden Sie es nicht auch seltsam, dass sie exakt in die Zeit des Prätorianerregimes fällt? Ich frage mich, ob mein Zusammenbruch nicht in gewisser Weise mit Intuition oder sogar Hellsichtigkeit zu tun hatte. Es heißt, ich hätte bei meiner Einweisung in verschiedenen Sprachen gesprochen.»

Van Upp senkte den Blick, als hätte ihn eine plötzliche Unruhe überkommen.

«Seit meiner Entlassung», sagte er, «habe ich allerdings das Gefühl, der Horror, den ich erlebt habe, ist nichts im Vergleich zum Horror hier draußen. Sehen Sie das auch so, Duarte? Wer ist nun verrückter, ich oder die Leute auf der Straße, die so tun, als wäre nichts geschehen und als ginge sie die Vergangenheit nichts an?»

Nora lächelte verlegen und zupfte an ihrer Kleidung herum. Sie überlegte, ob sie zu gewagt oder unpassend war.

«Machen Sie sich ruhig einen Tee, wenn Sie mögen», sagte Van Upp. Er zog zum Abschied den Hut und verschwand.

IX

Einmal wurde eine Studentin entführt. Wenige Tage später tauchte sie tot auf einer Müllkippe auf. Durchlöchert von einem Maschinengewehr. Die Prätorianer behaupteten, sie sei bei einem Fluchtversuch niedergestreckt worden. Der Bericht verschwieg jedoch, dass die Studentin frisch an der

Wirbelsäule operiert worden und bei ihrer Entführung vom Hals bis zu den Füßen eingegipst gewesen war.

Einmal wurde ein Blinder entführt. Den Blindenhund nahmen sie auch gleich mit.

Einmal wurde ein Krüppel entführt, der auf einem Bahnhof gebettelt hatte. Im Gefangenenlager hängten sie ihn an den gefesselten Handgelenken auf und ließen ihn aus zwei Meter Höhe auf den Boden fallen; er fiel mit voller Wucht auf seine Beinstümpfe.

Einmal wurde ein Druckereibesitzer entführt. Am nächsten Tag fuhr ein Lastwagen mit Soldaten und Werkzeug vor. Stück für Stück bauten sie die Druckerpresse ab und luden sie auf den Lastwagen. Auch ein Exemplar von *Die Drehung der Schraube* von Henry James wurde mitgenommen, weil ein Soldat glaubte, es handele sich um das Handbuch zum Aufbau der Maschine.

X

Während ihrer Herrschaft über Trinidad bauten die Prätorianer ein ebenso grausames wie effizientes Vernichtungssystem aus und trieben es bis zur Perfektion.

An erster Stelle stand die Entführung ihrer Gegner. Es handelte sich um Entführungen, nicht um Festnahmen – ein gravierender Unterschied. Es gab niemals einen Haftbefehl, keinen Vermerk in den Gerichtsakten, auf den Gefängnislisten tauchten sie nicht auf, und keine Zeitung berichtete über den Vorfall. Kurz: Es existierten keinerlei Beweise dafür, dass die Prätorianer etwas mit ihrem Verschwinden zu tun hatten. Das Ganze fand im Rahmen von aufwendigen Militärmanövern statt, bei denen Horden von Uniformierten, Panzer und Eingreiftrupps aufmarschierten. In Anlehnung an einen alten Film nannten sich die hierfür eingesetzten Einheiten selbst «Die Körperfresser»; ein Scherz schlichter Gemüter, der aber zeigte, wie sehr ihnen bewusst war, dass der Kitt ihrer Macht der Terror war.

(Die aus den Lautsprechern der Militärwagen tönende Hymne ‹Onward, Christian Soldiers› hatte unerwartete Folgen. Weil ihr Erklingen stets einen Massenexodus auslöste – die Menschen verließen sofort ihre Häuser, «Die Körperfresser» nahten, und jeder konnte ihnen zum Opfer fallen –, ließen auch die Diebe und Einbrecher sie in voller Lautstärke laufen, damit sie freie Bahn hatten. Bald war die Nachricht von diesem einfallsreichen Trick bis zu den Oberbefehlshabern vorgedrungen, die darin eine Goldader witterten. Von da an verfolgte man mit den musikalisch untermalten Streifzügen ein doppeltes Ziel: die Entführung und die systematische Plünderung der verlassenen Häuser.)

Die Entführten wurden in Gefangenenlagern festgehalten. Dort fielen sie der systematischen Folter zum Opfer, die dazu diente, Informationen aus ihnen herauszupressen und ihren Geist zu brechen. Am Ende gewährte man ihnen gnädig den Tod. Eine Reihe von Massentötungsverfahren wurde ausprobiert: Gaskammern, Säurebäder. Weil dies mit Mehraufwand verbunden war und sich nur schwerlich mit der den Offizieren (im Wesentlichen Staatsbedienstete) eigenen Faulheit in Einklang bringen ließ, entschied man sich überwiegend für das Erschießen.

Als letzte Amtshandlung ließ man die Leichen verschwinden. Ziel war es, Zweifel daran zu schüren, ob der Entführte wirklich tot war. Wenn es keine Leiche gab, gab es auch keinen Beweis für ein Verbrechen. Und wenn es kein Verbrechen gab, war nicht auszuschließen, dass die mutmaßlichen Opfer noch lebten, dass sie in Kuba um Asyl ersucht hatten oder auf den Bahamas in der Sonne lagen. Die Angehörigen der Gespenster berichteten, bei der Justiz habe man ihnen das Gefühl gegeben, sie hätten sich gerade für jemanden aus dem Fenster gelehnt, der sich Tausende von Kilometern entfernt über sie lustig machte.

Damit das Regime die Kontrolle über die Leichen behielt, wählte es eine Methode, die von politischem und zugleich von unbestreitbar praktischem Nutzen war.

Die Prätorianer veröffentlichten einen Plan zur Erweiterung des Staatsgebietes. Unter großem technischem Aufwand wollte man Land aus dem Meer gewinnen. Im Glauben, die legendäre Geschichte der sich in die Nordsee hinausschiebenden Polder auf das eigene Land übertragen zu können, stellte man holländische Fachleute ein. Unsummen wurden für den Ankauf von Erde aus nichtkommunistischen Ländern aufgewendet. Und nachts, wenn die Bagger ruhten, wurden dort die Leichen entsorgt. Manche völlig nackt, andere in Treibstofftanks verstaut.

Nach dem Sturz des Regimes war es zu spät. Für Exhumierungen hätte man all die Häuser wieder abreißen müssen, die auf dem neu entstandenen Gelände gebaut worden waren. Doch das Interesse der neuen Regierung an der Wahrheit war nicht sonderlich groß; ihr war vor allem daran gelegen, die Wähler nicht zu vergraulen. Die Anklageschriften vergammelten in den Büros, und das Leben ging weiter seinen Gang. Die Leute nahmen es hin, dass sie über einen Friedhof spazierten, der sich über ganz Trinidad zog.

Dieses sich schleichend ausbreitende Gefühl war der größte Sieg der Prätorianer. Etwas, was von den Eltern wortlos an ihre Kinder übermittelt wurde. Während des Regimes unterlag alles einer Methode (die Entführungen, die Folter, das Töten), bis auf die Wahl der Opfer. Politiker, Priester, Gewerkschaftsleute, aber auch Kinder, Greise, Lehrer, Schwiegermütter, Cousins und flüchtige Bekannte von Verdächtigen waren darunter gewesen. Der Finger des Todes konnte auf jeden deuten. Manchmal traf es Leute, deren bloßer Name in den Papieren eines Entführten stand. Manchmal reichte ein simpler Zufall. (Dass man zur falschen Zeit am falschen Ort war, unter Taubheit litt und die Akkorde von ‹Onward, Christian Soldiers› nicht erkannte.) Oder ein Jugendstreich: Eine Gruppe Studenten macht sich über den Professor lustig. Sie wissen nicht, dass er bei einem Marinekorps ist. Sie werden entführt und tauchen nie wieder auf.

XI

Unter allen von den Prätorianern zurechtgestutzten Geschichten gibt es eine, bei der weder Folterungen noch Verstümmelungen, noch Kugeln im Vordergrund stehen. Vielleicht erklärt sie deshalb am allerbesten, warum der Schrecken so lange nachwirkt.

Soldaten umstellen ein Haus. Sie nehmen den Mann, die Frau, die älteste Tochter und eine im sechsten Monat schwangere Cousine mit, die gerade zu Besuch ist. Aus irgendeinem, in den Berichten nicht aufgeführten Grund bleibt M, der vierjährige Sohn des Paares, verschont; sie lassen ihn bei der Großmutter. Von dem Jungen weiß man nichts weiter, als dass er sehr schweigsam ist, stundenlang vor dem Fenster sitzt und nur im Arm der Großmutter einschlafen kann.

Jahr um Jahr verlaufen die Tage des Jungen gleich. Eines Morgens wacht er nicht mehr auf. Die Diagnose des Arztes lautet unmissverständlich auf Herzstillstand.

Unter normalen Umständen eine eher seltene Todesursache für Kinder.

XII

Van Upp verbrachte den Tag zurückgezogen hinter den Jalousien in seinem Büro. Er meldete sich nur, wenn er heißes Wasser brauchte. Als Nora mit der Teekanne hereinkam (seit Van Upps Einzug hatte sich das Büro, das vorher nur Urkunden und Familienfotos beherbergt hatte, mit exotischen Pflanzen gefüllt), bemerkte sie, dass er schon einen Blick in die Tageszeitungen geworfen hatte. Eine der Schlagzeilen war eine Anspielung auf ihn: «Ein Irrer auf der Jagd nach einem anderen Irren?»

Am nächsten Morgen stellte Nora fest, dass Van Upp noch immer in seinem Büro war. Er hatte die Nacht dort verbracht. Es war feucht im Zimmer, und obwohl das Reinigungspersonal seine Arbeit getan hatte, roch es muffig.

Nadal buhlte um ihre Aufmerksamkeit. Er wollte wissen, ob sie – dank ihres besonderen Drahts zum neuen Chef – nicht vielleicht wusste, was dieser vorhatte.

Dumont bekam einen Anruf, verließ das Büro und kam eine halbe Stunde später zurück. Er kritzelte etwas auf einen Zettel und reichte ihn Nora: «Sie fragen, wie er die Sache aufgenommen hat.» Mit dem Daumen deutete er auf die oberen Etagen.

Erst am späteren Vormittag öffnete Van Upp seine Tür. Nur einen Spalt, von ihm selbst war nichts zu sehen. Nora fragte sich, ob das ein Lockruf sein sollte, und beschloss, eine mögliche Abfuhr in Kauf zu nehmen.

Gleich beim Eintreten spürte sie die drückende Atmosphäre, fast wie unter Wasser. Der Luftbefeuchter (ein nerviges Gerät, ähnlich einem Radio, von dem ein tiefes, rhythmisches Brummen ausging) war die ganze Nacht gelaufen. Van Upp war nirgends zu entdecken. Auf dem Schreibtisch befand sich nichts weiter als ausgebreitete Bücher, die leere große Tasse und ein paar angeknabberte Früchte: Datteln.

«Hier bin ich», sagte Van Upp.

Er hockte vor dem Fenster und stapelte Zeitungen. Beim schnellen Aufstehen geriet er ins Taumeln und musste sich am Schreibtischrand festhalten.

Er sah noch genauso aus wie an seinem ersten Arbeitstag: Er trug zwar andere Kleidung, aber immer noch dieselbe Perle an der Krawatte. Nur seine Augen waren nicht mehr hell, sie waren rot. Nora hob die Hand vor den Mund. Ob sie nicht besser einen Arzt rufen sollte?

Van Upp ließ sich in den Sessel fallen. Einen Moment lang blieb er reglos, mit geschlossenen Augen, sitzen. Dann blickte er auf die Uhr, erschrak und holte eine bronzefarbene Pillendose aus der Tasche. Nachdem er zwei Pillen geschluckt hatte, nahm er Nora wieder wahr und wirkte schuldbewusst, wie ein kleiner Junge, der sich einen ganzen Riegel Schokolade auf einmal in den Mund geschoben hat.

«Und wie steht's mit Ihnen?», fragte Van Upp. «Wie haben Sie die Zeit des Prätorianerregimes erlebt?»

«In all den Jahren habe ich nur das Nötigste gesprochen, Dienst nach Vorschrift gemacht und mich in meiner Wohnung verbarrikadiert. Mein Spiegel sagt mir, ich hätte mich nicht sonderlich verändert, aber ich glaube ihm nicht», sagte Nora.

«Und welches Gefühl kommt als Erstes in Ihnen auf, wenn Sie an diese Zeit denken?»

«Angst», erwiderte Nora ohne Zögern. «Angst, gesehen zu werden. Angst, dass jemand mit dem Finger auf mich zeigt. Angst, ihnen nicht von Nutzen zu sein, und andererseits auch, es zu sein. Angst, es nicht mehr aushalten zu können; Angst, es weiter zu ertragen und dabei feststellen zu müssen, dass ich abgestumpft bin. Angst bei jedem Atemzug. Angst, den Verstand zu verlieren.»

Van Upp fasste in die Blätter einer Pflanze. Als er die Hand wieder herauszog, war sie feucht; die Luftfeuchtigkeit schlug sich in Tausenden kleiner Tropfen auf dem Blattwerk nieder. Er hielt etwas in der Hand. Die Raupe lag tot auf seiner Handfläche, blauer Glanz kondensiert an einem winzigen Körper.

«Es gibt Momente», sagte Van Upp, «da scheint der Tod die einzige Option zu sein.»

Die Raupe fing an sich zu bewegen. Wiederbelebt durch den zarten Anstoß des Lichts, begann sie sich zu winden.

«Ich wäre dann bereit, mir Abelláns Haus anzusehen», sagte Van Upp auf einmal gebieterisch. «Rufen Sie Carranza an, den Gerichtsmediziner. Wir treffen ihn dort. Vergessen Sie die Untersuchungsberichte nicht, ich will sie unterwegs lesen. Und jetzt werde ich mich ein wenig frisch machen. Und, Duarte ...», sagte er, während er die Raupe auf ein Blatt setzte.

«Ja?»

Van Upp deutete mit der freien Hand auf den Zeitungsstapel.

«Schaffen Sie die weg.»

XIII

Um in Abelláns Arbeitszimmer zu gelangen, bedurfte es des tatkräftigen Einsatzes dreier Männer. Das Wasser hatte das Holz der Tür und des Rahmens aufquellen lassen.

Schweigend nahmen sie drinnen die Folgen des Desasters in Augenschein. Die Tapeten lösten sich von den Wänden, die Möbel waren umgekippt oder verschoben worden, die Teppiche trieften vor Wasser. Es entbehrte nicht der Ironie, dass Abellán durch Einwirkung einer Flüssigkeit gestorben war, die keine Spur Alkohol enthielt.

Nora hob ein Buch vom Boden auf. Es war der erste Band von *Optimus princeps*, Paribenis monumentaler Studie zu Kaiser Trajan; zwischen den Seiten, in denen es um Trajans Kindheit in Spanien ging, steckte ein Lesezeichen. Es war klitschnass.

Ehrerbietig zog Van Upp den Hut. Er sah sich das kleine Waschbecken an, aus dessen Rohren angeblich das mörderische Wasser ausgetreten sein sollte. Er drehte einen Hahn auf.

«Dem Bericht zufolge war der Abfluss nicht durch einen gewöhnlichen Stöpsel verschlossen, sondern jemand hatte Papier hineingestopft. Weiß jemand, um was für Papier es sich gehandelt hat? Eine Zeitung? Seiten aus einem Buch?»

«Ist das wichtig?», fragte Nadal, und der Spott in seiner Stimme war nicht zu überhören.

«Ich frage mich, was Abellán gemacht hat, während das Wasser stieg», sagte Dumont. «Hat er einfach dagesessen und gewartet? Im Untersuchungsbericht heißt es, der Promillegehalt in seinem Blut sei nicht auffallend hoch gewesen.»

«Von anderen Substanzen ist darin nicht die Rede. Aber vielleicht stand er unter Drogen», bemerkte Nadal.

«Wohl kaum», sagte eine Stimme von draußen. «Bis auf einen leicht erhöhten Zuckerspiegel und eine selbst für einen Gewohnheitstrinker harmlose Menge Alkohol war Abelláns Blut sauber.»

«You wait on nature's mischief! Come, thick night, and pall thee in the dunnest smoke of hell!», sagte Van Upp.

Nora, Dumont und Nadal sahen sich fragend an.

Der Mann im Garten lachte. Sein Haar war grau und kraus wie der Schnurrbart. Er trug einen Dreiteiler und eine Brille mit schwarzem Metallgestell.

«Macbeth», sagte er. «Erster Akt, fünfte Szene.»

«Carranza», rief Van Upp und streckte die Hand aus.

Noch während der Begrüßung fiel Van Upp der fragende Blick von Nora und den anderen auf. Er lächelte.

«Ich weiß, das gehört nicht in den Bereich der Gerichtsmedizin», sagte er zu Carranza, «aber mich interessiert Ihre Meinung. Glauben Sie, dass Abellán sich umgebracht hat?»

«Er fällt nicht unter die Kategorie Selbstmörder», erwiderte Carranza ohne Zögern. «Selbstmörder hinterfragen ihr Tun, und Abellán suchte den Fehler immer bei anderen. Außerdem bringt sich doch so keiner um. Man kann sich mutig ins Meer stürzen und untergehen wie ein Stein. Aber dasitzen und warten, bis einem das Wasser an den Hals reicht und weiter steigt? Das ist wider die menschliche Natur.»

«Er hätte sich bestimmt eher im warmen Bad die Pulsadern aufgeschnitten», warf Nora ein, «er hatte ein Faible für römische Gepflogenheiten.»

«Sucht das Papier», sagte Van Upp. «Ich sehe keine Zeitungen. Es muss aus einem Buch stammen.»

Dann nahm er Carranza beim Arm und ging mit ihm hinaus in den Garten.

Nora sah den beiden nach und seufzte.

«Wusste jemand von dieser eigenartigen ... *Freundschaft*?»

«Wie sollten wir?», erwiderte Nadal. «Wenn selbst die hiesige Expertin für Vanuppologie im Dunkeln tappt, was kann man da schon von uns erwarten?»

XIV

«Wie geht es Clara?», fragte Van Upp.

«Ich glaube, gut», sagte Carranza.

«Was soll das heißen, Sie glauben?»

«Wir haben uns vor ein paar Jahren getrennt.»

«Das wusste ich nicht. Tut mir leid.»

«Ich wollte es Ihnen nicht sagen. Ich wollte Sie während Ihres Krankenhausaufenthalts nicht unnötig aufregen. Außerdem war es halb so schlimm. Bei einem so aufreibenden Job ...»

«Und wie geht es dem kleinen Lucas?»

«Mein Sohn ist inzwischen erwachsen.»

Carranza blieb stehen und betrachtete die Brille in seinen Händen.

«Ich habe schon ewig nichts mehr von ihm gehört», sagte er. «Ich sehe ihn nur noch auf den Fotos von früher.»

Van Upp blieb ebenfalls stehen. Er hätte gerne etwas zu Carranza gesagt, etwas Tröstliches, aber sein Mund war wie ausgetrocknet.

Zum Glück holte Carranza selbst ihn aus der Verlegenheit.

«Ehrlich gesagt, habe ich das Spiel vermisst», sagte Carranza.

Der Ermittler sah ihn verständnislos an.

«Das Spiel mit den Zitaten. Shakespeare», erklärte der Gerichtsmediziner. «Man zitiert einen Vers, und der andere muss das Werk, den Akt und die Szene erraten. Aber ich bin aus der Übung. Bei der Polizei gibt es nicht viele Shakespearekenner.»

«Da wäre ich mir nicht so sicher. Die meisten ähneln doch irgendeiner Shakespearefigur. Der Polizeichef zum Beispiel. Grausam, verschlagen, zu Verschwörungen neigend, erinnert der Sie nicht an Cassius?»

«Stimmt. Und wo ich jetzt so darüber nachdenke: Moliner und Prades würden sich in *Macbeth* nicht schlecht machen. Brutale Krieger, deren Weg an die Macht von Leichen gepflastert ist.»

«Noch besser passen sie in *Titus Andronicus*, ein frühes, noch ungelenkes und ziemlich blutrünstiges Werk.»

«Interessanter Gedanke. Angenommen, wir lebten in einem Universum, das von Shakespeare erschaffen wurde, oder von einem Schöpfer von shakespearescher Sensibilität ...»

«Es wäre nicht das erste Mal, dass die Wirklichkeit von der Literatur gesteuert wird.»

«Das verstehe ich nicht.»

«Jahrhundertelang hat die Menschheit versucht, sich nach Jahwe, dem Gott des Alten Testaments, zu richten – also dem Protagonisten eines Buchs. Und dann wollte sie Jesus nachfolgen, dem Gott des Neuen Testaments. Wieder ein Buch!»

«Wenn ich die Wahl hätte, würde ich mir eine andere Welt als die von *Macbeth* aussuchen. Ich würde etwas Leichteres, Netteres vorziehen. Mark Twain zum Beispiel. Das wäre mal eine schöne Welt. Ich mag die Schaufelraddampfer auf dem Mississippi.»

«Ich muss ins Haus zurück.»

«Wir könnten zusammen zu Abend essen und unser Gespräch über die literarischen Kosmen bei einem guten Tropfen fortsetzen.»

«Ich bin alle Berichte durchgegangen, und nirgendwo habe ich eine Analyse des Wassers finden können», sagte Van Upp.

«Welches Wasser?»

«Das, mit dem Abelláns Arbeitszimmer geflutet wurde.»

«So etwas erfolgt nur auf ausdrückliche Anordnung. Was versprechen Sie sich davon?»

Van Upp zuckte die Achseln.

«Man weiß nie.»

«Also dann zum Abendessen?»

«Heute Abend geht es nicht. Vielleicht, wenn alles vorbei ist.»

«Dieser Job kann sehr einsam sein», sagte Carranza.

«Das Leben auch», erwiderte Van Upp und kehrte zurück ins Haus.

XV

Die Ermittler setzten ihre Untersuchungen fort. Der Polizeibeamte H, ein Rotschopf, der aussah, als trüge er einen Brustpanzer unter dem Hemd, betrachtete ein Foto: Abelláns Ernennung zum Oberkommandierenden der Angriffstruppen, wenige Wochen vor Kriegsbeginn. Der Henker Moliner wirkte heiter.

H schüttelte den Kopf.

«Gott hat ihm seine gerechte Strafe zuteil werden lassen», murmelte er.

«Was haben Sie da gesagt?», fragte Van Upp.

«Ja, Chef?»

«Ich habe gefragt, was Sie da eben gesagt haben.»

«Mein jüngerer Bruder, Chef. Er war im Krieg und ...»

«Sie sollen sich nicht rechtfertigen, wiederholen Sie einfach nur, was Sie gesagt haben.»

«Dass Gott ihn bestraft hat.»

«Abellán?»

«Ja, das meinte ich.»

«Und Ferrer?»

«Wahrscheinlich auch, Chef.»

«Gott ist also vom Himmel herabgestiegen, um sie zu bestrafen?»

«So sagt man doch, Chef.»

Van Upp blieb die nächste Frage im Halse stecken. Alle blickten ihn erwartungsvoll an: Nora, Dumont, sogar Carranza, der im Garten stand.

«Schauen Sie einmal hier», sagte Nadal und zeigte ihm ein aufgeschlagenes Buch.

Mit den Fingern strich Van Upp über die ausgefranste Stelle in der Mitte. Es fehlten zwanzig Seiten. Jemand hatte sie herausgerissen.

«Der Abfluss wurde mit den Seiten eines Buches aus diesem Raum verstopft. Das spricht für die Selbstmordhypothese. Andererseits könnte es auch auf einen ungeplanten Mord im Affekt hindeuten», sagte Van Upp und starrte auf den Einband. Es handelte sich um eine Bibel. In Leder gefasst, durch das Wasser aufgequollen.

«Erstes Buch Mose, Kapitel vier bis elf», sagte Van Upp und dann an Nadal gewandt: «Kennen Sie sich im Alten Testament aus?»

Die Antwort des Polizisten beschränkte sich auf ein Brummen.

«Die Sintflut. Das ist das fehlende Puzzleteil», sagte Van

Upp. «Wer auch für Abelláns Tod verantwortlich sein mag: Er hat dafür gesorgt, dass wir die Tat richtig interpretieren.»

XVI

Gerichtsmediziner haben etwas von Künstlern an sich. Ihre Gebärden im Umgang mit dem Skalpell ähneln denjenigen eines Malers mit dem Pinsel auf der Leinwand; es haftet ihnen etwas Manieriertes an. Wie Schauspieler legen sie großen Wert auf die Technik, die es ihnen erlaubt, sich mit den großen Fragen des Lebens auseinanderzusetzen, ohne die Dinge wirklich an sich herankommen zu lassen. Der Tod ist für sie nur eine Zahl auf Papier. Gern treiben die Dramaturgen die Zahl der Opfer in die Höhe, im Glauben, das verleihe ihren Tragödien größeren Tiefgang. Doch trotz ihrer scheinbaren Geringschätzung des Todes genießen Theaterleute wie Gerichtsmediziner die Wirkung, die von einem vor Publikum ausgestellten Leichnam ausgeht.

Den Gestus, mit dem Carranza Abelláns Leichnam untersucht hatte, konnte man durchaus als dramatisch bezeichnen. Doch Van Upp war kein unerfahrener Zuschauer. Seine Aufmerksamkeit richtete sich auf drei aussagekräftige Details. Das erste war die Narbe, die den Brustkorb teilte. Sie begann auf Höhe des Brustbeins, machte einen Schlenker zu den Rippen und verlief dann geradlinig weiter bis zum Schambein; die Schnittführung kündete von der Nervosität, den Leichnam eines berühmten Mannes vor sich zu haben. Der Druck, unter dem gearbeitet worden war, trat auch an einem zweiten Detail zutage: winzige Kügelchen zwischen den Wimpern des rechten Auges – Überreste des Klebstoffs, der die Lider verschlossen hatte.

Diese beiden Details waren von eher nebensächlicher Bedeutung. Nicht so das dritte.

Abellán war weiß und aufgedunsen wie alle Wasserleichen. Seine durchscheinende Haut wies an den Schenkeln kreisförmige blaue Verfärbungen auf. Die Gesichtszüge waren entstellt, verquollen. Bei seinem Anblick dachte man unwillkürlich an einen Fisch oder ein Amphibium; die Natur nimmt es da manchmal sehr genau.

«Gibt es irgendwelche Zweifel bezüglich der Todesursache?», fragte Van Upp.

«Alle Anzeichen haben auf Tod durch Ertrinken hingedeutet, und es ist ein Tod durch Ertrinken», sagte Carranza und deckte Abellán wieder mit dem weißen Leintuch zu.

«Und Ferrer?»

«Sein Leichnam ist inzwischen eingetroffen. Es hat eine kleine Verzögerung gegeben, weil sich der Friedhofsdirektor wegen der Exhumierung, nun, wie soll ich sagen, etwas *renitent* gezeigt hat. Kaum zu glauben, aber es gibt immer noch Leute, die auf Seiten der Prätorianer stehen.»

«Vielleicht hatte er bloß das Wohl seines Kunden im Auge. Wirtschaftliche Interessen sind mächtiger als jedes politische Kalkül.»

Durch eine Schwingtür betrat Nora den Vorraum mit einem Van Upp unbekannten Mann. Er war kräftig, hatte schwarzes Haar und ein Muttermal auf der linken Wange. Der teure Anzug passte nicht zu seiner Statur, er wirkte darin wie ein Totschläger.

«Das ist ...», hob Nora an.

«Benet. Sergeant Álvaro Benet. Ich bin ein großer Bewunderer Ihrer Arbeit», sagte er und reichte Van Upp die Hand.

«Das ist Sergeant Álvaro Benet, von der Abteilung Eins»,

sagte Nora verärgert. «Er wollte Sie kennenlernen. Ich habe ihm gesagt, Sie seien beschäftigt, aber der Sergeant wollte unbedingt ...»

«Schon gut. Ist in Ordnung», sagte Van Upp, ohne Benets Hand loszulassen. Er schüttelte sie ein paar Sekunden weiter. Benet war nicht leicht zu beeindrucken, doch am Ende wandte er den Blick ab.

«Ferrer wäre dann wohl so weit», sagte Carranza und hob die Hand Richtung Autopsiesaal, um seinen Assistenten zu bedeuten, dass die Botschaft angekommen war.

«Bitte gehen Sie schon mal vor», sagte Van Upp. Und zu Nora: «Es macht Ihnen doch nichts aus?»

«Nein, Chef», sagte Nora und entschwand mit dem Gerichtsmediziner.

«Benet. Ein katalanischer Name, aber Sie kommen aus den Bergen. Man hört es an Ihrem Akzent», sagte Van Upp und nahm eine Zigarette aus der Schachtel.

«Ich komme aus Sierra Alta», erwiderte der Sergeant.

Van Upp nahm einen tiefen Zug. Es war schwarzer Tabak aus der Türkei, ein strenges Aroma. Benets Blick wanderte unweigerlich zu dem Schild «Rauchen verboten».

«Ich vermute, Sie haben Ihre Laufbahn nicht hier in der Stadt begonnen», sagte Van Upp und drehte die Bahre mit Abelláns Leiche.

«Nein. Im Heer. Achtes Regiment.»

Van Upp schüttelte kaum merklich den Kopf und stieß den beißenden Rauch aus. Er betrachtete den Körper unter dem Leichentuch und dachte dabei nicht an Abellán, sondern an den Polizeichef, dem seine Ernennung zum Leiter der Ermittlungen nicht passte. Der Polizeichef war mit Vorsicht zu genießen. Cäsar wusste, wovon er sprach, als er von Cassius sagte: «Er ist ein großer Prüfer und durchschaut das Tun der Menschen ganz; er liebt kein Spiel ... hört nicht Musik; er lächelt selten, und auf solche Weise, als spotte er sein, verachte seinen Geist ... Und solche Männer haben nimmer Ruh ... Das ist es, was sie so gefährlich macht.»

Er ging zur Schwingtür und beobachtete durch das kleine runde Fenster, was nebenan geschah. Der Autopsiesaal war gebaut wie ein Amphitheater, mit Marmortischen in der Mitte. Zwei Assistenten bereiteten die Untersuchung vor. Nora stand im Hintergrund. Als Carranza ihn hinter dem Fenster bemerkte, winkte er ihm zu. Vor ihm lag Ferrers Leichnam, grau wie der Kittel des Gerichtsmediziners.

«Ich glaube, dass es sich um ein Verbrechen handelt», sagte Van Upp; er wusste, dass Benet ihm nicht von der Seite gewichen war. «Im Grunde um zwei Verbrechen, aber ausgeführt von ein und derselben Hand. Und ich glaube, die Sache ist noch nicht vorbei. Es handelt sich um ein nicht abgeschlossenes Verbrechen, den Beginn einer Serie. Bevor wir weiter ermitteln, sind allerhand Vorsichtsmaßnahmen zu treffen. Als Erstes müssen die potenziellen Opfer gewarnt und unter Polizeischutz gestellt werden. Das betrifft Exgeneral Prades und Exgeneral Moliner, bekannt als der Henker. Und genau das werde ich als Nächstes tun. Warum ich Ihnen das sage? Damit Sie über meine Schritte informiert sind», sagte er und entfernte sich Richtung Ausgang.

Als hätte er etwas vergessen, blieb er plötzlich stehen.

«Helfen Sie mir auf die Sprünge», sagte er. «Die Abteilung Eins ist direkt dem Polizeichef unterstellt, nicht wahr?»

Und dann ging er hinaus, ohne die Antwort abzuwarten.

Van Upp war zwar kein Gerichtsmediziner, doch auch er wusste einen theatralischen Abgang zu schätzen.

XVII

Je nach Art der Brille, durch die man ihn betrachtete, konnte man Álvaro Benet als Kind seiner Zeit (in finsteren Zeiten gelten besondere Maßstäbe) oder als Monster sehen.

Benet war Sohn eines Schäfers und sah das Militär als Chance, dem unvermeidlichen Schicksal eines Lebens in den Bergen zu entkommen. Er trat in ein Bataillon ein und unterzog sich dem unmenschlichen Drill; auf dem Feld war Benet ein Ass, aber was die akademische Bildung anging, stand er auf völlig verlorenem Posten. Binnen weniger Jahre wurden all seine Kameraden an bessere Stellen versetzt. Nur er lag noch immer auf derselben Pritsche und musste zusehen, wie andere Jungspunde an ihm vorbeizogen. Er wurde zur Zielscheibe ihres Spotts und zum Mahnmal dessen, was sie erwartete, wenn sie sich nicht genügend ins Zeug legten.

Schließlich fasste er sich ein Herz und bat um Versetzung. Sie wurde ihm sofort gewährt. Man hätte ihm jeglichen Wunsch erfüllt, allein um ihn loszuwerden.

Als das Leben in seinem neuen Bataillon beinahe schon vollständig demjenigen ähnelte, dem er gerade entflohen war, kamen die Prätorianer an die Macht, und Benet wurde der Polizei «überlassen». Die Prätorianer unterstützten diese Art Umverteilung von Kräften, denn sie bauten darauf, dass es ein gewohntes Bild für die Bürger war, Polizisten durch die Straßen patrouillieren zu sehen, nicht aber Männer in grünen Kampfanzügen mit Kriegswaffen. Die Anzahl der Polizisten hatte sich somit zwar verdreifacht, doch oberflächlich gesehen blieb das Stadtbild unverändert. Suchte man nach einem Grund für das gesunkene Ansehen der Polizei, wäre es sicherlich nicht falsch, ihn in diesem Tarnmanöver zu sehen.

Benet hinterließ seine Duftmarke gleich zu Beginn. Seine erste nächtliche Razzia führte ihn in ein Haus im Universitätsviertel. Er trat die Tür ein und sah sich einem Studenten gegenüber. Das Zimmer war vollgestopft mit Büchern, die Wände von Worten übersät und behängt mit Tafeln, auf denen kindliche Losungen standen. Das bartlose, verängstigte Gesicht erinnerte Benet an die Rekruten im Gebirgsbataillon und daran, wie sie gelacht hatten, wenn sie herausfanden, dass es da jemanden gab, der noch unter ihnen stand. Er wünschte, er hätte nie in dieses Gesicht geschaut. Er hörte Schreie, spürte, wie Arme ihn auf die Erde drückten; um sich tretend fiel er zu Boden.

Später erfuhr er, was er getan hatte. Er hatte den Kopf des Studenten auf den Schreibtisch gedrückt und mit der Remington Rand, auf der er seine Doktorarbeit schrieb, auf ihn eingeschlagen. Schreiend und ohne dass man ihn darum gebeten hätte, hatte der Student Informationen über geheime Treffen und Sympathisanten des bewaffneten Widerstands preisgegeben. Die Informationen hatten sich später mehrheitlich als haltlos erwiesen. Fünf Polizisten waren vonnöten gewesen, um Benet Einhalt zu gebieten, während der sechste den Wortschwall des Studenten zu Papier gebracht hatte.

Die Geschichte machte schnell die Runde. Er wurde jedem Einsatz zugeteilt, bei dem etwas herauszukriegen war. Schon bald stand sein Name für brutales und effektives Vorgehen. Und sich seiner plötzlichen Berühmtheit bewusst geworden, empfand er so etwas wie Stolz. Selbst dann noch, als er hörte, dass der Student mit der Remington Rand an den Folgen der Schläge gestorben war.

Er wurde zum Sergeanten befördert. Schnell lernte er, aus den Einsätzen Vorteile zu schlagen. Wer in den dunklen Verliesen des Geheimgefängnisses verschwand, verlor alles, und Benet war einer der Ersten, die sich ihren Anteil an der Beute sichern konnten. Erstaunlicherweise entwickelte er so etwas wie guten Geschmack. Seine Wohnungseinrichtung bestand aus einer Ansammlung von Zierrat, den man dem Feind abgejagt hatte: Porzellan, Jugendstillampen, Zeichnungen renommierter Künstler. Und in seinem Schrank befanden sich Anzüge und Düfte der edelsten Marken; einige Parfums waren freilich zu süß für einen Mann. Benet war sich der Kluft zwischen seinem wahren Wesen und dem Bild, das er von sich hatte, nicht bewusst.

Als das Prätorianerregime fiel, ging er davon aus, dass man ihn verhaften und für seine Siegeszüge als Soldat zur Rechenschaft ziehen würde. Mit Gewehren, Pistolen und Granaten verbarrikadierte er sich in seinem Haus. Er hatte einen Schlachtplan entwickelt, um Tür und Fenster gegen ein kleines Heer zu verteidigen. Er bezog seinen Posten und wartete.

Am zehnten Tag stöpselte er das Telefon wieder ein und rief die Bank an, er wolle sein Sparkonto auflösen. Er hob das Geld ab und ging zu einem Reisebüro. Eine Stunde lang ließ er sich über die verschiedensten Ziele beraten. Entscheiden konnte er sich für keins.

Eine Woche später ging er wieder zur Arbeit. Es gab ein paar Scherze über den Urlaub, den er ohne Absprache genommen hatte, aber ansonsten wurde er nicht weiter behelligt. Er fragte, was zu tun sei. Man sagte ihm, er solle sich der ersten Streife anschließen, die vom Hof fuhr.

In den folgenden Monaten wurde er nur einmal einbestellt, um bei einem kleinen Verfahren auszusagen. Er wählte den besten Anzug und das beste Parfum, erschien pünktlich und antwortete auf alle Fragen mit «Nein» oder «Ist mir nicht bekannt». (Für Benet klang «Ist mir nicht bekannt» eleganter als «Ich weiß nicht».) Weitere Befragungen fanden nicht statt. Niemals wurde ihm der Prozess gemacht.

Das Leben ging weiter.

Doch sein Dasein war fortan mit einem Mollklang unterlegt, der an seinen Nerven zerrte. Er litt unter Verfolgungswahn. Er fühlte sich beobachtet und glaubte, man würde nur auf den geringsten Fehler seinerseits warten, um über ihn herzufallen. Deshalb keimte ein Hoffnungsschimmer in ihm auf, als der Polizeichef ihn zu sich bestellte. Dieser Anruf konnte nur der Vorbote einer Veränderung sein, die er mit aller Macht herbeisehnte.

Die Art des Auftrags überraschte ihn.

«Es geht um Van Upp», sagte der Polizeichef. «Ihnen ist sicher bekannt, dass man ihn mit dem Fall unserer illustren Toten betraut hat. Nein, sagen Sie nichts, ich sage Ihnen, es ist ein politischer Schachzug. Die Entscheidung wurde an oberster Stelle gefällt, aber wenn die Sache schiefgeht, ist es mein Kopf, der rollt. Den letzten beißen die Hunde.»

Der Polizeichef warf einen Blick auf Benet, der seinen Hut auf den Knien mit beiden Händen umklammert hielt. Dieser Mann hatte wirklich nicht die leiseste Ahnung, was man von ihm wollte.

«Sie müssen einen Riss in Van Upps Rüstung finden. Etwas, das man gegen ihn verwenden kann. Wühlen Sie, bohren Sie, helfen Sie mit Geld nach. Seine Geschichte ist turbulent. Hören Sie mir überhaupt zu?», fragte der Polizeichef, irritiert von Benets kuhäugigem Blick.

Mehr sagte er nicht, und auch für Fragen blieb kein Raum. Benet war nicht sehr helle, aber zu fragen hätte er doch einiges gehabt. Über die Theke des Cienfuegos gebeugt, in dem er schon Stammgast war, als er noch billige Anzüge trug, fragte er sich, welchen Sinn es hatte, einem Kämpfer wie ihm eine Geheimdienstaufgabe zu übertragen. Es sei denn, der Polizeichef wollte ihm hinter Van Upps Rücken die Leitung der Ermittlungen übertragen. Aber auch das war absurd, es war nicht die Art von «Ermittlungen», auf die Benet spezialisiert war.

Er spürte eine Leere im Magen. Es war schon spät, und er konnte sich nicht entsinnen, außer dem Kaffee am Morgen etwas zu sich genommen zu haben.

Die Aussicht, es mit Van Upp aufnehmen zu müssen, verursachte ihm körperliches Unbehagen. Er war ihm damals nicht begegnet, aber das, was er von ihm gehört hatte, brachte ihn ins Schwitzen. Ein brillanter Kopf. Gebildet. Unberechenbar. Und soweit man das beurteilen konnte, hatte er Freunde in den oberen Etagen.

Eine Ahnung davon, was der Polizeichef in Wahrheit von ihm wollte, huschte schemenhaft durch seinen Kopf. Er bemühte sich, sie nicht in Worten Gestalt annehmen zu lassen. Und er stürzte sein Bier herunter, als läge ihm der Gedanke auf der Zunge und er müsse ihn einfach nur hinunterspülen.

XVIII

General Prades wohnte in Los Pilares, einem Villenviertel am Stadtrand. Sein Haus lag am schönsten Ufer eines künstlichen Sees, dem es nicht einmal während der schlimmsten Dürrephasen an Wasser mangelte. Von den höher gelegenen Stadtvierteln aus konnte man sehen, wie sich der See dort an den Wochenenden mit weißen Segelbooten füllte.

Prades' Anwesen war im Stil der Häuser der amerikanischen Südstaatenaristokratie gehalten: schmale Säulen, überdachte Balkone, hohe Fenster. Van Upp erinnerte sich, dass in einem Zeitschriftenartikel das Familienvermögen von Prades' Frau erwähnt wurde. Es beruhigte ihn, dass die Eleganz des Hauses nicht dem Militär, sondern der angeheirateten Familie zuzuschreiben war.

Van Upp, Nadal und Nora Duarte warteten in der riesigen Empfangshalle. Nadal rührte sich nicht vom Fleck, als hätte er jegliche Initiative eingestellt, bis der Diener sein Versprechen erfüllte und ihnen Prades brachte. Nora bestaunte die symmetrische Konstruktion (die Eingangstür mit der Treppe zur Linken hatte gegenüber, auf der Parkseite, ein identisches Pendant), und es kam ihr ein Bibelzitat in den Sinn: «Die linke Hand soll nicht wissen, was die rechte tut.» Van Upp trat an eins der großen Fenster heran und warf einen Blick auf die Veranda und den im Sonnenlicht glitzernden See.

Am Rand des Gartens, in Richtung Allee, stand ein Wagen. Vier Holzräder, ein winziger Bock; eins dieser Gefährte, die in stockfinsterer Nacht durch die Straßen der Stadt fahren und aus dem Müll gerettete Sachen transportieren. Der Wagen war bis obenhin beladen. Davor gespannt war ein Pferd. Doch keiner dieser plumpen Gäule, der nicht unter seiner Mähne hervorsieht und deshalb umso besser auf die Zügel reagiert. An dem anmutig geschwungenen Hals, der hohen Brust und den zierlichen und dem nervösen Trappeln erkannte Van Upp, dass es sich um ein Rassepferd handelte. Das Gewicht des Wagens ging über seine Kräfte. Aber drei Männer prügelten mit Peitschen auf es ein, als glaubten sie, ihm so die körperliche Schwäche austreiben zu können. Plötzlich stülpte einer dem Pferd eine schwarze Stofftüte über den Kopf, so dass es gar nichts mehr sah. Ängstlich schnaubend fing es an zu bocken. Der Wagen bebte.

«Da muss aber einiges an Verkehrsdelikten zusammengekommen sein. Sind Sie deswegen hier?», fragte Prades.

Er trug Reitkleidung und ein leichtes Hemd. Die Stiefel waren blitzblank, nur die Hose hatte ein paar den Gesamteindruck trübende Flecken. Er war massiger, als Van Upp den Fotos nach vermutet hatte. Doch ansonsten entsprach er den Bildern vollkommen: Die Zeit war mit dem grausamsten der Prätorianer barmherzig umgegangen.

«Mein Name ist Van Upp, Duarte, Nadal», lautete die knappe Vorstellung. «Nein, wir sind nicht wegen Verkehrsverstößen hier, sondern wegen ...»

«Meiner toten Kollegen? Wie soll ich Ihnen da weiterhelfen? Ich habe sie seit Ende der Prozesse nicht mehr gesehen.»

«Und Sie haben nicht einmal miteinander telefoniert?»

«Wozu? Ferrer wollte vergessen. Abellán lebte nur noch in der Vergangenheit. Und mein Blick ist immer auf die Zukunft gerichtet.»

«Diese Todesfälle waren nicht das Werk des Schicksals. Auch wenn wir keine Botschaft des Mörders gefunden haben und hinsichtlich des Motivs im Dunkeln tappen ...»

«Soll ich Ihnen beim Nachdenken helfen?»

«... glauben wir, dass er weiter töten wird. Und Sie könnten sein nächstes Opfer sein.»

«Hier kommt keiner rein.»

«Wir sind reingekommen. Und soweit ich weiß, hat uns niemand nach unserem Ausweis gefragt.»

«Ich habe meine Vorkehrungen getroffen. Das tue ich immer», sagte er und ging auf einen Schrank zu, in dessen Innerem sich eine Vielzahl von Flaschen befand.

Nora fasste Van Upp am Arm und deutete nach oben. Am oberen Ende der Treppe stand ein Mann mit einem Gewehr. Nadal machte eine Kopfbewegung in die entgegengesetzte Richtung: Ein zweiter bewaffneter Mann bewachte die Halle von der anderen Treppe aus.

«Ich biete Ihnen nichts zu trinken an, denn Sie sind ja im Dienst. Ich möchte nicht, dass Sie meinetwegen gegen die Vorschriften verstoßen.»

«Offensichtlich haben Sie Ihre Gepflogenheiten im Ruhestand geändert.»

Prades lachte. Mit dem Glas in der Hand kam er so nah an Van Upp heran, dass sie sich fast berührten, und selbst als sein Lächeln erlosch, sah er ihn weiter an. Er war den beiläufigen Körpereinsatz im Gespräch gewohnt.

«Haben Sie eine spezielle Frage an mich?»

«Sind Sie in der letzten Zeit bedroht worden?»

«Nein. Ich bewege mich vollkommen frei in der Stadt. Ich gehe ins Restaurant, zu Verabredungen. Niemand belästigt mich.»

«Ihre Bodyguards werden den einen oder anderen davon abhalten.»

«Meine Bodyguards sind sehr diskret. Nicht einmal Sie haben sie bemerkt.»

«Diskretion, auch diese Eigenschaft hätte ich nicht mit Ihnen in Verbindung gebracht.»

Prades stürzte den Brandy hinunter.

«Die Macht ist exhibitionistisch. Man zeigt sie, weil es sie vergrößert. Niemand kann sich diesem Naturgesetz entziehen.»

«Eine solch philosophische Ader hätte ich Ihnen gar nicht zugetraut.»

«Die Macht. Das ist mein Thema.»

«Bedauerlich, dass Sie sich mittlerweile auf Bücher beschränken müssen.»

«Sie irren. Ich studiere gerade eine andere Variante.»

«Selbst wenn ich nicht frage, werden Sie es mir erklären, nicht wahr?»

«Ich meine die Macht, sich so frei zu bewegen wie der normale Durchschnittsbürger. Seit unserer Freilassung haben wir Prätorianer weder Festungen gebaut noch uns ausschließlich an der Seite von Leibwächtern in der Öffentlichkeit präsentiert. Wir fahren unsere Autos selbst. Wir essen in öffentlichen Lokalen. Wir bummeln mit unseren Familien durch die Straßen. Und glauben Sie, uns hat je einer angegriffen? Brust raus – das macht uns unverwundbar. Sobald wir uns mit komplizierten Sicherheitssystemen umgeben würden, wäre manch einer versucht, sie zu knacken. Wenn wir sorglos spazieren gehen, demonstrieren wir, dass wir gegen Angriffe gefeit sind. Und wer uns sieht, glaubt, dass wir es tatsächlich sind. Wie erklären Sie sich, dass bislang noch kein Angehöriger der vermeintlichen Opfer je einen von uns erschossen hat?»

«Nicht schlecht, die Argumentation. Aber sie lässt etwas Wesentliches außer Acht.»

«Selbst wenn ich nicht frage, werden Sie es mir erklären, nicht wahr?»

«Da draußen gibt es jemanden, der tötet Prätorianer.»

Van Upp setzte seinen Hut wieder auf und ging zur Tür. Nora und Nadal folgten ihm wie Messdiener.

Er war nur noch wenige Meter vom Auto entfernt, als er Prades sagen hörte: «Sie sind der Polizist, der in der Irrenanstalt war, nicht wahr?»

Van Upp blieb stehen.

Nora legte die Hand auf den Mund. Sie war dankbar, dass sie den Gesichtsausdruck ihres Chefs nicht sehen konnte.

«Wenn Sie damit meine Kompetenz in Frage stellen wollen», sagte Van Upp ungerührt, «brauchen Sie nur zum Telefonhörer zu greifen und ...»

«Nein, nein, nein», sagte Prades und kam mit großen Schritten auf ihn zu. Er holte etwas aus der Gesäßtasche seiner Hose.

Es war eine Visitenkarte.

«Wenn Sie aus irgendeinem Grund den Polizeidienst quittieren wollen», sagte Prades, übergab ihm die Karte und reichte ihm die Hand (Van Upp drückte sie, ohne nachzudenken), «rufen Sie mich an. Für Leute wie Sie findet sich immer ein Plätzchen.»

Van Upp wartete, bis sie ein paar Meter gefahren waren, zerriss die Karte und warf sie aus dem Fenster. Das unangenehme Gefühl jedoch blieb. Wie in einem Reflex schaute er auf die Hand, mit der er die Karte gehalten hatte. In schwarzer Handschrift stand deutlich lesbar Prades' Name auf seiner Haut; umgekehrt, wie in einem Spiegel.

Kaum hatten sie das Anwesen verlassen, bat Van Upp Nadal anzuhalten und übergab sich auf dem Seitenstreifen. Eine grüne Flüssigkeit, die aussah wie der Kräutertee, den er als einziges Nahrungsmittel zu sich genommen hatte.

XIX

Im Cienfuegos schien es nie Tag zu werden. Pausenlos lief Musik, unermüdlich fütterten die Kneipengäste, glühende Anhänger der populären Hits, die Jukebox mit Münzen. Im Hintergrund hörte man zu jeder Tages- und Nachtzeit das Klacken der Billardkugeln. Sogar das Gelächter und die Flüche ahmten die nervös abgehackte Diktion der Kugeln und Billardqueues nach.

Obwohl das Bier in Strömen floss, kam es selten zu Schlägereien. Jeder respektierte Ciro Chomón, den Besitzer des Cienfuegos. Er war ein sympathischer Zeitgenosse mit gesundem Menschenverstand, der jeden Scherz aufsog wie ein Schwamm und den Provokateuren damit den Wind aus den Segeln nahm.

Ciro fehlte ein Bein. Aber das war nicht der Grund, warum die Gäste sich im Zaum hielten; Ciro stand hinter der Theke, und viele wussten nichts von der Verwundung. Was sie dazu brachte, sich anständig zu benehmen, war etwas anderes, das sehr wohl ins Auge fiel: Fotos und Souvenirs, die Ciro an den Wänden aufgehängt hatte. Fotos von Flugzeugen, Geschwadern und Aufmärschen. Orden, Titelseiten von Zeitschriften, Ehrenurkunden. Ciro Chomón (das wussten alle) war ein Veteran aus Abelláns Krieg.

Der Ruf des Cienfuegos resultierte zum Teil aus seiner Lage in Luro, dem Viertel von Santa Clara, in dem sich die Schlachthöfe befanden. (Umsichtigerweise war das Luro-Viertel am höchsten Punkt der Stadt entstanden, dort, wo der Wind den Todesgeruch vertrieb.) Aufgrund dieser Lage bestand ein Gutteil der Klientel aus brutalen, furchteinflößenden Kerlen, was die Kneipe zu einem ausgesprochen diskreten Ort machte. Wenn sich jemand im Cienfuegos allein hinsetzte, um etwas zu trinken, sprach ihn niemand an.

Deshalb war Ciro das Gespräch überhaupt erst aufgefallen. Den ersten Gast hatte er nicht weiter beachtet. Es war ein kräftiger Mann mit Schiffermütze, Bart und Bierdurst; darin unterschied er sich nicht von den anderen Gästen, und folglich war er unsichtbar. Aber der zweite Gast, der sich neben ihn setzte, hatte seine Neugier geweckt. Er trug einen verschlissenen blauen Anzug. Er roch nach alten Papieren und war offenbar ein Notar. Als wäre sein Erscheinungsbild so nicht schon unpassend genug gewesen, bestellte er auch noch ein Getränk, von dem Ciro noch nie gehört hatte.

«Das ist ein Likör», erklärte er. «Hergestellt von den Benediktinern.»

«Und dies hier ist eine Kneipe, kein Kloster», sagte Ciro.

Der Mann gab sich mit einem Bier zufrieden.

Ciro sammelte das Geld ein und drehte ihm den Rücken zu.

«Und jetzt?», fragte der Notar.

Ciro ging davon aus, es gelte ihm, gab aber keine Antwort. Der Mann gehörte zu der Kategorie von Gast, mit der er nur während des Bedienens sprach. Doch in dem Moment hörte er jemanden antworten: «Ich erwarte eine Entschuldigung», sagte die Stimme.

Es war der Mann mit der Schiffermütze. In dem Satz schwang eine gewisse Angriffslust mit, obwohl er ihn seelenruhig ausgesprochen hatte.

«Ich verstehe nicht», sagte der Notar.

Ciro trat einen Schritt zur Seite und fing an, Gläser abzutrocknen, die längst trocken waren.

«Ich schätze, die Vorsichtsmaßnahmen, die ich ergriffen habe und wegen deren man mich kritisiert, haben sich bereits als sinnvoll erwiesen», sagte der Seemann.

Ciro staunte nicht schlecht: Der Mann sah zwar aus wie ein Seemann, aber er sprach nicht wie einer.

«Genügt meine Entschuldigung?», fragte der Notar.

«Sprechen Sie in Ihrem Namen oder im Namen des Komitees?»

«Ich kann mir keine Vertreterrolle anmaßen, mit der man mich nicht ...»

«Schon gut. Ihre Entschuldigung genügt mir ... fürs Erste.»

Der Notar trank einen Schluck Bier.

«Das Komitee muss wissen», setzte er an und holte noch einmal Luft, «es muss wissen, wie weit Sie zu gehen gedenken ...»

«So weit wie nötig», sagte der Seefahrer.

«Das Gesetz stellt einem gewisse Hürden in den Weg ...»

«Gesetz? Hürden? Wie Sie sich verändert haben.»

«Die Zeiten haben sich verändert.»

«Nichts hat sich verändert. Sie sind immer noch unrechtmäßig an der Macht.»

«Das stimmt nicht. Die Regierung ist in den Händen von Volksvertretern, die durch Mehrheitswahl bestimmt wurden.»

«Aber die Macht ist weiterhin in den Händen derselben Leute, und diese Leute schulden unseren Freunden Dank, und der drückt sich in Straffreiheit aus.»

«Das ist absurd.»

«Macht ist Straffreiheit, mein lieber Solana.»

(An der Stelle hob der Notar ruckartig die manikürte Hand; seine Anonymität war ihm kostbar.)

«Unsere Freunde genießen größtmögliche Freiheit, Doktor ... S», sagte der Seemann mit sichtlichem Vergnügen. «Der Henker Moliner könnte genau hier hinter Ihnen stehen, ohne dass ihn jemand behelligt.»

Der Notar drehte sich auf seinem Hocker um, als fürchtete er, Moliner könne tatsächlich dort lauern. Und sofort tat es ihm leid, denn genau das hatte der Seemann erreichen wollen.

«Dann darf ich das also so verstehen, dass Ihr Entschluss ...»

«Nach wie vor feststeht», ergänzte der Seemann.

«Werden Sie ... es weiter tun?»

«Es weiter tun ...», sagte der Seemann. «Wenn uns einer zuhört, könnte er glauben, Sie sprechen von der Liebe.»

Ciro ließ von den Gläsern ab, bückte sich und wühlte hinter der Theke zwischen den Flaschen herum.

«Wir bleiben in Kontakt», sagte der Seemann.

Ciro hörte das Geräusch von Hufen. Ein Pferd in der Kneipe – der Gedanke erschien ihm absurd.

Beim Aufrichten sah er, dass der Seemann das Lokal verließ. Er war noch beleibter, als er vermutet hatte. Und er hatte einen seltsamen Gang, so als habe man ihm Gewichte an die Füße gebunden. Das Bild trog nicht; die Schuhe des Seemanns hatten massive, ungleiche Plateausohlen, rechts höher als links.

Er hatte zwei monströse Schritte gemacht und drehte sich nochmals zu dem Notar um. Ciro hätte sich den Kerl gern näher angeschaut und verfluchte das Schummerlicht, das er ansonsten an seiner Kneipe so schätzte.

«Übrigens, Doktor S, raten Sie mal, wer dieselbe Schwäche für diesen Benediktinerlikör hat.»

Dann zog er von dannen.

Zwei Minuten später verließ der Schreiber die Bar und ging in entgegengesetzter Richtung davon.

XX

Carranza entdeckte die hünenhafte Gestalt Van Upps, der in einer Ecke auf ihn wartete. Er bedeutete ihm mit der Hand, er solle schon mal ins Büro gehen. Der Gerichtsmediziner wartete noch ein wenig, bevor er sich zu ihm gesellte, er wollte seine Gedanken ordnen.

«Und?», fragte Van Upp, kaum dass Carranza einen Fuß über die Schwelle gesetzt hatte.

«Ich bin die Untersuchungen nochmals durchgegangen. Alle. In ein paar Fällen habe ich die Tests wiederholt», sagte Carranza schwer atmend.

Van Upp öffnete den Mund, um mit seiner Befragung fortzufahren, doch der schleppende Gang des Gerichtsmediziners brachte ihn aus dem Konzept. Carranza ließ sich schnaubend auf seinen Schreibtischstuhl fallen. Da begriff Van Upp, dass die letzten zehn Jahre nicht spurlos an seinem Freund vorübergegangen waren. Vor ihm saß ein alter Mann, ein jämmerlicher Abklatsch dessen, der ihm von den Fotos auf dem Schreibtisch entgegensah: Carranza mit Clara im Arm, Carranza bei der Verleihung einer internationalen Auszeichnung, Carranza mit dem kleinen Lucas auf den Schultern ...

«Es wird Regen geben. Da können Sie sicher sein. Meine Gelenke haben sich zu hochpräzisen Barometern entwickelt», sagte der Gerichtsmediziner.

«Also ...», sagte Van Upp.

«Die Ergebnisse der Erstuntersuchung waren korrekt. Das kann ich zu einhundert Prozent bestätigen», sagte Carranza und zog eine Schreibtischschublade auf. Er holte eine Flasche Bourbon und zwei Gläser heraus und füllte sie großzügig.

«Das heißt also, wir wissen nichts», sagte Van Upp und nahm seins entgegen.

«Wir wissen das, was wir wissen müssen. Ferrer ist verblutet. Bedauerlicherweise macht es uns der Zustand, in dem die Hunde die Leiche hinterlassen haben, unmöglich, genau zu bestimmen, wie er das Blut verloren hat. Und was Abellán angeht: Der ist eindeutig ertrunken. Sein Körper weist keinerlei Anzeichen von Gewalteinwirkung auf und keinen Einfluss ungewöhnlicher Substanzen, mal abgesehen vom Wasser in seiner Lunge», sagte Carranza.

Sie tranken schweigend. Zu dieser Zeit kam niemand mehr ins Labor, außer dem Reinigungspersonal, das mit gelben Handschuhen die schwarzen Tüten mit den Eingeweiden hinaustrug. Seit man einen von ihnen dabei erwischt hatte, wie er Organe von bekannten Persönlichkeiten verschachert hatte (im Verfahren wurde er freigesprochen, weil keiner der mutmaßlichen Käufer aussagen wollte), wurden die Überreste in einem Ofen im Keller verbrannt.

«Wir haben es also augenscheinlich mit zwei Selbstmorden zu tun», sagte Van Upp und streckte sich auf dem alten Ledersofa aus. «Keine Spuren äußerer Gewalteinwirkung, keine weiteren Indizien ... Ich weiß nicht, wie lange ich die Ermittlungen da noch aufrechterhalten kann. All meine Verdachtsmomente gründen sich auf nebensächliche Details», sagte er und zog die Krempe seines Hutes bis über die Augen herunter.

«Die Bibelstelle über die Sintflut? Ein reizendes Detail», sagte Carranza.

«Ich denke, ich gehe dann mal meinen Papierkram erledigen. Es sei denn, Sie bräuchten jemanden, der Ihnen assistiert.»

«Wir könnten reden. Da gibt es so vieles ...»

«Man hat einen Wachhund auf mich angesetzt. Einen gewissen Benet. Der hat so viel mit einem Ermittler gemein wie Hyperion mit einem Satyr», sagte Van Upp und zündete sich eine Zigarette an.

Carranza kratzte sich nachdenklich im Nacken. Er schien darüber nachzugrübeln, wie schnell sich sein Glas geleert hatte. Schließlich redete er: «Da ist noch etwas, das nicht ganz ins Bild passt.»

Der Gerichtsmediziner kramte in der Tasche seiner Schürze und zog ein kleines Fläschchen heraus; er schüttelte es und hielt es gegen das Licht. Nachdem er es eine Weile angesehen hatte, stellte er es auf die andere Seite des Schreibtischs, vor Van Upp.

«*Juice of cursed hebenon in a vial; the leperous distilment*», sagte Van Upp, der sich aufgerichtet und den Hut hochgeschoben hatte.

«*Hamlet*. Erster Akt, vierte Szene. Nein, kein Gift. Es ist

Wasser. Das Wasser aus Abelláns Lungen. Ihre Intuition war richtig. Erinnern Sie sich, dass Sie mich um eine Analyse gebeten haben? Nun. Es ist kein Trinkwasser.»

«Ich verstehe nicht.»

«Es handelt sich um Salzwasser.»

«Wie im …?»

«Meerwasser, ja.»

Van Upp erstarrte wie Lots Frau. Doch seine gelblichen Augen wirkten wie Fenster, hinter denen der Sturm tobte.

«Wollen Sie damit andeuten, dass er woanders umgekommen ist?», sagte er. «Dass man ihn im Meer ertränkt und in sein Arbeitszimmer geschleppt hat, damit es so aussieht, als …»

«Für Andeutungen werde ich nicht bezahlt.»

«Was ist mit dem anderen Wasser? Mit dem Wasser in Abelláns Arbeitszimmer?»

Carranza schüttelte den Kopf und lachte. Van Upp war nicht zu unterschätzen.

«*Chapeau*», sagte er und füllte erneut das Glas. «Ebenfalls salzhaltig.»

«Sonderbar, sonderbar», sagte Van Upp und ging im Büro auf und ab wie in einem Käfig. «Das Wasser im Arbeitszimmer kam also nicht aus dieser Leitung. Sonderbar.»

«Das Wasser in den Lungen weist einen leicht höheren Salzgehalt auf …»

Das Büro wurde in ein plötzliches weißes Licht getaucht. Beide Männer verstummten.

Erst dann kam der Donnerschlag.

XXI

Nora Duarte trug Schuhe mit flachen Absätzen, aber trotzdem musste sie aufpassen, damit sie nicht hinfiel. Der Wind peitschte gegen ihren Regenmantel.

«Hier entlang», sagte sie zu den beiden Männern, die mit fünfzig Zentimeter hohen Flüssigkeitsbehältern hinter ihr herliefen.

Sie verstand ihr eigenes Wort nicht. Man hörte nur den Wind und das Orchester, das er dirigierte: schlagende Türen, den Zimbelklang der Bleche, das Rascheln der Blätter und Papierfetzen, die durch die Straße gefegt wurden.

Van Upp wartete an der Tür auf sie. Neben ihm stand ein weiterer Mann, ein Unbekannter, um den Hals eine Kamera, die im Wind flatterte, als wäre sie aus Pappe.

«Ist das die chemische Lösung?», brachte Van Upp mit Mühe heraus.

Als Antwort reichte Nora ihm ein Blatt Papier. Ein Blitz erleuchtete die Schrift in roter Tinte, die trotz allem dunkel wirkte.

Sie eilten durch das Haus, stets dem Ermittler hinterher, der diesen Weg Dutzende Male gegangen war, während er auf sie gewartet hatte. Im Nu waren sie im Garten, der immer noch polizeilich abgesperrt war. Van Upp riss die Banderolen ab und warf sie zu Boden.

«Sie müssen das Präparat auf der gesamten Fläche verteilen, jeder Zentimeter muss davon bedeckt sein», sagte er zu den Männern mit den Flüssigkeitsbehältern. Und zu Nora: «Wird das reichen?»

«Es sind noch zwei Zylinder im Auto.»

«Wenn es anfängt zu regnen, bevor wir fertig sind, haben wir verloren», sagte Van Upp. «Dass das Gelände noch nicht blank gespült worden ist, grenzt an ein Wunder, das einzig und allein durch die Fußspuren meiner Kollegen geschmälert wird. Aber mit dem Wunder ist es bald vorbei. Bitte, beeilen Sie sich!»

Während die Männer sich an die Arbeit machten, lief Van Upp los, um die anderen beiden Behälter zu holen. Nora konnte kaum mit ihm Schritt halten; sie wollte wissen, um was es ging.

«Es handelt sich um ein chemisches Reagenzmittel», erklärte Van Upp, während er die Zylinder entlud. Nora zog an einem der Griffe, aber der Behälter war zu schwer. «Trägt man es auf eine Oberfläche auf, ganz gleich wie porös, tritt jede noch so kleine Blutspur zutage.»

«Wie das?»

«Wie bei Phosphor. Es bringt sie zum Leuchten.»

Der Fotograf war ein Polizeibeamter. (Berufsjournalisten tragen keine Waffen unter dem Jackett.) Nora grüßte ihn mit einem gezwungenen Lächeln. Der falsche Fotograf fasste sich lediglich kurz mit der Hand an die Hutkrempe, so sehr nahm ihn das Spektakel in Beschlag, das sich vor seiner Nase abspielte.

In der nächtlichen Dunkelheit (Van Upp hatte klare Anweisung gegeben: Im Haus durfte kein einziges Licht brennen) bekam der Park einen zunehmend gespenstischen Glanz. Obwohl ihr Blickfeld durch Büsche und Rosensträucher eingeschränkt wurde, erkannte Nora sofort, dass die glänzenden Linien am Boden einem Muster folgten; der Schweif eines Kometen auf ungewissem Kurs. Sie musste an die phosphoreszierenden Algen in den Gewässern Polynesiens denken. Die Linien bildeten eine Art Sternbild, Licht verschüttet wie Milch, ein magischer Pfad.

Ein weiterer Blitz löschte die Szene für einen Moment aus; der Donner war diesmal näher und lauter.

«Los, an die Arbeit! Tun Sie, was Sie können!», sagte Van

Upp zum Fotografen und rannte in den Park; beinahe stieß er mit den beiden Männern mit den Zylindern zusammen, die ihren Teil der Aufgabe bereits erledigt hatten.

Nora folgte ihm ungefragt.

«Sehen Sie?», fragte Van Upp und zeigte auf ein leuchtendes Oval. «Hier wurde die Hündin gefunden. Sie starb, weil sie den Leichnam ihres Herrn verteidigen wollte. Die anderen Hunde ... Mindestens sechs, kamen fast alle aus der Nachbarschaft. Der Geruch von Blut. Sie haben sie zerfleischt.»

«Und Ferrer?», fragte Nora. Sie deutete auf die Stelle, die am hellsten leuchtete. «Ist er dort gestorben?»

Van Upp schüttelte den Kopf. Er hob den Arm und zeigte auf ein Beet in der Mitte des Parks, das bis auf ein schwaches Leuchten an den Rändern dunkel war.

«General Ferrers Körper war blutleer. Wir sprechen hier von vier bis fünf Litern, die aus ihrem angestammten Behältnis verschwunden sind. Nein, da brauchen wir gar nicht erst zu suchen», sagte Van Upp und marschierte auf das Beet zu. «Überall, aber nicht dort.»

«Soll das heißen, alles, was wir hier sehen ...»

«Das soll heißen, der Mörder hat ihm das Blut entnommen und damit den Park gesprengt.»

Am Rand des Beetes blieb er stehen und sah sich um. Er schien etwas entdeckt zu haben und ging zwei Schritte in diese Richtung.

«Sehen Sie. Der Mörder hat das Blut in einem Gefäß aufgefangen. Als er sich von der Leiche entfernt hat, ist Blut ausgetreten ... unbemerkt», sagte Van Upp und zeigte auf einen Lichtfaden, der sich über die schmale Rasenfläche hinweg und zwischen zwei Rosensträuchern hindurchschlängelte.

Er blickte sich nach dem Haus um, das hinter ihm lag.

«Nein», widersprach er sich. «Warum sollte er das Blut bis ans andere Ende des Parks tragen? Dort gibt es keinen Ausgang. Er muss es auf dem Streifen zwischen Beet und Haus verteilt haben.» Mit einer Handbewegung deutete er auf den hinteren Bereich des Parks, der, wie auf den ersten Blick zu erkennen, abgesehen von vereinzelten Lichtpunkten völlig dunkel war.

Van Upp ließ den Kopf sinken. Nora fragte sich, ob er nachdachte oder kurz davor war, sich geschlagen zu geben. Sie hörte ihn murmeln: *«Sopek?»*

«Ich verstehe nicht.»

Van Upp sah sie an. Sie hatte das Gefühl, das Herz weite sich in ihrer Brust, der Blick des Ermittlers war voller Angst.

«Sopek dam?»

Van Upp hielt sich schützend die Hand vor die Augen, um nicht vom Licht des Blitzes geblendet zu werden, und rannte zurück zum Haus.

Ein Donner ließ die Erde erbeben.

Nora fragte sich, was nun zu tun war. Sollte sie ihre Vorgesetzten informieren? Einen Arzt rufen und versuchen, das Vorkommnis zu vertuschen? Handelte es sich um einen Aussetzer aufgrund der extremen Anspannung, oder war ...?

«Nora!»

Van Upp rief von oben im Haus nach ihr. Vielleicht ein Dachgeschoss oder ein Dienstbotenzimmer, jedenfalls war es das einzige Fenster, das sich in dem kleinen Erker im Obergeschoss öffnen ließ.

«Könnten Sie mal da weggehen?»

Sie machte zwei zaghafte Schritte zur Seite. Van Upp lachte, und sie schämte sich noch mehr, als sie es ohnehin schon tat.

«Sagen Sie dem Fotografen, er soll hier raufkommen»,

schrie er über die Vorboten des Gewitters hinweg. Im flüchtigen Licht eines Blitzes sah Nora ihn hastig etwas in ein Notizbuch schreiben, er wollte schneller sein als die Natur.

Eine Schlacht, die vielleicht schon verloren war. Nora stand inmitten des Parks, voller Furcht, sie könnte auf diese leuchtenden Flecken von unheilvoller Bedeutung treten; da spürte sie die ersten Regentropfen auf ihrer Haut und schloss die Augen.

XXII

«Sopek dam ha'adam ha'adam damo yisapek.»

Van Upp schaute auf und sah sich um. Außer ihm befand sich niemand in der öffentlichen Bibliothek von Santa Clara, einer Prunkhalle mit marmorierten Säulen und einer Decke, die höher war als die der Sixtinischen Kapelle. In einem von ihm nicht einsehbaren Winkel hatte das Reinigungspersonal schon angefangen zu putzen. Er konnte das zischende Geräusch des über den Boden gleitenden Wischlappens hören und die Pause, wenn er in den Wassereimer getaucht wurde.

Viertel vor sechs. Etwas über drei Stunden noch, bis die Bibliothek ihre Türen für das Publikum öffnete. Der Preis, den man dafür verlangt hatte, ihn außerhalb der Öffnungszeiten hineinzulassen, war eine Frechheit, aber er hatte ihn gern bezahlt. Der stellvertretende Direktor schlief irgendwo in seinem Sessel; er hatte sich damit abgefunden, dass er nicht mehr nach Hause kam.

«Dam.» Blut auf Hebräisch.

Schritte. Nein, nicht vom Bibliothekspersonal. Nora. Er

könnte schwören, dass es Nora war. Eine Gewissheit, die ihm die Kälte vertrieb. Alles, was für sie sprach, drückte sich bereits im Tock, tock ihrer Absätze auf den Bodenfliesen des Lesesaales aus, ein Rhythmus von gleichbleibender Intensität und Hartnäckigkeit.

«Guten Morgen, Nora.»

Nora lächelte. Sie hielt es für eine ironische Bemerkung, schließlich waren nicht mehr als zwei Stunden vergangen, seit sie sich das letzte Mal gesehen hatten.

Sie brannte darauf, Van Upp zu den Büchern zu befragen, die über den Tisch verstreut lagen, insbesondere zu dem, das er gerade vor sich hatte: der respekteinflößende Umfang, die seltsame Schrift. Sie hätte so viele Fragen gehabt. Stattdessen überreichte sie ihm einen Zettel mit einer Telefonnummer. Van Upp kam sie bekannt vor. Ein Blick in seine Handfläche, und er war beruhigt: Sie war sauber.

Er benutzte das Telefon am Empfang; es war niemand da, der ihn aufgehalten hätte. Nach einmaligem Klingeln wurde sofort abgehoben.

«Prades?»

«Na endlich.»

«Ich habe nicht viel Zeit, ich bin gerade mitten ...»

«Ich wollte Ihnen nur sagen, dass ich verschwinde.»

«...»

«Seien Sie unbesorgt. Ich habe etwas zu erledigen, und wenn ich unterwegs bin, wird der Mörder mich nicht finden.»

«Meine Männer werden Ihnen folgen.»

«Ihre Männer frühstücken gerade in meiner Küche. Bis Sie die erreicht haben, bin ich schon über alle Berge. Kennen Sie Moliner?»

«Bislang noch nicht.»

«Schade. Ich hätte zu gern gewusst, was Sie von ihm halten. Die meisten lassen sich von seinem Auftreten täuschen. Sie halten ihn für sanftmütig. Wenn Sie meinen Rat hören wollen, bleiben Sie an ihm dran. Man sollte den Windhund im Rennen nicht zu weit vorpreschen lassen.»

XXIII

Im Westen Santa Claras lag das Gebiet mit Namen Los Bajos, wo sich das Chinesenviertel befand: zehn Hektar Senke, die sich beim kleinsten Regenschauer in ein Sumpfgebiet verwandelte. Jahrzehntelang war Los Bajos eine Müllkippe gewesen. In den ersten Jahren des Militärregimes hatten Tausende von Exekutionen dort stattgefunden; ein Schuss, und ab hinunter in den Schlamm. Ein makabrer Scherz damals lautete, das Problem mit den Überschwemmungen sei gelöst, man könne jetzt über die Leichen gehen.

Einige Zeit später, als die Prätorianer die Gemetzel einstellten, um sich auf ihren Traum vom großen Geld zu konzentrieren, siedelten sie dort Hunderte von chinesischen Einwanderern an. Wie Vieh wurden sie in Sandlastern dorthin befördert. Man ließ ihnen Nahrungsmittel für ein paar Tage, Schaufeln und Abfallsäcke da, und innerhalb eines Monats hatten sie ein Dorf mit Brücken anstelle von Straßen errichtet.

Die Prätorianer öffneten den asiatischen Einwanderern Tür und Tor, denn sie waren überzeugt, mit den neuen Arbeitskräften die Lohnkosten um die Hälfte senken zu können. Trinidad sollte zum neuen Taiwan werden, zu einem Land, das bei den internationalen Großkonzernen gefragt war, weil dort die Produkte zum weltweit günstigsten Preis gefertigt werden konnten. Nur zwanzig Prozent der Einwanderer kamen auf legalem Weg ins Land und wurden nach der Musterung von den machtkonformen Firmen aufgenommen, wo man drei von ihnen zu einem Lohn einstellte, den zuvor ein einheimischer Arbeiter für sich allein beansprucht hatte. Die anderen Einwanderer wurden direkt vom Hafen in die Schuh- und Bekleidungs- oder die Fischfabriken gefahren, die den Prätorianern, ihren Verwandten und Strohmännern gehörten. Dort war das Lohnverhältnis sechs zu eins. Für die Arbeiter gab es keinerlei medizinische Versorgung, bis eine Krankheit ausbrach, die man für Skorbut hielt, und man zu der Überzeugung gelangte, dass eine Epidemie der Wirtschaft großen Schaden zufügen würde.

Immer wenn Van Upp in das Chinesenviertel fuhr, genoss er den Übergang von den verwinkelten Gassen des Judenviertels und der gezackten Kontur der Kathedrale von Santa Clara zur rauhen Wirklichkeit der Hütten und Brücken. Er ließ seinen Wagen stehen und folgte zu Fuß dem Zickzackkurs der Steintreppe. Ein angenehmer Weg, der ihn in dem Gefühl bestärkte, eine andere Welt zu betreten.

Wie üblich traf er auf ein paar Jugendliche, die ihm auf einer der schmalen Brücken den Weg versperrten. Und wie üblich starrten sie ihn mit unergründlichem Blick an, als würden sie ihn in Wahrheit gar nicht bemerken, und sprangen kurz darauf in das schwarze Wasser, um ihn vorbeizulassen.

Ihr Name war Mei, und sie wohnte in einer Hütte wie all die anderen. Sie hatte einen fünfjährigen Sohn, in dessen Gesicht verschiedene Rassen beheimatet waren. Van Upp öffnete den Vorhang und trat ein. Mei sah ihn an, ohne sich bei ihrer Beschäftigung unterbrechen zu lassen (sie schälte Kartoffeln, die sie in einer Kasserolle abspülte und in Viertel schnitt). Sie fragte ihn nichts und bot ihm nichts an. Schweigend und reglos verharrte Van Upp an der Tür. So musste es wohl sein, wenn man unsichtbar war, dachte er; so müssen sich Engel fühlen, wenn sie die Menschen besuchen, und genauso unwohl fühlen sich die Menschen, wenn sie von Fremdem umgeben sind.

Das Kind saß auf seiner Matte in der Ecke. In seinem Spiel spiegelte sich etwas von der Tätigkeit der Mutter: Es teilte ein Hölzchen in zwei Teile und brach diese dann in zwei Hälften, und dann noch einmal, bis es das Stück Holz nicht weiter teilen konnte und zu einem neuen griff.

«Chi-Chia», sagte Van Upp und legte sein Mitbringsel auf die andere Matte am Boden. So lautete der Name des Kindes, oder zumindest sprach die Mutter es immer so an.

«Chi-Chia», wiederholte er. Erst da unterbrach das Kind sein Spiel und musterte das Geschenk. Van Upp zog die Figur auf. Es war ein kleiner Pandabär in karierten Hosen. Als er den Bären zum Laufen gebracht hatte, machte dieser ein paar kleine Schritte, trank aus einer Limonadenflasche und biss in ein Sandwich. Doch schnell stellte Van Upp fest, dass die grobe Matte nicht die geeignete Oberfläche war. Der Bär blieb hängen und stürzte. Van Upp zog ihn nochmals auf, und wieder ging es schief.

Mei würdigte ihn weiter keines Blickes. Chi-Chia sah nicht ihn an, sondern den kleinen Bären, der sich in seinen Händen wand.

Van Upp fragte sich, was das für eine Welt war, in der es eine reine Wunschvorstellung blieb, Freude schenken zu können.

XXIV

Zu seiner eignen Überraschung brauchte Benet nicht besonders lang, bis er etwas über Van Upps wahre Herkunft herausgefunden hatte. Ein paar Telefonate, zwei davon ins Ausland, ein paar Besuche, auf eine Postsendung warten – das war alles. Der Polizeichef hatte am Ende doch nicht so falsch gelegen, offenbar war er ein Naturtalent.

Hier die Kurzfassung seiner ersten Resultate:

Van Upps Mutter, Vorname Virginia, hatte zwischen 1934 und 1952 in Hollywood gearbeitet; unter anderem war sie an der Produktion von *Gilda* beteiligt gewesen.

Nach einer Reihe von Versuchen als Drehbuchautorin war Virginia Van Upp die Vertraute des Chefs der Columbia Pictures, Harry Cohn, geworden, in Hollywood als «Harry the Horror» bekannt, oder als «White Fang», wie Ben Hecht ihn nannte. Cohns Leben ließ das Herz eines jeden Biografen des amerikanischen Traums höher schlagen (er war Laufbursche in einem Musikverlag gewesen, Pelzverkäufer, Pool-Billard-Profi, Busfahrer und Vaudeville-Darsteller), und Anfang der vierziger Jahre hatte er sich einen wohlverdienten Ruf als Tyrann erarbeitet. Die Filmstudios führte er wie ein Despot: Er verfügte über ein ganzes Netz an Informanten, und man sagte ihm sogar nach, er habe an den Sets, in den Garderoben und Büros Mikrofone installieren lassen, um genau mitverfolgen zu können, was vor sich ging oder was man über ihn redete.

Die Tatsache, dass Cohn die Karriere von Rita Hayworth in Virginia Van Upps Hände legte, zeigt, welch großes Vertrauen er in sie hatte. Damals war die Hayworth nur noch einen Seufzer weit davon entfernt, zur Liebesgöttin des internationalen Films gekürt zu werden. Ihr Bild auf dem

Titelblatt von *Life* war überall zu sehen, wo amerikanische Soldaten stationiert waren; es heißt sogar, es habe die Atombombe geziert, die auf das Bikini-Atoll fiel. Zu ihrer Weihe fehlte ihr bloß noch ein Film. Für Cohn sollte *Gilda* dieser Film werden.

Einige Monate vor Drehbeginn war Virginia Van Upp nach Argentinien gereist, um sich mit den örtlichen Gegebenheiten vertraut zu machen. (Die Geschichte des Gangsters Johnny Farrell, mit Glenn Ford in der Hauptrolle, spielt in einem Kasino in diesem lateinamerikanischen Land.) Mittels einer Reihe von Telegrammen, in denen sie Schwierigkeiten mit den Kontaktleuten des Studios vor Ort anführte, hatte sie ihre Rückkehr mehrfach aufgeschoben. Als sie endlich wieder im Büro der Columbia Pictures auftauchte, war es nur noch wenige Tage bis zum Beginn der Vorproduktion. Cohn, der jeden Tag Dutzende von Leuten entließ, stand kurz davor, sie rauszuwerfen. Aber eine Neue an ihre Stelle zu setzen hätte das Problem nur vergrößert; es bliebe keine Zeit mehr, sie einzuarbeiten, und außerdem brauchte er jemanden, dem Rita Hayworth gewogen war.

Cohn beschloss, mit ihr weiterzumachen. Und Virginia Van Upp hielt ihre Schwangerschaft geheim. Wäre durchgesickert, dass sie ein Kind erwartete, hätte man ihren Vertrag mit den Columbia Pictures sofort aufgelöst.

Der Film wurde ein Erfolg, doch als Virginia Van Upp um eine Auszeit bat, nahm Cohn das alles andere als wohlwollend auf. Er brauchte sie, sie sollte ein Auge auf Rita Hayworth haben, deren turbulentes Liebesleben ihn an den Rand des Wahnsinns trieb. Doch alles Drohen des «White Fang» war vergeblich. Virginia Van Upp wollte ja gerade vor ihm verbergen, dass sie in ihrem Zustand denkbar ungeeignet dafür war, das Gefühlsleben anderer zu kontrollieren.

Erschöpfung vorschützend, sagte Virginia Van Upp, sie wolle ein paar Monate in Trinidad verbringen. (Argentinien, Trinidad, sie hatte eine Schwäche für exotische Orte.) Hochschwanger kam sie an. Bis heute ist unbekannt, was sie dazu getrieben hat, ausgerechnet diesen Ort für ihre Niederkunft zu wählen. Einziger Beweis für ihren Aufenthalt in Trinidad sind die Ein- und Ausreiselisten des Zolls, das Gästebuch eines Hotels und die Dokumente eines Waisenhauses, das ihren nur wenige Tage alten Säugling aufgenommen hatte.

Benet erfuhr auch, dass ihre Karriere damit mehr oder weniger beendet war: Wen Cohn einmal hasste, den hasste er, und nach einem letzten Film mit Rita Hayworth (*Affäre in Trinidad*, die Idee zur Geschichte wird Virginia Van Upp zugeschrieben) verzichtete er auf ihre Dienste.

Dem Foto des alten *Who's Who* der Columbia Pictures nach zu urteilen, das Benet sich aus Los Angeles hatte schicken lassen, war Virginia Van Upp eine Brünette mit dunklem Teint und funkelnden Augen. Die fehlende Ähnlichkeit machte das Geheimnis um Van Upps Vater noch größer; es musste ein Argentinier sein.

Virginia Van Upp lebte noch. (Sie war in ihre Heimat Chicago zurückgekehrt.) Benet rief sie an. Als er ihr erklärte, dass es um ihren Sohn ging, den sie zur Adoption freigegeben hatte, legte sie sofort auf. Er hätte sie nochmals anrufen und sie über die amerikanischen Justizbehörden dazu zwingen können, eine Aussage zu machen. Aber Virginia Van Upps kindische Reaktion hatte gezeigt, wie sehr sie die Distanz schätzte, die sie zu einem bestimmten Teil ihrer Vergangenheit aufgebaut hatte.

Benet fragte sich, ob der Polizeichef wohl zufrieden sein würde. Er zumindest war es. Er kam sich scharfsinnig vor und beschloss, mit seinen Ermittlungen fortzufahren. Auf keine weiteren schlüpfrigen Details gestoßen zu sein, störte ihn nicht so sehr wie das Gefühl, dass seine Beute ihm stets zwei Schritte voraus war.

Sowohl in der Bibliothek als auch beim Postamt hatte man Benet gesagt, Van Upp sei kurze Zeit vorher schon dort gewesen und habe dieselben Fragen gestellt und dieselben Archive durchforstet.

XXV

«Der Henker Moliner wollte jegliches Treffen mit uns vermeiden», sagte Nora zu Van Upp, und man merkte ihr an, dass es ihr peinlich war. «Er hat uns nicht einmal empfangen und seine Frau vorgeschickt, um uns mitzuteilen, dass ...»

«Haben Sie ihr den Ernst der Lage erklärt?», unterbrach sie Van Upp und zog seinen Mantel aus.

«Seine Frau hat das ganz klar verstanden», sagte Nora. «Sie bedauert die Weigerung ihres Mannes genauso wie wir.»

«Na schön», sagte Van Upp und ließ sich auf seinen Stuhl fallen. Er nahm eine Zigarette aus der Schachtel vom Schreibtisch und drehte sie zwischen seinen Fingern. «Zumindest ist er jetzt gewarnt.»

Nora schüttelte den Kopf. Nadal tat unbeteiligt; mit aufeinandergelegten Händen, den Blick zu Boden gerichtet, stand er da wie ein kleiner Junge, der auf seinen Rüffel wartet.

«Moliner hat seine Frau gebeten, uns eine Nachricht zu überbringen», sagte Nora.

Van Upp fixierte sie mit seinem Blick, als wollte er ihre Berichterstattung beschleunigen. Aber er brachte Nora damit nur durcheinander; sie wandte sich ab und musste erst das Zucken ihrer Unterlippe unter Kontrolle bringen, bevor sie weitersprechen konnte.

«Er will Sie sehen, Chef. Sie allein.»

XXVI

Das Hausmädchen, eine Frau von kupferfarbener Haut mit kräftigen Augenbrauen, führte ihn in einen Raum und bat ihn um etwas Geduld. Van Upp nickte wortlos. Sein Blick wanderte bereits aufmerksam durch das Arbeitszimmer (über die schweren weinroten Vorhänge, die hölzerne Marienstatue auf dem Schreibtisch, die Flagge an der einzigen bücherfreien Wand), als er plötzlich das Gefühl hatte, jemand beobachte ihn. Er schaute zurück, das Hausmädchen stand immer noch im Türrahmen und ließ ihn nicht aus den Augen. Sie fühlte sich ertappt, schnaufte und schloss heftig die Tür hinter sich.

In der wieder eingekehrten Stille glaubte Van Upp durch die Wand Stimmen zu hören; es wurde gestritten. Bevor er sich ganz auf sie konzentrieren konnte, waren sie auch schon verstummt oder wurden von dem Hundegebell übertönt. Das mussten die Bulldoggen aus dem Zwinger sein, die er beim Betreten des Grundstücks gesehen hatte. Eine hatte reglos auf dem Boden gelegen, während die anderen wie wild herumgesprungen waren. Van Upp hatte sich gefragt, ob sie vielleicht krank war.

Im Arbeitszimmer roch es nach Staub und Moschus. Van Upp fuhr mit den Fingern über die Ledersessel; sie sahen unbequem aus, als habe sie jemand entworfen, dem jede Vorstellung von Komfort fremd war. Der Raum war groß, aber die Unmenge alter Bücher und Erinnerungsstücke einer langen Militärlaufbahn verlieh ihm etwas Bedrückendes. Van Upp sah sich die Marienstatue auf dem Schreibtisch an.

Es handelte sich um eine spanische Mater Dolorosa aus dem neunzehnten Jahrhundert. Ihre Arme waren in einer Geste der Hingabe oder Resignation geöffnet. Sie war mit großer Sorgfalt, fast schon detailversessen gearbeitet: der Mund mit den schmalen blassroten Lippen, die feine Nase, die unter dem blauen Umhang hervorschauenden Locken.

Ihre Augen waren nicht geschnitzt, sondern aufgemalt. Es sah aus, als hätte man ihr eine Augenmaske aufgesetzt, um den Eindruck zu erwecken, diese von Geburt an blinde, unfertige Jungfrau könne tatsächlich sehen. Van Upp streckte die Hand aus, um das kleine Gesicht zu berühren. Genau in dem Moment, als seine Finger sich auf das Holz legten, wurde der letzte Vorhangspalt zugezogen, und der Raum verdunkelte sich.

«Bin ich in Gefahr?», fragte Moliner.

Die Stimme klang, als taste er sich vor. Einen Moment lang glaubte Van Upp, der Henker Moliner hätte Angst, doch er korrigierte sich, nein, es war nicht Furcht, die dieses leichte Vibrieren erzeugt hatte. Die Vorstellung, dass jemand seinen Tod plante, rief in Moliner etwas anderes hervor, Rührung vielleicht.

«Es scheint einiges darauf hinzudeuten», sagte Van Upp. «Prades und Sie werden wohl die nächsten Opfer sein.»

Moliner tastete einen der Sessel ab, ohne Van Upp aus den Augen zu lassen, und setzte sich auf die Armlehne. Es war derselbe Mann, den Van Upp auf so vielen Fotos gesehen hatte, aber etwas an ihm war anders. Er trug nicht mehr die Uniform der öffentlichen Person, die er gewesen war, sondern ein weißes Hemd, eine schmale schwarze Krawatte und ein altes Wolljackett. Auf der Nasenspitze eine Brille mit dicken Gläsern; er sah aus wie ein Verwaltungsangestellter im Ruhestand, den man aus seiner Zeitungslektüre aufgeschreckt hatte. Van Upp gestattete sich ein Lächeln. Genau das war er, das war Moliner.

Prades' Stimme hallte in seinem Kopf wie eine Warnung: «Die meisten lassen sich von seinem Auftreten täuschen. Sie halten ihn für sanftmütig.»

«Warum nennt man Sie der Henker?», fragte Van Upp.

«Sie sind sehr direkt. Das gefällt mir», sagte Moliner. Er kratzte sich am Knöchel. «Das sollte ich meine Feinde fragen.»

«Ich werde Prades fragen.»

Moliner lachte auf. «Warum denken Sie, dass Prades mein Feind ist?», fragte er. «Sie sollten nicht alles glauben, was Sie lesen, vor allem nicht den Tageszeitungen. Prades und ich sind vom Wesen her sehr verschieden, aber als Partner ergänzen wir uns perfekt. Außerdem kennt mich der General schon aus der Zeit, als man mich der Rabe nannte.»

«Raben sind Aasfresser und Henker wie Raubvögel. Es steckt eine gewisse Logik hinter Ihren Spitznamen, sie gehen mit der Entwicklung Ihres Rufes einher.»

«Haben Sie einen Spitznamen?»

Van Upp leistete sich den Luxus und ließ diese Frage unbeantwortet. Er nahm ein Buch vom Schreibtisch und schlug es an der Stelle auf, wo das Lesezeichen steckte. Es handelte sich um die *Elévations sur les Mystères* von Bossuet. Er las: «Ich hatte ihn geschaffen, damit er spirituell im Fleische sei; und siehe da, er wurde sogar im Geiste fleischlich.»

«Bekennt sich irgendeine politische Gruppierung zu den Verbrechen?», fragte Moliner.

«Bis jetzt nicht.»

«Ich wünschte, man würde mir die Wahrheit sagen und

mich nicht mit diesen Halbheiten abspeisen, die man den Journalisten auftischt.»

«Ich möchte Ihnen nur mitteilen, dass Sie von jetzt an unter Polizeischutz stehen. Vierundzwanzig Stunden. Das hätten Ihnen auch die Beamten gesagt, die Sie nicht empfangen wollten.»

Moliner rückte seine Brille zurecht; seine Pupillen sahen auf einmal merkwürdig groß, rund und schwarz aus.

«Ich wollte Sie kennenlernen», sagte er.

Van Upp fühlte sich unbehaglich. Dass der Henker Moliner sich für ihn interessierte, erfüllte ihn mit unerklärlichem Stolz, und er schämte sich dafür.

«Sie müssen mich mit jemandem verwechseln», sagte er. «Ich habe keinerlei Erfahrung mit politischen Verbrechen.»

«Jedes Verbrechen ist politisch. Verzeihung, ich war unhöflich. Möchten Sie etwas trinken? Vielleicht einen Likör?», fragte der Exmilitär und nahm eine halbleere Flasche aus dem Regal. «Er ist hausgemacht. Von den Benediktinern hier in der Nähe, im Kloster Guaro.»

Der Ermittler schüttelte den Kopf. Moliner füllte ein Glas fingerhoch (es klebte bereits eine Schicht in der Farbe des Likörs darin) und stürzte es auf einen Schluck hinunter.

«Darf ich das Haus verlassen?»

«Selbstverständlich», sagte Van Upp. «Aber ich würde Ihnen empfehlen, die Ausflüge auf das Nötigste zu beschränken.»

«Ich pflege kein sehr intensives gesellschaftliches Leben. Aber auf meinen täglichen Messbesuch möchte ich nicht verzichten. Es wäre doch der denkbar schlechteste Moment, meine Seele zu vernachlässigen, meinen Sie nicht?»

XXVII

Die üppige Vegetation in Moliners Garten wurde ihm zum Verhängnis; als er sie bemerkte, hatten sie sich schon auf ihn gestürzt.

Van Upp war von einer Wolke von Fotografen und Journalisten umgeben. Er gewahrte das Blitzlichtgewitter, die Rufe, das Gebell der Bulldoggen, die Hände, die sich um ihn rissen.

Unter den Rufen vernahm er einen besonders deutlich: «Und was jetzt?», wurde er gefragt.

Ein anderer lautete: «Es ist Ihre Schuld.» Das ärgerte ihn. Wofür sollte er sich schuldig fühlen? Er erinnerte sich an den Satz von Chesterton, Journalismus bestehe darin, Leuten zu erzählen, «Lord Jones sei gestorben», die vorher nicht einmal wussten, dass Lord Jones überhaupt gelebt hat.

Nach dem hundertsten Blitz sah er nichts mehr. Er taumelte. Immer mehr Körper schienen sich um ihn herum zu drängen. Er bekam keine Luft.

Eine Hand fasste ihn am Arm und zog ihn fort. Dieselbe Hand, oder zumindest eine mit derselben Kraft, legte sich auf seinen Hinterkopf und drückte ihn nach unten, als wollte sie ihn in eine demütige Haltung zwingen. Er sträubte sich. Am Ende gab er nach und stellte fest, dass die Haltung angebracht war; die Hände, die Blitzlichter, die Stimmen waren sofort verschwunden.

Er befand sich in einem Wagen.

«Alles in Ordnung?»

Die Stimme von Nora.

Rasant fuhr das Auto an.

Van Upp blinzelte ein paarmal, er sah immer noch Sterne.

«Was ist los?», wollte er wissen.

«Prades», sagte Nora.

«Was ist mit Prades?»

«Sie haben seinen Wagen gefunden. Das Coupé. Auf dem Seitenstreifen mit offenen Türen. Es gibt keinerlei Kampfspuren. Das Gepäck wurde allem Anschein nach nicht angerührt.»

«Soll das heißen, er ...»

«Genau», sagte Nora. «Er ist verschwunden.»

Zweiter Teil

As flies to wanton boys, are we to
Th'gods. They kill us for their sport.

William Shakespeare, King Lear,
Vierter Akt, Erste Szene

I

Van Upp hatte nie daran gezweifelt, dass er Van Upp war.

Anfangs hatte er lediglich gewusst, dass es da etwas Böses in ihm gab, etwas Abnormes, das nach Heilung verlangte. Während des Zusammenbruchs war diese fordernde Stimme seine einzige Gewissheit gewesen.

Die erste Erinnerung, von der sich ihm Bild, Klang und Empfindungen eingeprägt hatten, stammte aus der psychiatrischen Klinik. Aufblitzendes Licht, ein abgehacktes Röcheln, das, wie er bald feststellte, aus ihm selbst kam: sein Atem. Immer wenn er ausatmete, hatte er Angst, danach völlig leer zu sein. Außerdem erinnerte er sich an einen von Kopf bis Fuß weiß gekleideten gesichtslosen Mann, von dem er nur die Augen wahrgenommen hatte, und an die Frau mit den elf Fingern: seinen Arzt und die Krankenschwester, die ihm Beruhigungsmittel injizierte.

Die Dysfunktion zeigte sich darin, dass sein Unterscheidungsvermögen in Mitleidenschaft gezogen war. Er vermochte die Bilder, die er sah – das Licht, der weiße Mann, die Krankenschwester –, nicht von denen zu trennen, die seine Phantasie hervorbrachte. (Sein Vater, eine Pistole, Feuer.) Und er konnte dem, was er sah, keine Bedeutung mehr zuschreiben: Die Augen und der Mund der Krankenschwester waren für ihn dasselbe wie die drei Löcher einer Steckdose. Das perspektivische Sehen war ihm abhandengekommen, er verwechselte Vorder- und Hintergrund. Es war ihm unmöglich, einen gesprochenen Satz von einer knarrenden Tür zu unterscheiden, alles empfand er als Lärm.

Wenn er die Augen schloss, sah er ein endloses Gebilde mit regelmäßigen Formen vor sich, das er später als Schachbrett oder Schaltplan oder die Skizze eines Labyrinths identifizierte. (Dieses Gefühl von etwas Mechanischem in seinem Körper würde ihn nie mehr verlassen: der Lebensfunke, der laufende Motor, der fachkundige oder unsachgemäße Umgang mit der Steuerung.) Von unkontrollierbaren Gewaltausbrüchen übermannt, ging er monatelang auf alles und jeden los, auch auf sich selbst; er wusste nicht, wo er aufhörte und wo die anderen anfingen.

Allmählich nahm er eine Reihe von Dingen wahr, die es ihm erlaubten, sich seine Welt wieder zusammenzubauen. Die stetige Abfolge von Tag und Nacht. Worte wie aufgesammelte Perlen einer zerrissenen Kette. Die Vertikalität der Welt, gegen die er nicht länger aufbegehrte. Dass man über die Hände an dieser Welt teilhaben konnte: Er lernte, den Mechanismus von Aufziehspielzeugen zu reparieren, später auch, wie man sie auseinandernahm und neu zusammensetzte; erst da kam die Sprache zurück.

Eine Zeitlang sprach er nur in Versform. Er rezitierte Shakespeare. Diese Texte schienen das Einzige zu sein, was sich über den Rubikon seiner Amnesie hinweggerettet hatte.

Es fiel ihm schwer, sich an den Gedanken zu gewöhnen, er habe ein früheres Leben gehabt, an das er sich nicht erinnern konnte. Die Ärzte hatten zunächst abgewartet und es ihm dann schonend beigebracht; es half, wenn sie ihm sagten, dass viele der Bilder, die sein Geist hervorbrachte, aus der Hirnregion stammten, die man der *Vergangenheit* zuordnete.

Wie ein Schiffbrüchiger an den rettenden Ast klammerte er sich an die Informationen, die man ihm zur Verfügung stellte. Er hieß Van Upp. Er war Ermittler.

Als man der Ansicht war, es gehe keine Gefahr mehr von ihm aus, begleitete man ihn zu einem Ausflug in seine Wohnung. Er durfte seine Kleider anziehen, sich in seinen Sessel setzen, in seinem Bett liegen. Er stöberte in seinen Büchern herum. Man gestattete ihm, ein paar davon mit in die Klinik zu nehmen. (Es gab eine makellose Shakespeare-Werkausgabe und abgegriffene Einzelausgaben jedes Textes, vollgeschrieben mit Anmerkungen.)

Er hatte die Informationen, die ihm die Ärzte gaben, nie in Frage gestellt. Er hätte an ihren Absichten zweifeln und glauben können, dass sie ihm einzureden versuchten, er sei ein anderer, jemand, den sie erfunden hatten wie eine Romanfigur. Doch ihm war klar, für ihn selbst würde es keinerlei Unterschied bedeuten, beides wäre für ihn gleichermaßen beschwerlich.

Man entließ ihn unter der Auflage, regelmäßig zu Kontrolluntersuchungen in der Klinik vorstellig zu werden. Die ersten Tage verbrachte er in einer Absteige, wo er Ermittlungen anstellte. (Er ging Archive durch, schrieb Briefe, führte Telefonate; er nahm keinen persönlichen Kontakt zu Leuten auf, die ihn kannten.) Am dritten Tag bestieg er einen Zug ins Delta, fuhr dort zwei Stunden mit dem Schiff umher und ging auf einer Insel an Land, deren Baumalleen es ihm angetan hatten. Er durchwanderte sie vom einen Ende bis zum andern. Dann erkundigte er sich nach einem Haus, das er mieten konnte, und bekam eins ohne Strom und ohne Gas.

Als einziges Gepäck hatte er ein paar Kleidungsstücke, einige wenige Bücher (die Shakespeare-Werkausgabe, die Bibel) und die Informationen mitgenommen, die er in den ersten Tagen in Freiheit eingeholt hatte. Das Haus stand auf Pfählen, damit es bei Flut nicht fortgespült würde. Es besaß ein Dach und einen Lehmofen, und es gab darin ein paar Werkzeuge und eine Angelrute.

Die ersten Wochen widmete er sich der Lektüre. Er las Zeitungsausschnitte und versandte Briefe mit seiner neuen Anschrift; die im Hotel eingetroffene Post wurde ihm nachgesandt. Er war entschlossen, Van Upp zu werden. Zwei besondere Umstände waren ihm hierbei von Nutzen. Gegenüber dem gemeinen Sterblichen hatte er einen Vorteil: Er war sich bewusst, dass es weniger ein natürlicher Prozess war, jemand zu werden – Van Upp in diesem Fall –, denn eine Konstruktion.

Das Haus auf der Insel war der ideale Ort. Es gab keinerlei Ablenkung. Er konnte sich vollständig darauf konzentrieren, Van Upp zu sein, bis in die letzte Konsequenz.

Und dies war der zweite Umstand, der ihm allerdings nicht bewusst war: In seiner Willenskraft ähnelte er bereits dem, der er früher gewesen war, der er immer war.

II

In den Tagen nach Prades' Verschwinden wurde über nichts anderes als das berichtet. Mehr als vierhundert Polizisten durchkämmten Trinidad auf der Suche nach dem General, von Norden nach Süden, von Osten nach Westen. Und es gab Klagen. Einwohner von Provos gaben an, Gruppen von Soldaten in Zivil hätten sich mit offiziösem Gebaren Zutritt in ihre Häuser verschafft, alles durchsucht und Befragungen ohne richterliche Anordnung durchgeführt.

Am vierten Tag verdrängte der bevorstehende Besuch von Papst Calabert das Thema von den Titelseiten. Calabert würde als erster Papst der Geschichte seinen Fuß auf Trinidads Boden setzen. Der Pilgerpapst aus Berufung hatte sein Wort gegeben, die Republik nicht zu besuchen, solange die Prätorianer an der Macht waren. In einer Welt, in der die Menschen immer gleichgültiger wurden oder sich alternativen Glaubenspraktiken zuwandten, weil sie so praktisch und leicht zu handhaben waren und verschiedenste Aspekte in sich vereinten, schadete die öffentlich zur Schau gestellte Religiosität von Prades und dem Henker Moliner dem Vatikan mehr, als dass sie ihm nutzte.

Der Tagespresse war zu entnehmen, Kardinal Vicco, der zum päpstlichen Gefolge gehörte, sei früher als geplant auf der Insel gelandet. Die Fotos zeigten einen Kirchenmann mit einem überirdisch strahlenden Lächeln; alle Berichte hoben seine «menschliche Wärme» hervor und wiederholten den offiziellen Tenor seiner Rede: Der Papst sei glücklich, zum ersten Mal ein Land zu besuchen, das so viel Leid ertragen habe, und er beabsichtige, seine neue Enzyklika *Tempus Fugit* vorzustellen.

Zu seinem überraschenden Eintreffen sagte Vicco, es handele sich um reine Routine, er wolle das Besuchsprogramm für Seine Heiligkeit erstellen und einige Protokollfragen klären. Doch im Gespräch mit dem Ministerpräsidenten war von Protokoll nicht mehr die Rede. Vicco ging es allein darum, zu überprüfen, ob die erforderlichen Sicherheitsbedingungen für Calaberts Besuch gewährleistet waren.

Die Zeitung *El Tiempo* veröffentlichte einen ausführlichen Leitartikel zu der, wie sie sich ausdrückte, «Untätigkeit der Polizei» (auf stichhaltige Argumente verzichtete man in den Berichten für gewöhnlich). Van Upp wurde für das Verschwinden von Prades verantwortlich gemacht und auch für das Unvermögen der Polizei, ihn zu finden. Außerdem wurden in dem Artikel Zweifel an der geistigen Gesundheit des Ermittlers geäußert, man fragte sich, ob «ein Beamter mit solch einer Krankengeschichte» nicht aus dem Dienst hätte entlassen werden müssen; man vermied es allerdings tunlichst, seinen Vorgesetzten oder der Regierung die Verantwortung dafür zuzuschreiben – die Presse und ihre Verpflichtungen.

III

Eines konnte man Van Upp ganz gewiss nicht vorwerfen, und zwar, dass er untätig gewesen wäre.

Gleich an mehreren Fronten war er aktiv geworden. Nadal hatte er die Koordination der Suche nach Prades übertragen; aufgrund seiner Erfahrung schien er der geeignete Mann dafür. Sein erster Bericht galt der Untersuchung des Ortes, an dem Prades verschwunden war. Nicht eine Spur, nicht ein Sekret, nicht eine Faser waren zu finden, die nicht zu Prades oder seinem engsten Kreis gehört hätten. Hätte es noch eines weiteren Indizes dafür bedurft, dass es sich bei demjenigen, der hinter Prades' Verschwinden steckte, und dem Mörder von Ferrer und Abellán um ein und dieselbe Person handelte, dann hatte man es jetzt schwarz auf weiß: der aseptische Tatort. In der Abteilung kursierte schon der Scherz, der Mörder agiere aus einer Luftblase heraus oder er sei schlichtweg kein menschliches Wesen.

Dumont leitete die Befragungen. Der Druck, den es dabei auszuüben galt (immer ein Stück weit über dem empfohlenen Maß), kam dem Ehrgeiz des jungen Polizisten sehr entgegen. Van Upp gab ihm genaue Anweisung: Unter den Opfern des Prätorianerregimes solle er sich vor allem auf diejenigen konzentrieren, die religiöse Zwangsvorstellungen oder überdurchschnittlich gute Religionskenntnisse hatten. Dumonts Unbedarftheit in diesen Fragen bereitete Van Upp kein Kopfzerbrechen. Im Gegenteil, er glaubte, seine Ahnungslosigkeit würde bei den Befragten das Bedürfnis wecken, ihn zu belehren, zu berichtigen oder zu missionieren.

Van Upp war überzeugt, der Rächer (er zögerte, ihn als Serienkiller einzustufen; in Bezug auf Geschlecht, Alter, Rasse und Modus Operandi mochte er unter diese Kategorie fallen, aber sein Antrieb war nicht allein psychopathologisch zu erklären, es ging tiefer) machte den Prätorianern den Prozess und verurteilte und exekutierte sie. Er folgte dabei der am weitesten verbreiteten Lehre: der Religion, genauer gesagt, der des Alten Testaments oder des Tanach, wie der ursprüngliche hebräische Text hieß.

Van Upps größte Hürde war der Polizeichef.

Als er ihm gegenüber erwähnte, der Mörder habe bei Abellán übereinstimmend mit der Mordmethode Bibelseiten über die Sintflut verwendet, hatte er seitens des Polizeichefs nur Gelächter geerntet. Auf Einwände bei Gericht war Van Upp vorbereitet; wenn er das aufgequollene Papier als Beweis vorlegte, würde es auf jeden Fall als Indizienbeweis gewertet. Der Polizeichef hingegen reagierte weniger adäquat. Er sprach ihm jegliche Sachkenntnis ab und bezeichnete die Vermutung als schwachsinnig.

Van Upp zeigte ihm die Fotos von Ferrers Garten.

Er musste sie ihm Stück für Stück erläutern. Die Bodenstruktur, die Umgrenzung der Beete und das leuchtende Blut machten die Fotos zu einem abstrakten Bild.

Weil der Polizeichef immer noch nicht verstand, schlug Van Upp ein Exemplar des Tanach auf. (Und zwar genau jenes Exemplar aus der Stadtbibliothek, das er zusammen mit einem anderen Band ausgeliehen hatte. Obwohl sie eigentlich zum Präsenzbestand gehörten, hatte Van Upp darauf bestanden, sie mitzunehmen.)

Der Polizeichef stellte fest, dass die leuchtenden Teile des

Bildes dem Satz entsprachen, auf den Van Upps langer Finger wie ein Zeigestock deutete.

Sopek dam ha'adam ha'adam damo yisapek.

«Es handelt sich um einen lapidaren Satz, den Gott nach der Sintflut zu den Menschen sagt», erklärte Van Upp. «Übersetzt etwa: ‹Wer Blut vergießt, dessen Blut soll wieder vergossen werden.› Eigentlich ist er unvollständig. Wahrscheinlich haben die Schuhsohlen Ihrer Männer den Rest verwischt. Weiter müsste es heißen: ‹Gott schuf also den Menschen als sein Abbild.› Das bedeutet, immer wenn wir einen Menschen töten, ist es, als ob wir Gott selbst töteten.»

«Aber ist das nicht ein Widerspruch?», wollte der Polizeichef wissen. «Wenn jeder Mörder wiederum von einem anderen Menschen getötet wird ...»

«Die Bibel ist voller scheinbarer Widersprüche. Heraklit sagt, der Herr, der das Orakel in Delphi besitzt, sagt nichts und birgt nichts, sondern er deutet an.»

«Wer hat was gesagt?»

«Tut nichts zur Sache! Das Zitat aus der Genesis zielt darauf ab, die Mörder zu verurteilen und diejenigen, die sie töten, von Schuld freizusprechen. Gott rechtfertigt diese Tode, die Hinrichtung der Mörder, als Wiedergutmachung für den angerichteten Schaden. Man kann mit der Interpretation sogar noch ein wenig weiter gehen. Man könnte zu dem Schluss kommen, dass Gott diese Tode geradezu *verlangt*.»

«Bücher», sagte der Polizeichef verächtlich.

Danach hatte Van Upp leichtes Spiel. Schon bald sah der Polizeichef ein, dass es sich um einen religiösen Spinner handelte, vielleicht den Angehörigen eines Opfers der Prätorianer. Entscheidenden Ausschlag dafür gab der Papstbesuch. Der Polizeichef wollte um jeden Preis vermeiden, dass der Skandal in irgendeiner Weise mit der Anwesenheit

Calaberts im Land in Verbindung gebracht wurde. Aber mehr als das diplomatische Konfliktpotential bereitete dem Polizeichef Kopfzerbrechen, dass sich eine weitere Instanz einmischen könnte. Es fehlte ihm gerade noch, dass die Kirche ihn jetzt zusätzlich unter Druck setzte und Calabert öffentlich sein Urteilsvermögen in Frage stellte.

So, wie die Dinge lagen, hatte Van Upp freie Hand, selbständig und unter größter Diskretion zu ermitteln. Denn es gab da etwas, das ihn stutzig machte und über das er weder mit Nora noch mit dem übrigen Team, noch mit Carranza, geschweige denn mit dem Polizeichef gesprochen hatte.

Man brauchte sich bloß die Tatorte anzusehen, um zu erkennen, dass hier kein Spinner oder Geisteskranker am Werk war. Das Fehlen jeglicher Spuren am Tatort (Van Upp hatte noch nie eine kargere Todesbühne gesehen) war schon für sich allein ein Zeichen für planvollstes Vorgehen. Folglich waren die Resultate seiner Ermittlungen – die mit Blut geschriebene Botschaft, die ironische Verwendung der Seiten über die Sintflut – vom Mörder so beabsichtigt.

Er besaß nichts weiter als den Knochen, den ihm der Mörder selbst hingeworfen hatte. Er konnte ihn natürlich verschmähen, um sich der Manipulation zu entziehen, diesem unangenehmen Gefühl, bei einem Wettlauf im Hintertreffen zu sein, bei dem der andere den Kurs bestimmte und dessen Ziel für Van Upp im Ungewissen lag.

Aber in dem Fall stünde er mit völlig leeren Händen da.

IV

Die Fahrt zum Kloster nutzte Van Upp, um seine Gedanken zu ordnen. Die Hypothese, die ihm durch den Kopf ging, war ein wenig halsbrecherisch. Er musste sie vorsichtig anbringen, damit man nicht wieder an seinem Verstand zweifelte.

Während er den Mäandern des Weges folgte, fiel ihm auf, wie sich in dieser Art der Fortbewegung durch den äußeren Raum sein Denkprozess widerspiegelte. Doch bald darauf war Schluss mit den Gemeinsamkeiten. Die Rede war fertig – sie war immer noch gewagt, aber in ihrer Logik unanfechtbar –, er hatte jedoch Mühe, den Weg zu finden. Er verfuhr sich zweimal. Beim ersten Mal half ein Blick auf die Straßenkarte, beim zweiten Mal musste er anhalten und einen Fußgänger befragen. (Er wollte das Funkgerät im Auto nicht benutzen, um die örtliche Polizei um Hilfe zu bitten; der Polizeichef sollte von seinem kleinen Ausflug besser nichts erfahren.)

Außer der Bibel hatte er eine Grammatik des Aramäischen mit dem Titel *Die Sprache der Engel* aus der Bibliothek entliehen. Sie lag neben ihm auf dem Beifahrersitz. Es handelte sich um einen unterhaltsam und feinsinnig geschriebenen Text mit dem Imprimatur des Vatikans. Van Upp hatte sich näher mit ihm befasst, nachdem er festgestellt hatte, dass der Autor, ein Priester und Theologe namens Pedro Martín Quiroz, aus Trinidad stammte. Als ihm der Gedanke gekommen war, einen Experten hinzuzuziehen, hatte er im Episkopat angerufen (wo man seinen Anruf umgehend und zuvorkommend entgegennahm) und sich nach ihm erkundigt. Er erhielt die Auskunft, Quiroz befände sich im Ruhestand und lebte am Rande von Santa Clara, aber er würde ihn gewiss empfangen.

Als Erstes erblickte Van Upp die beiden Türme des Klosters Alta Gracia. Sie waren elegant und besaßen etwas Unfertiges. Das Kloster hatte die Anmutung einer Festung, was durchaus in der Absicht des ursprünglichen Architekten gelegen hatte. Der war während der Bauarbeiten gestorben, und sein Nachfolger hatte seinen Tod als Aufbegehren des Himmels gegen die aggressive Architektur gedeutet. Was zur Folge hatte, dass Alta Gracia nun – je nach Blickwinkel – zwei Gesichter trug. Von der Seite gesehen war es eine einzige Lobpreisung Gottes. Von vorn hingegen war es furchteinflößend wie der gewalttätige und unergründliche Gott des Alten Testaments. Fasste man beide Facetten gleichzeitig in den Blick, hatte das Gebäude eine verstörende Wirkung; der Gott, dem es geweiht war, erschien *zugleich* als Herr der Liebe und des Krieges.

Das Kloster war von einem Gitterzaun umgeben. Van Upp stellte den Wagen ab und läutete an der Tür. Man öffnete ihm, und er ging zwischen Grabsteinen entlang auf das Hauptgebäude zu. Auf einigen Steinen standen so frühe Jahreszahlen wie 1823, manche trugen eine lateinische Inschrift. Ihm fiel auf, dass häufig das Wort «pestis» vorkam.

Die Frau, die ihn empfing, eine Nonne, mutete ebenso schlicht an wie die Steine.

«Herr Van Upp, nicht wahr?», sagte sie. «Ich habe Sie erwartet.»

Sie betraten eine hufeisenförmige Galerie, die einen Rosengarten umsäumte. Unten, in der Mitte des Gartens, stand ein Brunnen mit einem Cherubim, aus dessen Krug kein Wasser kam. Vor dem Brunnen kniend kämpfte der mit Overall und Strohhut bekleidete Gärtner mit Rohrzange und Absperrhähnen.

Es war schwer auszumachen, ob er sich gerade mit einer festsitzenden Schraube abmühte oder ob er versuchte, sie so fest zuzudrehen, dass nicht ein Tropfen die glatte Wasseroberfläche aufwühlte.

Als sie am Ende der Galerie angekommen waren, schaute Van Upp noch einmal zu dem Gärtner hinunter. Aus diesem Blickwinkel sah er aus wie ein anderer Mensch. Sein rechter Arm hing leblos herab und schwang wie ein Glockenklöppel hin und her. Der Hut, der die linke Gesichtshälfte vor der Sonne schützen sollte, gab den Blick auf eine völlig vernarbte Wange frei.

An der Treppe zum Garten blieb die Nonne stehen, bedeutete Van Upp durch eine Handbewegung, er möge hinuntergehen, und zog sich zurück. Als sie, fast schon wieder am Anfang des Hufeisens angekommen, noch einmal zurückblickte, stand Van Upp immer noch unentschlossen an derselben Stelle.

Van Upp stieg die Treppe zum Kiesweg hinab. Sein Schatten erreichte den Gärtner schneller als das Geräusch seiner Schritte; die Natur hatte seiner Gestalt eine gewisse Impertinenz auferlegt.

«Guten Tag. Ich suche Pater Martín Quiroz», sagte er.

Der Gärtner, immer noch auf Knien, unterbrach seine Tätigkeit. Er hob den Kopf und schnüffelte wie ein Tier in die Luft. Sein rechtes Auge, bis zu dem sich die Narben hinaufzogen, war blind. Wenn die Sonne darauf schien, leuchtete es weiß.

«Wer sucht ihn?», fragte der Gärtner.

«Van Upp. Abteilung Sechs der Polizei von Santa Clara.»

Der Gärtner drehte den Kopf und musterte ihn mit dem gesunden Auge. Van Upp ließ ihm genügend Zeit, ihn unter die Lupe zu nehmen. Schließlich stand der Mann auf. Van Upp war versucht, ihm aufzuhelfen, aber dafür hätte er seinen leblosen Arm anfassen müssen, und er wusste nicht, ob der Alte das billigte.

«Ich bin Quiroz», sagte er.

«Ich dachte, Sie wären der Gärtner.»

«Das bin ich auch.»

Quiroz deutete auf eine Steinbank im Schatten einer Statue. Van Upp nahm den Hut ab und reichte ihm den Arm wie einem alten Mütterchen, das man über die Straße geleitet. Der Priester hakte sich unter; das Gehen fiel ihm schwer.

«Pater ...», sagte Van Upp und half ihm, Platz zu nehmen.

«Pedro. Nennen Sie mich Pedro. Ich bin zwar immer noch Priester, aber es ist lange her, dass ich Menschen auf einen guten Weg gebracht habe. An kompliziertere Lebewesen als an Pflanzen wage ich mich nicht mehr heran. Doch auch so erlebt man manche Überraschung. Ich lerne Dinge von ihnen, die ich aus dem Buch der Bücher nicht gelernt habe. Dass sie von innen nach außen verdorren, zum Beispiel, so wie ich.»

Van Upp setzte sich an seine linke Seite. Sein Fuß stieß an eine Holzkiste. Darin befanden sich die Gärtnerutensilien und ein abgegriffenes Taschenbuch mit dem Titel *Der Spion der Zeit*.

«Ein Krimi?»

Der Alte zuckte mit den Schultern.

«Ich hatte immer schon ein Faible für Krimis. Obwohl ich meistens nicht bis zum Ende komme. Ich finde den Mörder immer viel zu schnell.»

«Der Titel spielt auf ein Werk von Shakespeare an.»

«Ja, *Macbeth*. Die Verse sind auf den ersten Seiten abgedruckt. Eine bloße Laune. Der Autor mag *Macbeth*, weiter nichts.»

«Ich hätte nicht gedacht, dass Sie so etwas lesen.»

«Viel mehr darf ich nicht mehr lesen. Auf Anraten des Arztes. Man hat mir Bibelabstinenz verordnet.»

Van Upp sah sich um. Außer ihnen schien niemand da zu sein.

«Ich habe dieses Kloster seit Jahren nicht verlassen», sagte der Alte und lachte gackernd. «Tageszeitungen interessieren mich nicht. Meine Wahrnehmung ist, wie Sie sicherlich bemerkt haben, eingeschränkt. Doch Ihr Besuch hat mir ein Gefühl zurückgebracht: Ich hatte schon fast vergessen, wie viel Freude eine Überraschung bereiten kann.»

Van Upp bot ihm eine Zigarette an, doch der Priester lehnte dankend ab.

«Ich vermute, selbst in Ihrer Einsiedelei haben Sie von den Prätorianern gehört», sagte er und zündete sich selbst eine an.

«Eins von vielen Dingen, von denen ich lieber nicht erfahren hätte.»

«Jemand ist dabei, sie zu töten.»

«Gott ist gerecht», sagte Quiroz ohne Zögern. «Zumindest manchmal.»

«Ich gehe davon aus, dass der Mörder Ihre Auffassung teilt.»

«Sie dürfen das nicht wörtlich nehmen. Wenn Sie mich fragen, was ich tatsächlich denke, würde ich antworten, Gott hat sich vor vielen, vielen Jahrhunderten aus dem Staub gemacht.»

«Ich würde Ihnen gern meine Vermutung darlegen.»

«Verzeihung!», sagte Quiroz und gackerte noch lauter. «Wie Sie sehen, habe ich mich so an das Alleinsein gewöhnt ...»

«Ich glaube», hob Van Upp an, «dass der Mörder über immense Bibelkenntnisse verfügt. Ich glaube, er benutzt sie, um die Gerechtigkeit dieser Tode zu betonen, so wie Sie vorhin. Und ich glaube auch, dass seiner Art zu töten ein Verhaltensmuster zugrunde liegt, eine Art Methode. Es wäre für mich von unschätzbarem Wert, sie entschlüsseln zu können, denn dann wüsste ich, was er als Nächstes vorhat. Ein weiterer Prätorianer, Exgeneral Prades, ist verschwunden.»

Van Upp erläuterte die Umstände der beiden Todesfälle.

Quiroz hörte ihm schweigend zu und nickte. Als Van Upp geendet hatte, nahm er den Hut vom Kopf und fächelte sich Luft zu.

«Die Botschaft ist eindeutig», sagte er.

Van Upp hielt das für eine ironische Spitze. Doch bald wurde ihm klar, dass der Priester seine Worte ernst gemeint hatte.

«Die Mordmethoden verweisen auf Schlüsselmomente in den biblischen Erzählungen», sagte Quiroz. «Schlüsselmomente deshalb, weil Gott eine neue Erkenntnis über den Menschen, über seine Beziehung zu ihm und über seine eigene Natur gewinnt. Durch diese Erkenntnis verändert sich Gott. Und trifft Entscheidungen.»

«Die Sintflut zum Beispiel», sagte Van Upp. «Das ist ganz eindeutig eine Strafe Gottes. Aber Ferrers Tod?»

«Liegt genauso auf der Hand», sagte Quiroz. «Er verweist auf Kains Brudermord an Abel.»

«Aber Abel wurde doch durch Schläge mit einem Eselskiefer getötet. Ferrer hingegen ...»

«Sie irren. Das mit dem Eselskiefer ist ein Ammenmärchen. Im Volk beliebt, aber es entbehrt jeglicher Grundlage. Wenn Sie die Stelle nachlesen, werden Sie feststellen, dass es keinerlei Hinweis auf irgendwelche Knochen oder Tiere gibt, abgesehen von den Schafen, die Abel hütete. Es wird nicht gesagt, wie Kain den Mord begangen hat.»

Quiroz holte tief Luft und rezitierte die Stelle auswendig: «‹Hierauf sagte Kain zu seinem Bruder Abel: Gehen wir aufs Feld! Als sie auf dem Feld waren, griff Kain seinen Bruder

Abel an und erschlug ihn. Da sprach der Herr zu Kain: Wo ist dein Bruder Abel? Er entgegnete: Ich weiß es nicht. Bin ich der Hüter meines Bruders?›»

«Aha. Keiner weiß also, wie Abel genau zu Tode gekommen ist. Keiner weiß, wie Ferrer zu Tode gekommen ist. Wonach soll ich also suchen? Welches Schicksal erwartet Prades? Was ist der nächste Schritt im Erkenntnisprozess Gottes?»

«Schwer zu sagen. Es gibt da viele Möglichkeiten», sagte Quiroz. «Gott ist wankelmütig. Er erschafft den Menschen, dann bereut er es, und dann bereut er, dass er es bereut hat ...»

«Ist Gott nicht unveränderlich? Weiß er nicht alles im Voraus?»

«Vollkommenheit ist nicht gleich Unveränderlichkeit. Vollkommenheit ist Entwicklung. Die ständige Weiterentwicklung zu etwas Höherem. Gott wusste nicht, dass Töten etwas Böses ist, bis Kain das Seine dazu tat. Wenn Sie nachlesen, werden Sie feststellen, dass bis dahin keinerlei Gewaltausbrüche des Menschen erwähnt werden. Erst als Kain tötete ... Erst als ...»

Quiroz' gesunder Arm zitterte, und er stützte ihn auf der Bank ab, als brauchte er ihn, um sein Gleichgewicht wiederzufinden.

«Alles in Ordnung?», fragte Van Upp.

«Ja, ja. Es ist nur ... Ich habe ... an Ihren Mörder gedacht. Er versteht sich auf das große Drama. Wissen Sie, woran Gott das wesenhaft Böse des Mordens erkennt? Wie er feststellt, dass diese Art von Tod ihn abstößt? Gott hat Kain nicht ‹gesehen›, als das mit Abel geschah; er war nicht dort; er hat es nicht vorhergesehen. Aber etwas hat ihn gewarnt. Etwas, das ihn drängte, zu Kain zu *eilen* und ihn nach seinem Bruder zu fragen. Und noch bevor er die Einzelheiten erfuhr, wusste er, dass etwas Böses geschehen war. Das sagte ihm sein ... *Körper*. Er spürte es auf der Haut. Er *hörte* es», sagte Quiroz und umklammerte Van Upps Hand.

Wieder holte er tief Luft. «‹Was hast du getan?›», sagte er. «‹Das Blut deines Bruders schreit zu mir vom Ackerboden.›»

V

Er brauchte eine Weile, bis er merkte, dass er wach war.

Es war vollkommen finster. Er blinzelte. Nur so konnte er sich vergewissern, dass seine Augen offen waren. Er ließ die Lider noch einmal flattern. Er dachte: Das sind die einzigen Muskeln, über die ich noch Kontrolle habe.

Wo war er? Ihm war heiß. Die Luft war feucht und stickig. Vielleicht befand er sich im Bauch eines Wals. Nein, da war etwas Hartes. Metallisches. Er lag auf einer Metallplatte. Das glaubte er zumindest. In seiner Benommenheit fiel es ihm schwer, zwischen oben und unten, vorne und hinten zu unterscheiden.

Hin und wieder hörte er ein Quietschen. Wieder musste er an Metall denken. Eine leerstehende Fabrik?

Ein menschlicher Kopf, der in einem mechanischen Organismus steckte. Ein verrückter Gedanke, aber genauso fühlte es sich an. Er bewegte die Zunge (all seine Bewegungen waren ein Sich-Vortasten; er bewegte das, was sich an der Stelle befand, wo er seine Zunge wähnte), doch er fand seine Lippen nicht. Es kam ihm vor, als würde seine Zunge über eine ungewohnte, raue Oberfläche fahren.

Plötzlich verspürte er Durst.

Er suchte Zuflucht in seinem Gedächtnis, bei dem, was er beim Überlebenstraining gelesen hatte. Ihm fielen nur Geschichten ein. Sechs Japaner in einem Schlauchboot, im

Jahr 1946, im Süden des Golfs von Tonkin: Das Meersalz hatte sie konserviert, sechs perfekte Mumien, die Augen waren von den Möwen ausgehackt oder mit der Körperflüssigkeit aufgesogen worden. Oder jener Indio in der Salzwüste, der, geblendet von der gleißenden Sonne und all dem Weiß, fünf Tage durchgehalten hatte und am sechsten eine kleine Festung erreichte. Er weigerte sich zu erklären, wie er eine Hand verloren hatte, die Wunde war durch das Salz verätzt worden. Er weigerte sich auch zu erklären, was mit ihr geschehen war. Noch Wochen später versteckte er sich, führte sie an die Lippen und saugte an ihr wie an einer trockenen Orange.

Jetzt erinnerte er sich an die Autofahrt. Er erinnerte sich an die Stimme, die davon sprach, dass jedes Handeln Konsequenzen hat, er erinnerte sich an das Nichts und am Ende an seinen Namen: Prades.

Als würde er einer Beschwörung folgen, hob und senkte sich Prades' Arm in der Dunkelheit; er schien ein Eigenleben zu haben, er war wie eine Feder, die mit einem zu großen Gewicht kämpfte. Da war etwas Flüssiges. Prades dachte an den Indio und führte seine Hand an den Mund. Sie war feucht. Süß. Er trank. Es schmeckte köstlich.

Dieses Wohlgefühl gab ihm den Mut, sich einzugestehen, was er bis zu dem Moment ausgeblendet hatte. Sein Körper war zerstört. Und damit war auch das Gefühl von Einheit verschwunden: Manche Körperteile waren gänzlich taub, andere gehorchten nicht mal mehr den einfachsten Befehlen.

Er war heilfroh, dass er sich in der Dunkelheit nicht sehen konnte.

VI

Das Waisenhaus war ein trostloses Gebäude. Es wimmelte von Kindern in blauen Kitteln, die schweigend umherliefen, als wären das Schweigen und die ständige Bewegung Teil einer kollektiven Buße.

Benet wartete am Empfang. Man hatte ihm gesagt, ein Priester würde sich um ihn kümmern. Das gefiel ihm gar nicht. Priester, Politiker, Intellektuelle – alles Intriganten. Er misstraute all jenen, die ihren Körper vernachlässigten; er wertete das als Arroganz, als wollten sie deutlich machen, dass sie – im Gegensatz zu ihm – einer unvergänglichen Macht dienten.

Den Unterlagen nach war Van Upp bis zu seinem zwölften Lebensjahr dort untergebracht gewesen. Inzwischen hatte er sogar Mitleid mit dem Bastard. Aufgewachsen im Waisenhaus, in der Psychiatrie gebüßt. Die Institutionen waren nicht gerade sanft mit Van Upp umgesprungen.

«Sergeant?»

Die Hand, die der Priester ihm reichte, fühlte sich glitschig an, und Benet hasste diese Schwäche. Anstatt ihm die eigene Überlegenheit vor Augen zu führen, verursachte sie Ekel. Er musste sich beherrschen, den kalten Schweiß, der sich bei der Berührung mit der Fischhand auf seine Finger gelegt hatte, nicht an der Kleidung abzureiben.

«Ich bin Pater L. Wenn Sie mir bitte folgen wollen.»

Er trottete hinter dem Priester her wie eins der Kinder im Kittel.

«Was möchten Sie über Van Upp wissen?», fragte der Priester beim Gehen.

«Eine Routineermittlung», sagte Benet.

«Gehört es jetzt zur Routine, gegen Polizisten zu ermitteln, die mit Fällen von großem öffentlichen Aufsehen betraut sind?»

Benet gab keine Antwort, er war nicht dazu verpflichtet. Sein Schweigen war durch das Gesetz geschützt. Ich habe ein Recht auf einen Anwalt, sagte er sich. Der Satz war ihm bestens vertraut, ihm selbst aber noch nie über die Lippen gekommen. Es überraschte ihn nicht sonderlich, immerhin gehörte es zu seinem Job, wie ein Verbrecher zu denken.

«Hier entlang», sagte der Priester und öffnete eine Tür.

Es war ein Raum voller Bücher. Eine Art Archiv: Sämtliche Bände hatten dieselbe Größe und trugen eine Nummer (das betreffende Jahr in Goldlettern) auf dem Rücken.

«Da sind sie», sagte der Priester und ging auf eins der Regale zu. «Die Daten über die ersten Lebensjahre von Van Upp. Impfungen. Krankheiten. Gewicht. Größe. Viel mehr werden Sie in den Registern nicht finden. Wenn Sie Informationen zu seiner schulischen Entwicklung suchen, die stehen in dem Regal da drüben. Wussten Sie, dass Van Upp und ich Klassenkameraden waren? Wenn Sie noch etwas brauchen, finden Sie mich ...»

«Warten Sie», sagt Benet. «Bleiben Sie bitte.»

Benet ging auf das Regal mit den Schulakten zu. Er nahm den ersten Band und schlug ihn auf einer beliebigen Seite auf. Dritte Klasse. Nein, das war die falsche. Er musste zurückblättern. Zur Klasse davor. Da. Lehrer: Miguel A. Urquiza. Die Anwesenheitsliste, für jeden einzelnen Tag. Gallino. Quiroga. Van Upp. Er fuhr mit dem Finger weiter nach oben. L, Daniel.

«Was war Van Upp für ein Kind?», fragte Benet.

«Ein stiller Junge. Gutes Benehmen. Ein ausgezeichneter Schüler. Immer den besten Notendurchschnitt», sagte der Priester.

Benet griff nach einem anderen Band, ein anderer Jahrgang. Lehrer: Miguel A. Urquiza.

«Ich glaube, in dem Jahr ist er regelrecht in die Höhe geschossen», sagte der Priester. «Ein Riese. Schon bald war er einen Kopf größer als Don Miguel.»

«Don Miguel?»

«Miguel Urquiza. Unser Lehrer.»

Benet blätterte die nächsten Seiten um, ohne richtig hinzuschauen. Noch mehr Namen. Noch mehr Spalten. Noch mehr Anmerkungen. Er hasste diese Art von Ermittlung: Man verlor sich in einem Dickicht von überflüssigen Informationen, in der Hoffnung auf irgendeinen Hinweis, der einen weiterbrachte.

«Wo kann ich diesen Mann finden? Den Lehrer. Urquiza», sagte Benet und klappte das Buch demonstrativ zu: Diese Etappe der Ermittlung war für ihn abgeschlossen.

«Ich fürchte, da werden Sie Pech haben.»

«Ist er tot?»

«Er lebt seit ein paar Jahren im Ausland. Ein toller Typ. Er ist sehr jung Priester geworden, danach hat er die Soutane abgelegt, eine Zeitlang in Marokko gelebt, sich an irgendeinem Krieg beteiligt, und anschließend ist er nach Santa Clara zurückgekommen und Anwalt geworden. Eigentlich wollte er in den Polizeidienst eintreten, aber wegen einer Verwundung hat man ihn nicht genommen. Er war nicht gerade das, was man sich unter einem typischen Lehrer vorstellt. Er rauchte im Unterricht wie ein Schlot, fluchte … Er gab uns immer zu verstehen, dass er Leute auf dem Gewissen hatte, auch wenn er jetzt hier war und sich kreideverschmiert mit uns herumschlug. Wir alle träumen als Erwachsene von einem Lehrer, den wir gefürchtet haben, und ich träume immer noch von Don Miguel, der mit einem Säbel in der Hand auf mich zukommt, um mich zu tadeln.

Aber seine Geschichten haben uns fasziniert. Van Upp hat großes Glück gehabt. Ihn sollten Sie fragen.»

«Ich weiß nicht, wovon Sie sprechen.»

«Wenn jemand weiß, wo Don Miguel sich aufhält, dann ist es Van Upp.»

Benet sah den Priester an, und der Argwohn stand ihm ins Gesicht geschrieben.

«Bevor Don Miguel das Waisenhaus verließ, hat er alles Nötige in die Wege geleitet», sagte der Priester. «Er hat Van Upp hier herausgeholt, weil er ihn auf eine andere Schule bringen wollte. Eine bessere. Das war schließlich sein gutes Recht.»

«Ich verstehe nicht!»

«Don Miguel hat ihn adoptiert. Verstehen Sie jetzt? Sie sind gemeinsam gegangen. Den Gerichten dieses Landes nach ist Miguel Ángel Urquiza offiziell Van Upps *Vater*.»

VII

Van Upp hatte darauf bestanden, dass Nora im Büro blieb (irgendjemand musste die Stellung halten), und zähneknirschend hatte sie eingewilligt. Langsam bekam sie den Eindruck, Van Upp ließe sie nicht am Geschehen teilhaben, er halte absichtlich Informationen zurück.

Den Morgen hatte sie auf der Suche nach religiös motivierten Verbrechen im Archiv verbracht. Wenn es um die Schilderung des Tathergangs ging, waren die Berichte zwar sehr detailfreudig, doch wenig fundiert. Nora überkam bei der Lektüre das Gefühl, sie hörte ihren Vater reden.

Am Nachmittag las sie *Tempus Fugit*, die neue Enzyklika von Papst Calabert. Nicht aus Frömmigkeit, sondern weil sie den Verdacht hegte, dass der Mörder der Prätorianer unter einem religiösen Wahn litt. (War es ein berechtigter Verdacht ihrerseits oder nur eine Projektion des Verdachts, dem – wie Nora glaubte – Van Upp in seiner Ermittlung folgte?) Vielleicht fand sich darin ein Schlüssel für die Obsessionen des Mörders und seine Denkweise. Vielleicht hatte Calaberts glühende Rede in einem Geist, der alles allzu wörtlich nahm, sonderbare Blüten hervorgetrieben. In einigen Passagen kam Calaberts Aufruf, «sich zu erheben und den bedrohten Glauben zu verteidigen», schon fast einer Hetzrede gleich.

Der erste Teil von *Tempus Fugit* fasste die Situation des Glaubens in der Gegenwart in den Blick. Calabert (sein Redenschreiber?, sein Pressesprecher?) hatte einen prophetischen Ton für sein düsteres Panorama gewählt. Er zeichnete den Menschen der Gegenwart als entfremdetes Wesen, das die Arme für den Wohlstandsregen öffnet, den der Himmel des Materiellen ihm verheißt, und sich im Gegenzug verpflichtet, weder den Glauben noch sich selbst zu hinterfragen. «Man hat uns gekauft», sagte Calabert, «Wohlstand gegen Schweigen.»

Für Calabert galt die Schlacht schon fast als verloren. Er erlaubte sich sogar, einen Exkommunisten wie Orwell zu zitieren. Der Papst glaubte, dass eine Welt wie die in *1984* beschriebene längst Realität war, nur in einer weit schlimmeren Variante: Denn niemand schien sich der eigentlichen Lage bewusst zu sein. Der Mensch lebte nicht mehr in Abhängigkeit vom Menschen, sondern vom Markt. Und die Regierungen agierten wie die Polizisten dieses Marktes, sie wachten über seine Interessen und bestraften all diejenigen, die ihm zuwiderhandelten. Er sprach über die Technik, die versklavte statt befreite. («Es wird immer einfacher, ohne den Kontakt zu anderen auszukommen», sagte Calabert beziehungsweise sein Redenschreiber oder sein Pressesprecher, «und in unserer Einsamkeit leistet uns nur noch das Geräusch der Maschinen Gesellschaft.») An dieser Stelle käme dann die Psychoanalyse ins Spiel, die versuchte, all die Ängste herunterzuspielen und kontrollierbar zu machen, die durch das Gefühl des Scheiterns hervorgerufen würden. Und die Pseudoreligionen, die das Nirwana verhießen, das man auch ohne Veränderung der Außenwelt erreichen könne, indem man allein für sein eigenes «inneres Gleichgewicht» sorge.

Nora fand die Analyse an sich nicht schlecht, doch Calabert war für sie unglaubwürdig. Seine Reaktion erschien ihr unzeitgemäß, er gebärdete sich wie ein verdrängter Liebhaber. Die Rolle der Kirche bei der derzeitigen Entwicklung ließ er außen vor. Er hatte doch in den letzten Jahrzehnten tatenlos dabei zugesehen, wie die Kompetenzen der Kirche zunehmend beschnitten wurden und der Katholizismus zum Kult einer verschworenen Gemeinschaft geworden war, der jenseits der Kirchenmauern keine Bedeutung mehr hatte. Zwischen diesem verwässerten Glauben und den Modereligionen klaffte gar kein so tiefer Abgrund, es war bloß eine Frage der Tradition.

Wie zu erwarten, führte Calabert alles darauf zurück, dass der Mensch sich von Gott abgewandt habe. Nora fragte sich, ob es nicht treffender lauten müsste, Gott habe sich vom Menschen abgewandt. Wo war Gott, als Trinidad in die Hände der Prätorianer fiel? Nora verstand sich als Agnostikerin, aber wenn sie über die Möglichkeit der Existenz Gottes nachdachte, drängte sich ihr als Erstes die Frage auf, was für ein Gott das war, der schweigend die Ernte des Schreckens duldete, in dem sich der Mensch als wahrer Meister gebärdet.

Wenn es Gott wirklich gab, sollte ihn niemand verehren.

Man sollte ihn negieren. Oder tadeln.

VIII

Das Klingeln des Telefons riss sie aus ihren Gedanken. Jemand verlangte am Eingang nach Van Upp. Er sagte, Kardinal Vicco, der Sekretär Seiner Heiligkeit, schicke ihn. Nora fragte die Telefonistin, ob es sich um einen Priester handle. Sie erwiderte, es handle sich um einen Herrn mit einem sehr hübschen Dienstausweis.

Der kleine Mann, der sich mit dem Namen Dufresne vorstellte, trug eine viel zu große Mütze auf dem Kopf (blau mit schwarzem Schild; er sah aus wie ein Chauffeur) und lehmverschmierte Schuhe. Laut Ausweis war er beim Büro zum Erhalt des Glaubens angestellt. Der Ausweis war in der Tat auffällig. Nora schaute auf Dufresnes Füße und überlegte, ob der Erhalt der Schuhe wohl in die Kompetenz eines anderen Büros fiel.

Als sie Dufresne mitteilte, Van Upp sei dienstlich unterwegs, blickte er verdrossen drein wie ein kleiner Junge, dem man den Luftballon weggenommen hat. Er kramte in den Taschen seines Jacketts und zog eine Visitenkarte nach der anderen heraus. Er bat sie, Van Upp auszurichten, der Kardinal wolle ihn sprechen und er solle ihn unter der Nummer anrufen, die er jeden Moment finden würde. Es sei dringend. Kardinal Vicco würde bald abreisen. Sie möge etwas Geduld haben, er habe die Nummer gleich zur Hand.

Er überreichte ihr die Visitenkarte des Episkopats.

Nora bedankte sich mit den Worten, sie werde die Karte an Van Upp weitergeben, und verabschiedete den Gast.

Dufresne stand vor ihrem Schreibtisch und rührte sich nicht vom Fleck.

Sie fragte ihn, ob sie noch etwas für ihn tun könne.

«Kennen Sie ihn?», fragte Dufresne.

«Wen?»

«Van Upp.»

«Das habe ich doch bereits gesagt, ja. Sobald ich ihn sehe ...»

«Wie ist er?»

Jetzt schaute Nora verdrossen. «Was meinen Sie? Wie er aussieht?»

«Groß und mächtig. Eine Windmühle, nicht wahr?», sagte Dufresne und breitete die Arme wie Flügel aus. «Und wie fühlt man sich in seiner Nähe? Sagen Sie mir: Was ist mit seinen Augen?»

«Herr Dufresne ...»

«Sie haben recht, es tut mir leid. Ich wollte sowieso gehen. Also dann.»

Der kleine Mann drehte sich um und schlurfte mit seinen schmutzigen Schuhen zur Tür. Kurz darauf blieb er noch einmal stehen und sah Nora an. In seinen Augen war ein koboldartiges, grünes, boshaftes Blitzen.

«Sie haben nicht die geringste Ahnung, nicht wahr? Sie wissen gar nichts. Sie haben nicht einmal einen Verdacht.»

Nora öffnete den Mund, um etwas zu sagen, aber sie wusste nicht was.

Dufresne grüßte zum Abschied mit seiner riesigen Mütze: ein gekonnter elisabethanischer Schwung durch die Luft, eine Verbeugung, und schon war er entschwunden.

IX

Nadal hatte es mit wahrer Freude aufgenommen, dass Van Upp ihn mit der Koordination betraut hatte. Der Verrückte war also nicht völlig neben der Spur, er wusste den Wert der Erfahrung zu schätzen. Kurz bevor er das Präsidium verlassen hatte, hatte er vor Dumont ein wenig damit geprahlt. (Das war jetzt fast drei Tage her, neunundsechzig Stunden, in denen er nicht geschlafen hatte.) «Er ist verrückt, das ja», hatte er zu Dumont gesagt, während er sich den Mantel anzog, «aber er ist alles andere als dumm.»

Jetzt war Nadal sich nicht mehr ganz so sicher, was Van Upp im Schilde führte.

Unzählige Male hatte er die Stadt in seiner Laufbahn schon durchkämmt. Nadal kannte die Verstecke der üblen Gesellen, die Viertel, zu denen Polizisten in Uniform keinen Zutritt hatten. Außerdem verfügte er über ein zuverlässiges Informantennetz, darunter Händler (denen sehr daran gelegen war, jeglichem Konflikt mit dem Gesetz aus dem Weg zu gehen; nicht einer hatte gültige Papiere), Exsträflinge, Straßenkehrer und Müllleute, Schulbedienstete, Vorstadtpolitiker bis hin zu Hausportiers. «Von fünf Leuten, die ich auf der Straße treffe», pflegte er zu sagen, «könnten drei jederzeit zum Hörer greifen und mir Informationen geben.»

Aber auf dem Land? Dort gab es weder Informanten noch heiße Zonen. Der größte Teil dieses Gebiets war schon wochenlang nicht mehr betreten worden, und auf seiner endlosen Fläche taten sich weit größere Rätsel auf als im Relief der Stadt. Jeder Zentimeter konnte hier zum Grab werden.

Unter freiem Himmel fühlte Nadal sich wie ein vollkommen anderer. Er war schmutzig, und die Matschflecken reichten ihm bis hoch an die Leiste. Seine Hände brannten, gepeinigt von Insekten und den ätzenden Säften einiger

Dornen. Aber am meisten irritierte es ihn, dass er die Orientierung verloren hatte. Selbst die Kommunikation war gestört (irgendein atmosphärisches Phänomen machte aus den Walkie-Talkies ein nutzloses Accessoire), und das erschwerte die Koordination der Einsatzkräfte. Von allem und selbst von der Technik verlassen, hatte er die Polizei vor Ort auf eigene Faust suchen lassen; die Beamten waren es gewohnt, das Land Meter für Meter zu durchkämmen.

Als sie zu einem unbewohnten Landhaus kamen, bestand er darauf, das Gebäude selbst zu durchsuchen; er dachte, innerhalb von vier Wänden könne er vielleicht nützlicher sein. Aber sein Einsatz blieb ergebnislos, und so kehrte er an die Haustür zurück und beobachtete von dort aus die Lampen und Scheinwerfer der Männer, die das Feld absuchten.

«Was für eine Ruine», sagte M, ein ortsansässiger Polizist. «Die Gegend ist voll von verlassenen Häusern. Auch einen Schluck?», fragte er und hielt Nadal die Schnapsflasche hin. Nadal zögerte, bevor er sie nahm, fast schon beschämt. Es kränkte ihn, dass ein Provinzpolizist besser vorbereitet war als er, sogar was das dringendste aller Bedürfnisse anging.

«Dieses Haus ist das traurigste von allen», fuhr der Polizist fort. «Ein Engländer hat hier gelebt, ein gewisser Spenser, das Opfer eines Fluchs. Er war ein großer Jäger, auf jeglichem Gebiet, mehr als vierzig uneheliche Kinder soll er gehabt haben. Und die Großmutter einer seiner Eroberungen ...»

«Wenn es für jede Geschichte eine Münze gäbe ...»

«Die Frau hat Spenser verflucht, weil er ihre Enkelin geschwängert hat. Winselnd wie ein Hund solle er verrecken. Wissen Sie, der Mann hatte einen Fuchs als Haustier. Und eines Tages hat der Fuchs ihn gebissen. Spenser ist eigens nach Paris gereist, um sich von Professor Pasteur persönlich behandeln zu lassen. Aber die Behandlung war äußerst langwierig und wohl allzu streng zu befolgen, also kehrte er zurück.»

«Was ist das? Hören Sie das?»

«Hunde. Das passt ja. Spenser starb in diesem Haus. In der Dachkammer. Das Hausmädchen und der Diener erstickten ihn mit einem Kissen, weil sie sein Heulen nicht länger ertragen konnten.»

«Seien Sie still.»

Es war nicht nur Hundegebell. Man hörte auch Rufe. Einer davon galt ihm.

Nadal und M rannten los, die Taschenlampen in der Hand. In heller Aufregung kam ihnen der Rotschopf H entgegen.

«Die Hunde! Ich habe sie wühlen gesehen und mich gefragt ...»

Nadal bahnte sich einen Weg durch die Polizisten, die um den Fund herum standen. Ein von Hundekrallen frisch aufgewühlter Fleck im Gras. H lief an Nadal vorbei und sank auf die Knie.

«Sehen Sie sich das an», sagte er.

Nur wenige Zentimeter unter der Oberfläche lag ein seltsames Gebilde. H hob es mit den Fingern an wie einen Deckel; es handelte sich um ein Stück getrockneten und hart gewordenen Stoff. Darunter erkannte man die gelblich schimmernde Rundung eines menschlichen Schädels.

«Die Leiche liegt schon zu lange dort», sagte Nadal.

«Und außerdem haben wir es hier nicht mit einem Erwachsenen zu tun», sagte M. Er nahm den Schädel und hielt ihn H direkt vors Gesicht, der zuckte zurück. In der Tat, es sah aus wie ein Spielzeug. «Das Überbleibsel einer unerwünschten Schwangerschaft. So was kommt hier nicht selten vor.»

Nadal klopfte H auf die Schulter, der immer noch auf dem Rasen kniete.

Die Ankunft zweier Polizeiwagen unter Sirenengeheul riss sie aus ihrer Selbstversunkenheit. Das Spektakel, das in der Stadt an der Tagesordnung war, wirkte auf diesen staubigen Wegen unangemessen, schon fast skandalös.

M stellte Nadal den Polizisten vor, der das erste Auto fuhr, und dieser ihnen den Mitfahrer auf der Rückbank. Es handelte sich um einen alten Mann mit verschlissener Kleidung, der seinen Hut gegen die Brust drückte, als wollte er vermeiden, dass sein Herz heraushüpfte.

«Der Herr ist der Hausmeister der angrenzenden Estanzia», sagte der Polizist. «Er sagt, er habe ... hm ... etwas entdeckt, und es könnte das sein, was wir suchen. Er war so klug, nichts anzurühren, stimmt's?», sagte er, und der Alte nickte ernst.

Nadal entfernte sich von dem Wagen. Mit einem Mal saß ihm die gesamte Müdigkeit im Nacken, als wäre die Nachricht das Signal gewesen, auf das er gewartet hatte, um endgültig die Segel zu streichen. Doch der Polizist packte ihn am Arm und hielt ihn zurück.

«Er sagt, wir sollen uns beeilen. Es wäre besser ...»

«Wenn es sich um die vermutete Person handelt und sie sich im erwarteten Zustand befindet, wird sie uns schon nicht weglaufen, oder?»

«Aber es stimmt, was der Mann sagt. Wenn wir nicht rechtzeitig hinkommen ...»

«Was ist, wenn wir nicht rechtzeitig kommen?», fragte Nadal, der allmählich die Geduld verlor.

Der alte Mann beugte sich aus dem Fenster und lächelte mit seinem zahnlosen Mund.

«Die Insekten», sagte er.

X

Während der Fahrt sprach keiner ein Wort. In der ersten Stunde, als sie die Stadt allmählich hinter sich ließen und das Panorama immer ländlicher wurde, konzentrierte Van Upp sich auf die Landkarte. Er überlegte, was Prades dazu veranlasst haben könnte, auf der Hälfte des Weges zwischen seinem Haus und dem Landsitz in Santa Coloma einen Abstecher zu machen.

Dass es dafür scheinbar keinen Grund gab, änderte nichts an den Tatsachen: Nach fast dreitägiger Suche hatten sie Prades' Leichnam in einem der großen Landhäuser von Ensenada gefunden. Van Upp musste seinen Einfluss geltend machen, damit die dortige Polizei bis zu seinem Eintreffen nichts unternahm; erst, als er ihnen eine halbherzige Zusage abgerungen hatte, machte er sich auf den Weg.

Nora sprach Van Upp nicht an, seit er sich mit Hilfe einer Taschenlampe in die Landkarte vertieft hatte. Sie wartete auf einen passenden Moment, um ihm von Dufresne und dem merkwürdigen Interesse von Kardinal Vicco an ihm zu berichten. Die Visitenkarte des Episkopats mit der Telefonnummer befand sich zwischen den Seiten von *Tempus Fugit* in ihrer Handtasche.

Als sie die Serpentinenwege in die Berge hinauffuhren, schaltete Van Upp die Taschenlampe aus und schlief, den Hut über die Augen gezogen, ein. Dennoch brauchte ihn niemand vorzuwarnen, als sie kurz vor dem Ziel waren. Ob es an der verminderten Geschwindigkeit des Autos lag oder an der Spannung in der Luft, Van Upp war jedenfalls hellwach, als der Wagen den Steinbogen zum Landsitz passierte.

Selbst im blassrosa Schimmer des anbrechenden Morgens mutete die Landschaft wild an. Büsche, hoch wie Pferde. Von Efeu überwucherte Steinmale. Bäume mit ungleichen

Kronen, ein Heer von Riesen mit wulstigen Köpfen. Die Gärtner hatten sie seit 1921, als das Republikanische Heer das Gebäude in Brand gesetzt hatte, nicht mehr angerührt, dennoch war der Weg frei. Der Hausmeister und seine Frau benutzten ihn häufig mit ihrem klapprigen Lieferwagen, wenn sie die Eier von ihrem Bauernhof ausfuhren.

Nadal wartete am Wegrand.

«Wo ist Carranza?», fragte Van Upp, kaum dass man ihm die Beamten vor Ort vorgestellt hatte. Nadal erwiderte, er sei noch nicht eingetroffen. Auf Van Upps ansonsten stets ungerührtem Gesicht zeigte sich ein Anflug von Verärgerung, und er bestand darauf, dass niemand etwas anfasste, bis der Gerichtsmediziner zugegen war. Einige murrten (vielleicht aus Ungeduld, die Kriminaltechniker warteten bereits seit Stunden darauf, endlich in Aktion treten zu können), aber Van Upp behelligten sie nicht weiter; der ließ sich von Nadal auf den neuesten Stand bringen.

Sie gingen zu dem Wassertank. Er war nachträglich gebaut worden, um die Handwerkerbrigaden mit Wasser zu versorgen, die das Haus wieder aufbauen sollten. Das Unterfangen verlief im Sande, als der letzten Generation der Familie Losada, die von Glücksspiel, Wahn und am Ende vom Krieg verschlungen wurde, das Geld ausging. Nora glaubte sich zu entsinnen, dass jemand einen Roman über die Geschichte der Familie geschrieben hatte. Sie fragte sich, ob der Autor die Ruine und den Betontank gesehen hatte, der nicht für die Ewigkeit gedacht war und so gar nicht zur Eleganz passte, die das Haus selbst in seinem zerfallenen Zustand noch ausstrahlte. Vielleicht wirkte der Tank deshalb älter als das Gebäude. Das Kalkgrau und die kreisrunde Form hatten etwas Atavistisches.

Van Upp stieg über die schmale Metalltreppe nach unten. Der Tank verfügte über eine Luke, durch die man hineinklettern konnte, um ihn zu säubern. Obwohl es langsam hell wurde, war es im Innern des Tanks dunkel wie in einer Katakombe.

«Geben Sie acht mit der Treppe!», sagte Nadal.

Die Stufen schienen kein Ende nehmen zu wollen. Hin und wieder schaute er nach oben und sah Noras Gesicht im Oval des Bullauges, das immer kleiner wurde; auch sie schaute hinab, vermochte aber nichts zu erkennen.

Der Gestank war entsetzlich: Wundbrand. Er kannte ihn von seinem Aufenthalt in der psychiatrischen Anstalt, wo er mehr als einen Patienten gesehen hatte, der im Fieberdelirium dahinfaulte. (Die Medikamentenversorgung war immer prekär gewesen, aber während des Krieges gingen die Antibiotika vollständig aus.)

«Hier entlang», sagte eine dunkle Stimme.

Eine Taschenlampe wies ihm den Weg. Van Upp schaltete seine eigene an und ging weiter. Zwei Schritte. Er hörte, wie die Panzer der Käfer unter seinen Schuhen knackten.

«Bleiben Sie da stehen. Ich bin Doktor R, der ortsansässige Gerichtsmediziner. Vorsicht, nichts anfassen», sagte der Mann durch das Taschentuch, das er sich vors Gesicht hielt. «Nur ein einfacher Augenschein. Sehen Sie hin.»

Er leuchtete Prades' Gesicht an. Kein Zweifel, es handelte sich um ihn. Er war aufgedunsen, hatte glasige Augen. Um seinen Mund drängten sich die Insekten, dort fanden sich Spuren von getrocknetem Blut; es sah aus, als habe ihm jemand ungeschickt die Lippen übermalt.

«Die Brüche sind eine Folge des Sturzes. Ein Arm wurde unter dem Körper eingeklemmt», sagte R und leuchtete den Torso an. «Vielleicht auch ein paar gebrochene Rippen. Aber der Wundbrand ist hier unten entstanden.»

Der Lichtstrahl fuhr über Prades' Körper und hielt auf Höhe der Beine inne. Er hatte einen offenen Bruch unterhalb des Knies. Die Ränder der Wunde waren schwarz verfärbt, und munter krabbelten die Insekten über den Knochen hinaus und hinein.

«Es kommen mehrere mögliche Todesursachen in Betracht», sagte der Gerichtsmediziner.

Auch Van Upp hielt sich ein Taschentuch vors Gesicht; er hatte das Gefühl, der Gestank würde mit jeder Sekunde unerträglicher. Er wollte näher herantreten und sich Prades' Kleidung anschauen.

«Halt! Keinen Schritt weiter!», rief der Gerichtsmediziner und blendete ihn mit der Taschenlampe.

Dann leuchtete er auf den Boden zu Van Upps Füßen und die sich schlängelnde Spur, auf die er beinahe getreten wäre.

«Ich würde mal vermuten, dass das hier die Todesursache ist», sagte er. «Nach seinem Sturz ist jemand heruntergekommen und hat ihm mit einem scharfen Gegenstand den Bauch aufgeschlitzt. Ich habe von Fällen während des Krieges gehört, die fast eine Woche in diesem Zustand überlebt haben. Auch er hätte noch länger leben können, wenn er nicht den Saft seiner eigenen Eingeweide getrunken hätte.»

XI

Dienstag, kurz nach Mittag. Die bevorzugte Zeit des Todes.

Es heißt, Christus' Seele habe zu dieser Stunde seinen Körper verlassen, der Himmel von Jerusalem habe sich verfinstert und der Vorhang im Tempel sei in zwei Stücke zerrissen. Auch Herkules soll um diese Zeit das durch den Zentaur vergiftete Hemd angezogen und vor lauter Qual die Gnade des Todes erfleht haben. Und es soll die ideale Tageszeit sein, um Verräter zu erschießen; das Fehlen des Schattens erhöht die Todesangst.

Um diese Zeit bügelte Señora Antonia gerade eines der beiden weißen Hemden ihres Mannes. Señora Antonia war eine andächtige Radiohörerin. Sie hatte sich etwas einfallen lassen, damit sie nie auf die Gesellschaft des Radios verzichten musste: Aus einer Küchenschürze fertigte sie eine Art Rucksack, so dass sie den Apparat während ihrer unzähligen Verrichtungen im Haus überallhin mitnehmen konnte (er wog einiges, ja, aber aus Señora Antonias Mund kamen keine Klagen, wer hätte sie auch hören sollen?).

Señora Antonia hatte keinen bevorzugten Sender. Ob Musik kam oder nicht, war ihr gleich. Hauptsache, das Radio lief. Wenn die Radiostimme ununterbrochen auf sie einredete, dachte Señora Antonia an nichts und erledigte ihre Hausarbeit. Sie wusste nichts über Zen oder andere Konzentrationstechniken, doch sie hatte bemerkt, dass ihr die Arbeit viel leichter von der Hand ging, sobald das Radio seinen Zauber entfaltete.

Zur Lieblingsstunde des Todes hörte Señora Antonia noch gebannter zu. Wie in jedem Arbeiterviertel war um diese Zeit niemand zu Hause außer den Frauen wie Señora Antonia. Die Männer waren bei der Arbeit, und die Kinder hingen noch in der Schule fest. Dann hörten Frauen wie Señora Antonia Radio. In Innenhöfen, auf Fensterbrettern und Balkonen, überall konnte ein aufmerksames Ohr mindestens ein Dutzend Apparate schnattern hören.

Wenn jemand Señora Antonia gefragt hätte, was sie an jenem Nachmittag gehört hatte, wäre ihm ihre Unsicherheit aufgefallen. Musik vielleicht: was von Bing Crosby oder Manzanero. Sie wusste noch, dass man versucht habe, ihr Waschmittel, Suppen und Bügeleisen zu verkaufen, die besser und moderner waren als die ihren. Vielleicht erinnerte sie sich auch, dass der Tod von Prades bestätigt wurde, möge ihn der Teufel holen.

Als sie den Schrei hörte, schaltete sie das Radio ab. Es war ein bestialischer, undefinierbarer Schrei. Was drückte er aus: Schmerz, Zorn, Kummer, Freude? Einen Moment lang verharrte sie reglos und wartete, dass er sich wiederhole. Sie merkte, dass sie um ein Haar das Hemd verbrannt hätte, und fluchte. Dann hörte sie Donnergeräusche. Nein, es war kein Donner: Es war der Mann von oben. Der Seemann. Seine Quadratlatschen. Er machte sich fertig, um aus dem Haus zu gehen. Kurz darauf hörte sie seine Tritte auf der Marmortreppe und dann nichts mehr.

Señora Antonia fragte sich, ob sie sich nicht auch solche Quadratlatschen zulegen sollte, wie ihr geheimnisvoller Nachbar sie besaß. Sie waren nicht schön, aber in den vom Regen überschwemmten Straßen bestimmt nützlich.

XII

«Van Upp ist erledigt. Wenn dem Henker Moliner etwas zustößt ...»

«Da wäre ich mir nicht so sicher. Niemand, der bei klarem Verstand ist, kann ihn für Prades' Tod verantwortlich machen. Schließlich hat er die Ermittlungen gerade erst aufgenommen und Prades auf jeglichen Polizeischutz verzichtet.»

«Bei klarem Verstand? Welch sonderbare Wortwahl.»

«Es wäre ungerecht, Van Upp verantwortlich zu machen für ...»

«Ungerecht? Wer spricht hier von Gerechtigkeit? Wir reden von der öffentlichen Meinung. Da ist ein Durst, der dringend gestillt werden will. Und in der Wüste fragt sich niemand, ob das Wasser der Quelle auch sauber ist.»

«Was möchten Sie trinken?»

«Guten Abend, Don Ciro. Für mich dasselbe wie immer. Und für den Herrn ...»

«Einen Schnaps.»

Nadal hatte seine Vorbehalte und die Übermüdung beiseitegeschoben und Dumonts Drängen nachgegeben, ins Cienfuegos mitzukommen. Dass Dumont der Kaschemme noch immer die Treue hielt, war für Nadal ein weiterer Beweis für dessen jugendlichen Snobismus. Dumont wollte allen zeigen, dass er sich auch in einem Lokal bewegen konnte, in dem die Unterschicht verkehrte.

Der Arbeitstag hatte sie beide geschlaucht: die Fahrt zum Tatort und zurück, die Handschrift des Todes und der ganze bürokratische Aufwand, der zu ihren Pflichten gehörte; doch schon die Art, wie jeder mit dem Erlebten umging, zeugte von völlig unterschiedlicher Lebenseinstellung. Nadal verhielt sich bei einem Mordfall still und professionell. Nach all den Jahren im Polizeidienst war er zur Überzeugung gelangt, dass seine Arbeit weniger der Wahrheitssuche diente als dazu, den Bedürfnissen der Begräbnisinstitute Genüge zu tun: Er ordnete alles so, dass die Statistik stimmte und die möglichst schnelle Freigabe der sterblichen Überreste gewährleistet war.

Dumont hingegen war ebenso enthusiastisch wie zerstreut. Die makabren Details des Falls versetzten ihn in einen Zustand der Erregung, den er nur schwer unter Kontrolle bringen konnte. Das viele Blut, die Amputationen und die Anzeichen für einen langen Todeskampf – das war die Art von Schauspiel, die ihn als Anfänger fesselte.

«Und außerdem», fuhr Dumont fort, «wird er auf Schritt und Tritt überwacht.»

«Dieser Benet ...»

«Er ist direkt dem Polizeichef unterstellt. Das weiß ich aus verlässlicher Quelle.»

«Ein Schlächter.»

«Warum hat der Polizeichef ausgerechnet so ein Tier auf Van Upp angesetzt? Er ist seiner Aufgabe doch gar nicht gewachsen.»

«Vielleicht dient er einfach als eine Art Sicherheitsventil. Wenn Van Upp irgendeine Grenze überschreitet, wenn er sich beispielsweise lächerlich macht, bei einem Verrückten weiß man ja nie, was? Oder wenn er Leute ins Verbrechen mit hineinzieht, die da nicht hineingezogen werden sollen ... dann kann Benet ...»

«Das bestätigt doch nur, was ich eingangs gesagt habe», meinte Dumont. «Von wegen Wahrheit und Gerechtigkeit. Dem Polizeichef geht es genau darum, worum es uns allen geht. Benet. Ihnen. Mir. Dass der Sturm vorüberzieht und wir alle noch auf unseren Stühlen sitzen.»

Nadal stürzte den Schnaps hinunter. Wenn ihn, abgesehen von der Unruhe und der Redseligkeit, etwas an Dumont störte, dann dass er allein auf dem Lektüreweg zu Schlussfolgerungen kam, für die er selbst jahrelang Erfahrung hatte sammeln müssen.

«Wo ist Nora? Ich dachte, ich hätte sie hereinkommen sehen», sagte Nadal.

«Sie ist Zigaretten holen.»

«Nora raucht? Seit wann?»

«Van Upp raucht.»

«Solange er nicht wieder den Hafen anzündet ...»

Dumont lachte.

«Ich glaube, ich gehe jetzt besser», sagte Nadal erschöpft.

«Gefällt Ihnen das Cienfuegos nicht? Hier kommt man an so manche Information ...»

«Für mich gilt: Dienst ist Dienst, und Schnaps ist Schnaps.»

«Don Ciro hat ein gutes Auge, was seine Gäste angeht», sagte Dumont.

«Soll das etwa heißen, ich sei ein Spitzel?», sagte Ciro Chomón verärgert. Dumont ging auch ihm auf die Nerven.

«Nein, ich wollte nicht sagen ...»

«Ich weiß, was Sie sagen wollten. Und das gefällt mir genauso wenig.»

Dumonts Wangen wurden rot. Aber er gehörte nicht zu denen, die sich sofort geschlagen geben.

«Ist das so, Don Ciro?», fragte er. «Wenn Sie wüssten, da sitzt ein Verbrecher, würden Sie es dann für unehrenhaft halten, ein paar Informationen ...»

«Das ist ein Lokal. Ich verkaufe Getränke. Was mich angeht, gibt es nur ein Verbrechen: wenn einer die Zeche prellen will. Und in dem Fall verfüge ich über eine ganze Reihe an Mitteln, bevor ich das Gesetz in Anspruch nehme.»

«Es ist doch nichts Schlimmes daran, auf der Seite des Gesetzes zu stehen», sagte Dumont.

«Aber auch nichts Gutes.»

«Warum denken Sie das?»

Chomón machte zwei Schritte auf Dumont zu. Der verstand die Botschaft und schaute tief in sein Bierglas.

Nadal klopfte ihm auf die Schulter und kletterte von seinem Barhocker, er wollte gehen.

«Er ist Kriegsveteran», sagte Nadal und deutete auf die Fotos an der Wand. «Er nutzt den Verlust eines Beines, um andere Verluste zu rechtfertigen. Den des Gewissens, zum Beispiel.»

Chomóns Gesicht verzerrte sich. Zufrieden legte Nadal einen Geldschein auf die Theke und drehte sich um.

«Da war ein Mann.»

Stille. Chomón schien von seiner eigenen Redseligkeit überrascht.

«Was meinen Sie?»

«Na, ein Mann. Vor ein paar Tagen. Er hat sich hier mit einem Anwalt oder Notar getroffen, einem gewissen Solamas oder Solana. Sie sprachen über den Henker Moliner und davon, etwas zu Ende zu bringen. Bis zur letzten Konsequenz.»

«Ein Mann?»

«Sehr gebildet, obwohl er gewöhnliche Seemannskluft trug. Sein eines Bein war kürzer als das andere.»

«Ich will alles darüber wissen», sagte Dumont, völlig verwandelt.

«Moment mal», sagte Nadal, der die Aussage von der Tür aus mitbekommen hatte. «Warum erzählen Sie uns das? Warum jetzt?»

Ciro Chomón lächelte. Er hatte die Situation wieder unter Kontrolle.

«Krüppel sind hinterhältig. Haben Sie das noch nicht gehört?», sagte er und nahm Nadals Geldschein an sich. «Und von allem, was da unter den Menschen so kreucht und fleucht, verachten wir nichts so sehr und mit solcher Leidenschaft wie einen anderen Krüppel.»

XIII

Als Nora Kind war, hatten beide Eltern geraucht. Später hatte ihr Vater aufgehört, so gründlich, wie er alles erledigte, was er sich vornahm, ohne jemals wieder rückfällig zu werden oder auch nur heimlich einen Zug zu nehmen. Ihre Mutter hingegen rauchte weiter. Sie verbrachte die Tage zu Hause, rauchte, löste Kreuzworträtsel, lernte Italienisch, wusch lustlos die Wäsche, bestellte Essen per Lieferservice oder bekniete ihren Mann, auszugehen. Sie gingen so gut wie nie aus. Ihr Vater kam meist sehr spät nach Hause, oder er sagte, er habe unterwegs schon eine Kleinigkeit gegessen.

Als Nora die Nachricht erhielt, dass ihre Mutter an Krebs erkrankt war, hielt sie das für einen schlechten Scherz. Sie glaubte noch, ihre Mutter würde wie immer ans Telefon gehen, sie mit «*ciao, cara*» begrüßen, ihr erzählen, sie denke ernsthaft darüber nach, Deutsch zu lernen, sie bitten, ihren Vater zu überreden, am Sonntag mit ihr ins Restaurant zu gehen, und sie fragen, ob sie auch ja auf sich achtgäbe (nicht bei der Arbeit, sondern was *das* angehe).

Ihre Mutter wurde keine fünfzig Jahre alt. Innerhalb von zwei Monaten war alles vorbei: Sie verlor ihr Haar, man schob sie in den OP und wieder hinaus (es war nichts mehr zu machen, man nähte sie gleich wieder zu), sie sah aus wie siebzig und starb in einem Krankenhausbett. Immer, wenn sie offen sagte, dass ihre Mutter an Lungenkrebs gestorben war, kam die unvermeidliche Frage: Hat sie geraucht? Klar hat sie geraucht. Aber was zum Teufel hatte das damit zu tun?

Nora steckte die Zigarette in den Mund. Ob blonder oder schwarzer Tabak, einheimische oder Importzigaretten, für sie schmeckten alle gleich.

Es war nicht ungefährlich, aber angenehm, nachts durch die Straßen von Luro zu spazieren. Die Luft war immer frisch. Hin und wieder wehte einem der Wind stoßweise ranzige, beißende, süßliche und giftige Gerüche zu. Niemand würde sie belästigen, solange sie niemanden belästigte. Eine Frau, die um diese Zeit auf der Straße unterwegs war, konnte nur eine Prostituierte sein – teuer und folglich unerschwinglich für die Bewohner – oder Polizistin.

In einem Hauseingang lag eine benutzte Spritze. Nora ging weiter.

Die Mechanismen der Sucht gaben ihr Rätsel auf. Nikotin, Kokain und harten Drogen konnte sie nichts abgewinnen. Form- und fristgerecht hatte sie ihren Teil konsumiert und genügend über die chemische Abhängigkeit gelesen, die sie erzeugten. Merkwürdigerweise war sie von allem leicht wieder losgekommen. Sie trank lieber, aber auch das nur kontrolliert, denn sie wusste, wenn sie übertrieb, ginge es ihr schlecht; sie müsste sich übergeben und würde ihre (vorübergehende) Unvernunft verfluchen. In dieser Hinsicht war sie frei. Niemals hatte sie das unbezwingbare Bedürfnis verspürt, zu rauchen oder zu trinken. Sie kannte den Zwang bei anderen, aber an sich selbst hatte sie so etwas nie festgestellt.

Beim Stichwort «Sucht» dachte Nora an andere Dinge. An die Jahre, die sie auf Beziehungen verschwendet hatte, die nur Schmerz verursachten, in denen man sie mit Schweigen, Sex und Verachtung strafte, so dass sie sich kaum mehr auf etwas anderes konzentrieren konnte, selbst wenn ihr die Kugeln um die Ohren pfiffen. An die ständige Suche nach Bestätigung durch die falsche Person – sie mochte auf ihrem Gebiet hervorragend sein, aber, lieber Gott, sie war immer noch eine Frau. An die Menschen, die ihr Leben mit Einsamkeit, Zigaretten, Kreuzworträtseln und Sprachkursen zubrachten, nie die Stimme erhoben und plötzlich wie vom Blitz getroffen dahingerafft wurden.

Sie fragte sich, welche Art von chemischem Ungleichgewicht Angst hervorrief. Sicherlich gab es da eine Substanz mit kompliziertem Namen – so etwas wie Adrenalin oder Serotonin. Sobald sie die ausgemacht hätte, fände sich auch eine Bezeichnung für ihre Sucht.

«Frau Duarte?»

Nora erschrak und hasste sich dafür, und dann erschrak

sie wieder. Nicht ein Verrückter oder Junkie oder einer von diesen Finsterlingen, die auf den Straßen des Viertels ihre Sachen verticken, hatte sie angesprochen. Es war weit schlimmer, und sie wusste nicht, ob sie damit umgehen konnte. Es war Benet.

«Für Sie immer noch Sergeant», sagte Nora und zündete mit zittriger Hand die Zigarette an. «Ich habe denselben Dienstgrad wie Sie. Was machen Sie hier, um diese Zeit?»

«Ich habe Sie gesucht.» Er versuchte zu lächeln. «Wo ist Van Upp?»

«Er muss in der Gerichtsmedizin sein. Fragen Sie dort nach. Ich bin nicht seine Sekretärin.»

Benet hob hilflos die Arme. Worte brachten ihn immer in die Bredouille. Natürlich wollte er wissen, was Van Upp gerade trieb, aber eigentlich suchte er nicht ihn, sondern sie. Er brauchte sie.

«Stimmt es, dass Van Upp einen Militär oder jemanden von der Polizei in Verdacht hat?», fragte Benet und wedelte mit ein paar Papieren herum.

«Als Ermittler sind Sie eine Fehlbesetzung», sagte Nora. «In diesem Land geht die Mehrzahl der Verbrechen auf das Konto von Militärs oder Polizisten oder von Exmilitärs und Expolizisten. Was wäre in diesem Fall daran so überraschend?»

«Sie sind doch auch Polizistin», sagte Benet verwirrt.

«Wir Polizisten sind alle der letzte Dreck. Aber wir sind nicht alle Mörder.»

Benet fielen die Papiere aus der Hand. Im Schein des Lichtes konnte Nora erkennen, dass einige den Briefkopf der Abteilung Interne Angelegenheiten trugen. Sie bückte sich, um sie aufzuheben. Zu ihrer Überraschung ließ Benet sie gewähren. Von unten betrachtet und im Licht der Laterne wirkte Benets Gestalt riesig und primitiv.

«Sie verachten mich», sagte Benet ungerührt. Es war kein Vorwurf, sondern eine Feststellung. «Aber Van Upp ist genauso wie ich. Das sollten Sie wissen», sagte er und deutete auf die verstreuten Papiere.

Er drehte sich auf dem Absatz um und zog von dannen. An der nächsten Ecke war er verschwunden.

XIV

Der Beamte F stammte nicht aus Trinidad. Er hatte die Staatsbürgerschaft angenommen, um in den Polizeidienst eintreten zu können. Die einzige Berufsmöglichkeit, die sich ihm bot, als er auf eigenen Füßen stehen wollte. Man kam nicht mit allzu vielen Fragen daher und verlangte keine besondere Qualifikation. Ein paar Monate lang saß er auf der Lehrbank, er leistete den Eid, dann drückte man ihm eine Waffe und eine Uniform in die Hand und schickte ihn auf die Straße.

Mit dreizehn Jahren war F an der Hand seines Vaters nach Trinidad gekommen. Bis dahin hatte er das Leben eines Nomaden geführt. Sein Vater arbeitete für die Euro-Bombay-Gesellschaft mit Hauptsitzen in Rom und Madras, im Im- und Export. Alle zwei Jahre waren sie innerhalb Lateinamerikas in ein anderes Land umgezogen: Kolumbien, Ecuador, Peru, Uruguay und andere. An kein Land konnte er sich sonderlich erinnern; vor Trinidad war alles ein einziger großer Fleck. Sein Vater, ein wortkarger, rauher Mann, ging nie ohne seine Browning zur Arbeit. Lange Zeit hatte F gedacht, eine Waffe zu tragen sei das Vorrecht der Händler.

Als der Skandal mit der örtlichen Niederlassung der EuroBombay ausbrach, lebten sie schon in Trinidad. An Einzelheiten konnte F sich nicht mehr erinnern, er war damals noch zu jung: Es ging um Schmuggel, zumindest waren irgendwelche gesetzlichen Vorschriften nicht eingehalten worden. Damals war die EuroBombay pausenlos in den Schlagzeilen, und alle Zeitungen waren voll mit Bildern der Anwälte auf der Treppe vor dem Gericht und mit Anspielungen auf die «Schwarze Legende» der Gesellschaft. F erinnerte sich noch, wie ihn der Ausdruck überrascht hatte, denn bis dahin hatte er geglaubt, es gäbe nur goldene Legenden.

Der Brand im Hafen war der Anfang vom Ende. Es handelte sich um ein Lager der Gesellschaft. Es gab Tote. Kurz darauf beschloss die EuroBombay, ihre Niederlassung in Trinidad zu schließen. Einem der örtlichen Manager wurde der Prozess gemacht, und er wurde der fahrlässigen Tötung sowie weiterer Anklagepunkte für schuldig befunden; auch daran konnte F sich nicht mehr genau erinnern, nur dass sie genauso schmutzig geklungen hatten wie die Schwarze Legende.

Sein Vater hatte darauf gewartet, dass man ihn an eine andere Niederlassung beorderte. Eine solche Anordnung kam nie. Kurz darauf stellte man einen Diabetes bei ihm fest, der nicht richtig behandelt wurde, und er verlor sein Augenlicht. F suchte eine Arbeit, um die Arztrechnungen bezahlen zu können.

Schritte rissen ihn aus seinen Gedanken. Der Henker Moliner spazierte durch den Garten. F schaute auf seine Uhr. Es war früher Morgen.

«Schönen guten Abend», sagte er.

Moliner hob die Hand. Die stumme Geste war nicht als Gruß gedacht. Es war ein Wiedererkennen, das Zeichen, dass er wieder zu sich gekommen und sich bewusst geworden war, dass er, verfolgt und zugleich bewacht, in Gefahr schwebte.

Moliner ging ins Haus zurück. Plötzlich blieb er stehen; F beobachtete, wie er gen Himmel schaute. Es sah aus, als ob er das Gesicht in den Wind hielt und die in der Nacht schwebenden Gerüche aufsog.

F war während des Prätorianerregimes Polizist geworden. Da er gerade erst in den Dienst eingetreten war, hatte er sich über nichts sonderlich gewundert. Er tat, was man von ihm verlangte, und ging dorthin, wohin man ihn schickte. Niemals hinterfragte er einen Befehl; er war es gewohnt, bei der Arbeit eine Waffe zu tragen und sich den Gegebenheiten anzupassen.

Als das Prätorianerregime fiel, überkam ihn eine vage Angst. Er fürchtete, ihm könne dasselbe passieren wie seinem Vater: der Skandal, die Schlagzeilen, Gerichtsfotos, Arbeitslosigkeit, Blindheit. Aber nichts dergleichen geschah. Oder fast nichts. Es gab einen Skandal, Schlagzeilen und ein Verfahren, aber das war's auch schon. Er musste nicht einmal aussagen, obwohl er bei einigen Einsätzen dabei gewesen war, die ihn in seinen Träumen immer noch derart umtrieben, dass seine Angstschreie seinem blinden Vater den Schlaf raubten.

«Ganz schön kalt heute Nacht, schweinekalt, Herr Wachtmeister, nicht wahr?», sagte die Stimme.

Es war ein Mann in Seemannskleidung. Er wirkte betrunken. Er trug solch derbe Quadratlatschen (ein Schuh war größer als der andere), dass F sich fragte, wie er bis dorthin gekommen war, ohne dass er Schritte auf dem Pflaster gehört hatte.

«Und windig, mein lieber Mann, Herr Wachtmeister. Ich weiß nicht, liegt es an mir oder an den vielen Jahren auf See ... verzeihen Sie, ich hab zu tief ins Glas geschaut ... aber immer, wenn ich in dieses Land komme, befällt mich dasselbe Gefühl. Passen Sie bloß auf», sagte er und hob die Arme in die Höhe, als wollte er gleich abheben. «Haben Sie nicht das Gefühl, dass dieses Land ... *untergeht?*»

«Sie sollten besser nach Hause gehen. Oder in Ihr Hotel. Oder auf Ihr Schiff. Das ist keine Uhrzeit, um ...»

«Es ist wie ein Sumpf. Bodenlos. Ohne Halt.»

F ging auf den Betrunkenen zu. Aber der mied seine Nähe.

«Verzeihung, Herr ... Wachtmeister», sagte er und wich in seinen riesigen Galoschen zurück.

«Ich geh nach Hause. Machen Sie sich keine Umstände, Sie haben genug Arbeit. Ist das nicht Wahnsinn? Ich meine, die Sicherheit der Bürger in die Hände so schlecht bezahlter Angestellter zu legen. Ich halte Sie nicht länger auf, Herr Wachtmeister. Ich wünsche Ihnen eine wunderbare Nacht.»

Er machte eine ungeschickte Verbeugung und verschwand in der Dunkelheit.

F konnte seine Schritte noch hören, als er schon längst nicht mehr in Sichtweite war. Es klang, als würde ein alter Gaul seine Hufe übers Pflaster ziehen.

XV

Carranza überließ es einem anderen, den Körper aufzuschneiden. Es war ein gnädiges Zugeständnis: Er wusste, dass sein Assistent D darauf brannte, die Autopsie zu übernehmen.

D war von dieser Großzügigkeit überrascht. Als er den Schnitt ausgeführt hatte (besser gesagt, ihn vollendet hatte, der Mörder hatte ja den größten Teil der Arbeit bereits selbst erledigt), sah D Carranza an, als bäte er um die Erlaubnis, nun auch den Thorax öffnen zu dürfen.

Mit einer Handbewegung bedeutete Carranza ihm, er solle weitermachen.

D trat einen Schritt zur Seite, damit der Praktikant das Skalpell auf Höhe des Herzens ansetzen konnte.

Carranza atmete tief ein. Es fiel ihm schwer, sich zu konzentrieren. Vielleicht kam das vom Ammoniak; Prades' Körper stank verheerend – und das, obwohl der Todeszeitpunkt noch nicht so lang zurücklag –, und D hatte es mit dem Desinfektionsmittel übertrieben. Carranza lächelte unter dem Mundschutz. Ammoniakunverträglichkeit? Er wurde langsam alt.

Der Ammoniakgeruch hatte seinen Sohn Lucas nie gestört. Ganz im Gegenteil, Lucas hatte immer gesagt, er möge ihn, er denke dabei immer an seinen Vater. Er war zwölf, als sein Vater ihn zum ersten Mal mit in die Gerichtsmedizin genommen hatte. Seit seinem neunten Lebensjahr hatte Lucas ihn immer wieder bekniet. Er wollte diese Unterseewelt unbedingt kennenlernen, aus der sein Vater stets feucht und erschöpft am Abend auftauchte.

Am Ende hatte Carranza sich dem Willen des Jungen gebeugt. Er ging davon aus, durch die direkte Anschauung wäre der Tod nicht länger geheimnisvoll und furchterregend. Als Lucas Carranza sich frei auf den Fluren der Gerichtsmedizin bewegen konnte, begriff er, dass der Tod einfach so geschah. Er war kein Unfall und auch kein Werk des Zufalls, er war die krönende Endstufe einer logischen Abfolge.

Damals war Carranza stolz auf seinen Sohn gewesen. Heute fragte er sich, ob es nicht besser gewesen wäre, ihn in der Furcht vor dem Tod aufwachsen zu lassen.

«Was meinen Sie?», fragte D.

Carranza beugte sich über Prades' Leiche.

«Er litt an einer Lebererkrankung im Endstadium», sagte

D und tastete mit beiden Händen ein bläuliches Stück Fleisch ab. «Wäre unser General nicht auf diese Weise zu Tode gekommen, hätte es ihn in ein paar Wochen ohnehin erwischt.»

Fast beleidigt schob Carranza seine Hände in den Bauch der Leiche. Er tastete die Umgebung und zuletzt auch die Leber selbst ab. Sie war dabei, sich aufzulösen. Carranza blickte auf seine Handschuhe. Leberfetzen klebten zwischen seinen Fingern. Er zitterte. Er ballte die Hände zur Faust. Doch er bekam das Zittern nicht unter Kontrolle.

Van Upp beobachtete ihn von draußen durch das Bullauge.

«Alles in Ordnung?», wollte D wissen.

«Ruhe!»

«Ich wollte nur ...»

«Ich brauche absolute Ruhe», sagte Carranza.

Er beugte sich zu Prades hinunter, bis er ihn fast berührte, und streifte die Handschuhe ab. Es sah aus, als wartete er darauf, sein Herz schlagen zu hören. Die Praktikanten sahen sich an. Einer von ihnen erschrak; er glaubte, tatsächlich einen Herzschlag vernommen zu haben, aber dann wurde ihm klar, dass es sein eigener war.

Von der Straße hörte man Sirenengeheul.

Carranza legte die bloße Hand in Rippenhöhe auf Prades' Seite. Er ließ sie langsam nach unten gleiten, fast so als würde er ihn streicheln, über den harten Leib, die Hüften, an dem schlaffen dunklen Penis vorbei; auf der Außenseite der Schenkel hielt er inne. Man hörte nur den Atem von Carranza. Dann drückte er mit den Fingerspitzen zu, als wollte er Prades aufwecken.

Er drückte noch einmal. Da war es wieder.

Das Geräusch von verkohltem Papier, das zwischen den Fingern zerbröselt.

XVI

Eine typische Eigenschaft Van Upps war sein Hang zur Ordnung. Es brauchte nicht viel, um das festzustellen, man sah es ihm regelrecht an: die immer tadellose Kleidung, seine zurückhaltende Gestik, der stets angemessene Umgangston.

Diese Zurückhaltung stand in einem merkwürdigen Missverhältnis zu dem, was man von einem Hünen von seiner überdimensionierten Gestalt üblicherweise erwartete. Doch Van Upp war alles andere als schwerfällig. Jemand hatte einmal zu ihm gesagt – er erinnerte sich nicht mehr, wer oder wann das gewesen war, nur noch an den Satz: Er sei ein Vulkan in einem Zelt.

Doch niemand würde Van Upp jemals mit seiner Wohnung in Zusammenhang bringen, höchstens wegen der vielen Bücher. Die kleine Dachwohnung in dem vierstöckigen Haus sah meistens so aus, als wäre ein Sturm darüber hinweggefegt. An einigen Stellen löste sich wegen der hohen Luftfeuchtigkeit, die Van Upp so schätzte, die Tapete von der Wand. (Ein ähnlicher Luftbefeuchter wie im Büro war ständig in Betrieb.) Die Pflanzen wuchsen wie wild, ohne dass irgendeine Art von Beschnitt das üppige Gewucher im Zaum hielt. Die Bücher füllten nicht nur die Regale: Sie lagen stapelweise überall in den Räumen verteilt. Genauso verhielt es sich mit den Kleidungsstücken; er ließ sie einfach dort fallen, wo er sie ausgezogen hatte.

In der Küche war es nicht anders. Van Upp benutzte eine Teetasse nie zweimal, er nahm immer wieder eine neue, so viele, wie er brauchte, um seinen Durst zu stillen. Zum Glück hatte er Teresa, die täglich gegen die Folgen seiner schlechten Gewohnheiten ankämpfte. Teresa, die aus dem Baskenland stammte, war diskret, wortkarg und energisch:

der einzige Mensch, dem Van Upp gezwungenermaßen Zutritt zu seinem Reich gewährte.

Er schaltete eine Tischlampe an (ein schwaches Licht; das reichte völlig), fegte die Bücher vom Sessel auf den Boden und ließ sich auf die Kissen fallen. Jetzt brauchte er nur eins: Ordnung. Er musste dem Strudel der Gedanken Einhalt gebieten. Sie sortieren, die Spreu vom Weizen trennen. Er hob die Bibel, in der er gelesen hatte, vom Teppich auf.

Der Mörder hatte Prades den Leib aufgeschlitzt und ihn sterben lassen. Langsam. Mit der Gewissheit, dass der brennende Durst ihn zwingen würde, sein eigenes Blut, den Saft seiner Eingeweide zu trinken.

Er erinnerte sich an die Worte des alten Hausmeisters aus dem Landhaus: «Ich hörte Geheul. Ich dachte, ein Hund sei in den Tank gefallen. Ich beschloss zu warten. Einen toten Hund bringt man leichter da raus als einen verletzten.»

Mit Sicherheit war es ein schrecklicher Tod. Ein beispielhafter Tod.

Seiner Überzeugung nach war der Mörder dem Muster der anderen Fälle gefolgt. Er erinnerte sich an die Worte des Theologen Quiroz: Die Mordmethoden verwiesen auf Schlüsselmomente der biblischen Erzählungen, Momente, in denen Gott eine neue Erkenntnis gewann und zu einer noch vollkommeneren Inkarnation seiner selbst fortschritt. Er fand den von Quiroz beschriebenen Gott bemerkenswert, den Gott, so wie er im Text in Erscheinung trat, und nicht das fragmentarische Bild von Gott, das man sich vom Hörensagen machte. (Der Lapsus mit dem Eselskiefer ärgerte ihn noch immer; wie groß doch der Abgrund war zwischen dem, was man vom Hörensagen kannte, und der Wahrheit.)

Dieser im wörtlichen Sinne *biblische* Gott reagierte auf

jeden Erkenntnisschritt mit Gewalt. Als er das Ausmaß von Kains Tat begriff, verfluchte er ihn, obwohl der Sohn von Adam und Eva ein nie ausgesprochenes Gesetz übertreten hatte. Er sandte die Sintflut, weil die Menschen nicht seinen Erwartungen entsprachen, obwohl er selbst darin äußerst wetterwendisch war. Er gab dem Menschen die Fähigkeit, sich fortzupflanzen, um dann doch eifersüchtig über dessen Schaffenskraft zu wachen und sie zu beschneiden; der Akt der Beschneidung war eine Geste des Untertanen, der dem Herrn seine Genitalien weiht und verspricht, sie nur in Seinem Sinne zu nutzen.

Und welchem Moment der Einsicht entsprach nun Prades' Tod? Auf der Suche nach Erleuchtung blätterte Van Upp die Seiten durch. Beim zweiten Buch Mose hielt er inne. Der Beschluss des Pharaos, die israelitischen Kinder zu töten, weckt in Gott den Wunsch, ihm die Gewalt tausendfach heimzuzahlen: Er begeht nicht nur Völkermord an den Ägyptern, sondern an allen Feinden Israels. «‹Danach sprach der HERR zu Mose: Halte das zur Erinnerung in einer Urkunde fest, und präg es Josua ein! Denn ich will die Erinnerung an Amalek unter dem Himmel austilgen.›» Das Gedenken an ein Volk auslöschen ist ein Euphemismus: Zum Krieger geworden, übernimmt Gott die Führung seiner Heere und hat keinen geringeren Wunsch, als all seine Feinde ausgelöscht zu sehen.

Er schlug den Schluss des zweiten Buches Mose auf. «‹So vollendete Mose das Werk. Dann verhüllte die Wolke das Offenbarungszelt, und die Herrlichkeit des HERRN erfüllte die Wohnstätte.›» Welch Zufall, dachte Van Upp. Welch unglaublicher, wundersamer Zufall …

Das Klingeln des Telefons hörte sich an wie Glockengeläut.

«Van Upp? Dumont hier. Tut mir leid, dass ich um diese

Zeit noch anrufe, aber ich denke, die Information ist die Störung wert.»

«Ich höre.»

«Nun ja. Van Upp? Ich glaube, wir haben unseren Mann.»

XVII

Der Minister ging schweigend im Büro umher. Frühe Morgensonne erhellte den Raum und machte die in der Luft schwebenden Staubpartikel sichtbar.

«Was haben wir gegen den Kerl in der Hand?», fragte er.

«Nicht viel», sagte Van Upp und rückte seine Sonnenbrille zurecht. «Er hat sich in der Nähe der Häuser der Prätorianer herumgetrieben. Erst gestern hat ein Polizist ihn in Moliners Straße gesehen, wo er den Betrunkenen gemimt hat. Es gibt Zeugen, die aussagen, er habe damit geprahlt, die Verbrechen begangen zu haben. Außerdem hat er politisch immer ein direktes Vorgehen gegen die Machthaber des Regimes gefordert. Was das angeht, können wir also nicht abstreiten, dass er perfekt ins Profil des Mörders passt.»

«Genau das bereitet mir Sorgen», sagte der Minister.

Van Upp bewegte sich keinen Millimeter, aber ein rätselhaftes Lächeln zeigte sich auf seinem Gesicht.

Der Minister nahm eine Mappe vom Schreibtisch (die Staubkörnchen wirbelten um ihn herum) und betrachtete das Foto des Lahmen, als erwartete er, dass er zu ihm spräche. Es war ein altes Foto, auf dem er noch keinen Bart hatte und noch schlichtere Kleidung trug als die Seemannskluft, in der er zurzeit herumlief.

«Gibt es eine Möglichkeit, ihn zu verhaften, ohne Aufsehen zu erregen?»

«Das ist eine rhetorische Frage, nicht wahr?», meinte Van Upp.

Der Minister bekundete sein Missfallen und warf die Mappe auf den Schreibtisch zurück. Sein Protest ging im Geschrei unter, das plötzlich aus dem Vorzimmer drang.

«Platz da! Aus dem Weg!», sagte der Polizeichef drohend, stürmte an der Sekretärin vorbei ins Büro des Ministers und schloss die Tür. Als er sich umdrehte, bemerkte er, dass der Minister und Van Upp ihn schweigend ansahen.

«Meine Herren!», sagte er jovial, während er Papiere wedelnd mit großen Schritten auf den Schreibtisch zustürmte.

«Was ist das?», fragte der Minister.

«Der Haftbefehl», sagte der Polizeichef selbstzufrieden. «Unterschreiben Sie ihn persönlich oder ...?»

Der Blickwechsel zwischen dem Minister und Van Upp entging ihm nicht.

«Was geht hier vor?», fragte er.

«Weder der Chefermittler noch ich sind davon überzeugt, dass diese Verhaftung angebracht ist.»

Der Polizeichef ließ die Arme sinken.

«Ich würde gerne wissen», sagte er, «warum ich nicht als Erster zu dieser Besprechung einbestellt wurde.»

«Möchten Sie sich setzen? Das mit dem verzögerten Anruf war ein Fehler meiner Sekretärin», sagte der Minister; er wirkte sichtlich amüsiert.

«Ich sehe nicht, äh, ich verstehe nicht, was es für Zweifel daran gibt, dass unser Mann der Täter ist.»

«In unserem Fall spielt er bloß eine Nebenrolle», erklärte der Minister und setzte sich in seinen Sessel. «Er ist der Führer einer Extremistengruppe, der ein bisschen herumgeprahlt hat und sich an den Tatorten hat blicken lassen. Meine Intuition sagt mir, für ihn ist das Ganze ein rein politischer Schachzug.»

«Im Gegenteil, Herr Minister», sagte der Polizeichef, «ich glaube, dieser Verhaftung kommt eine überaus große Bedeutung zu.»

«Ach ja?»

«Es ist das Einzige, was wir haben», sagte der Polizeichef und sah Van Upp von oben herab an.

Der Minister lachte auf. Er hatte ganz vergessen, wie messerscharf die Schlüsse seines Polizeichefs sein konnten.

«Ich weiß, ich weiß», sagte der Minister, der sich langsam erholte. «Aber ich möchte, dass Sie sich unsere Einwände anhören.» Er deutete mit der Hand zu Van Upp und übergab ihm das Wort.

Das Wort *unsere* war dem Polizeichef nicht entgangen.

«Dieser Mann brennt darauf, sich zu solch einer Tat bekennen zu können», erklärte Van Upp. «Aber man fragt sich, warum er am Tatort nicht eine einzige Spur hinterlassen hat, damit wir die Tat mit ihm oder seiner politischen Gruppierung in Verbindung bringen.»

«Und was ist mit dieser Botschaft, die wir bei Ferrer gefunden haben? Mit Blut geschrieben.»

«Da ist noch etwas», sagte Van Upp. «Warum sollte eine politische Gruppierung wie seine, die sich den Atheismus auf ihre Fahnen geschrieben hat, ausgerechnet auf einen Bibeltext verweisen?»

«Um uns auf eine falsche Fährte zu locken», sagte der Polizeichef.

Van Upp sah ihn an. Er wusste nicht, wie er auf diese Vermutung reagieren sollte, ohne beleidigend zu klingen.

«Warum nicht?», fragte der Polizeichef mit erhobener Stimme. «Vielleicht will er, will er ... Zeit gewinnen, genau, damit er die Mordserie zu Ende bringen kann!»

«Die Sache ist heikel», unterbrach ihn der Minister. «Wir können uns nicht den Luxus erlauben, ihn zu verhaften und ihn in ein paar Tagen wieder freizulassen und seinen Namen von Schuld und Makel völlig reinzuwaschen. Was machen wir, wenn Moliner ermordet wird, während er im Gefängnis sitzt? Der Preis ist zu hoch.»

«Auch nicht höher als der, den wir zahlen, wenn man ihn umbringt, während der Kerl frei herumläuft», erwiderte der Polizeichef.

«Ich bitte Sie, noch ein wenig abzuwarten», sagte der Minister. «Heften Sie sich meinetwegen Tag und Nacht an seine Fersen. Aber rühren Sie ihn nicht an, bis ich ein paar Nachforschungen abgeschlossen habe, die uns mehr Rückendeckung geben, wenn wir zur Tat schreiten.»

«Dann ist es vielleicht schon zu spät», sagte der Polizeichef.

«Ich bin doch sehr verwundert über Ihr Verhalten», sagte der Minister, der allmählich die Geduld verlor. «Ich dachte, nach all den Jahren hätten Sie gelernt, mit den Zeitplänen der Politik umzugehen.»

«Ich habe gelernt, mich mit ihnen abzufinden. Genügt das nicht?»

Van Upp stand auf.

«Wenn Sie mich entschuldigen wollen ...»

Der Minister kam hinter der Barrikade seines Schreibtischs hervor, klopfte den beiden Männern auf den Rücken (bei Van Upp wäre es ihm auch schwergefallen, an die Schulter zu kommen) und geleitete sie zur Tür.

«Herr Polizeichef, ich versichere Ihnen noch einmal, dass die Regierung Ihr Präsidium bei seinen Aufgaben voll und ganz unterstützen wird. Und seien Sie etwas nachsichtiger mit Ihrem Chefermittler», sagt er, als wäre Van Upp nicht mehr im Raum. «Er ist erst seit kurzem mit dem Fall betraut. Soweit ich weiß, und ich bin gut informiert, hat er alles im Griff. Und vergessen Sie nicht, dass er gegen ein Gespenst kämpft. Wenn stimmt, was in den Berichten steht, ich meine, dass es bei den Verbrechen keinerlei Spuren gibt, dann kann der Mörder sehr wohl ein immaterielles Wesen sein. Van Upp? Alles in Ordnung?»

«Ja, Herr Minister», sagte Van Upp und rieb sich mit den Fingern die Stirn. «Es ist nur die Müdigkeit.»

XVIII

Der Lahme hieß Félix Rey Pantoja. Er war der uneheliche Sohn eines angesehenen Mannes, der ein Vermögen im Zuckergeschäft gemacht hatte. In seiner Jugend hatte er zur Marine gewollt, weil er gehofft hatte, so die Welt bereisen und vor allem die Kolonien in Asien kennenlernen zu können. Aber er war noch nicht einmal bis zum Ausfüllen des Aufnahmeantrags gekommen. Die Marine duldet keine Lahmen in ihren Reihen.

Bei einer Handelsflotte hatte er mehr Glück. Als Offizier kam er nach China, schipperte drei Jahre lang über die Flüsse und transportierte Brennstoff von Zhaoqing nach Hesheng. Dort lernte er eine Gruppe ehemaliger Piraten kennen, die von Maos Regierung als Volkskommissare aufgenommen wurden.

Nach seiner Rückkehr gründete er gemeinsam mit anderen die Revolutionäre Volkspartei. Die Partei sah in der Gewalt den einzigen Weg, die formelle Demokratie zu stürzen und eine Regierung einzusetzen, die die Klassengesellschaft endgültig abschaffte. Aber ihr Ruf wurde von der Arbeiterklasse, an die er sich gerichtet hatte, nicht erhört; lediglich bei einer Gruppe junger Leute aus privilegiertem Elternhaus fand er ein Echo, die Opfer derer, die ebenfalls auf die verändernde Kraft der Gewalt gesetzt und gewonnen hatten: der Prätorianer.

Nach der Wiedereinführung der Republik kehrte Pantoja aus seinem Exil auf der Insel Hainan zurück. (Es war ihm nicht schwergefallen, während der blutigen Zeiten als blinder Passagier im Bauch eines Frachters zu fliehen; während der Jahre des Exils hatte er eine kleine Flotte von Perlenfischern unterhalten.) Er stellte fest, dass aus der Revolutionären Volkspartei die Demokratische Revolutionspartei geworden war, die den Mummenschanz garantierte, auf den das System sich gründete: freie Wahlen, Gewaltenteilung, Einhaltung der Gerichtsentscheidungen. Pantoja war klar, er musste wieder die Rolle des Querulanten spielen, die schon Teil seiner Persönlichkeit war.

Er stellte jeden Kniefall der Partei in Frage. Und als die Prätorianer freigesprochen wurden und in ihre trauten Heime zurückkehrten, glaubte er, dass die Geschichte ihm recht gab. Er sagte, wenn es ein Machtvakuum gebe, müsse man ausziehen und sich diese Macht holen, und wenn es ein Justizvakuum gebe, bleibe einem nichts anderes übrig, als es selbst zu füllen.

Diese Initiative wurde durch die Parteibürokratie erst einmal ausgebremst und bis zur nächsten Abstimmung vertagt. Der Antrag, ihn aus den eigenen Reihen auszuschließen, nahm die Hürden schneller. Dass er nicht durchkam, lag daran, dass Pantoja die Partei mit seinem Geld aus dem Perlenhandel finanziell unterstützte und dass niemand seinen prahlerischen Drohungen Glauben schenkte.

Zumindest bis jetzt.

Nadal fand ihn innerhalb weniger Stunden. Er schien für die Aufgabe geboren, eine schräge Gestalt im geschlossenen Umfeld der Stadt aufzuspüren.

Pantoja hatte eine heruntergekommene Bude in Luro gemietet, wo sich das Cienfuegos befand: im zweiten Stock, Zutritt über eine Treppe. Die Uniform war die Erinnerung an seine Zeit bei der Handelsflotte und zugleich eine Verkleidung. Ein guter Trick: Die Suche nach einem hinkenden Seemann würde die Ermittler in eine Sackgasse führen. Aber Ciro Chomón, der Wirt des Cienfuegos, war darauf nicht hereingefallen. Pantoja hatte ihm für einen echten Seemann einen viel zu gebildeten Eindruck gemacht.

Als Nadal auf der Liste an Verdächtigen mit politischem Hintergrund (eine lange Liste, die sich seit der Prätorianerzeit im Polizeiarchiv befand; die demokratische Regierung machte sich gern die «Errungenschaften» des alten Regimes zunutze) nach einem Lahmen gesucht hatte, war sogleich Pantojas Name aufgetaucht.

Van Upp hatte eine Rund-um-die-Uhr-Bewachung angeordnet, für die nur die besten Männer abgestellt werden sollten. Pantoja besaß Erfahrung darin, sich dem Gesetz zu entziehen, und äußerste Diskretion war geboten.

Als er wenige Stunden später Radio hörte, musste er feststellen, dass seine Vorsichtsmaßnahmen vergeblich gewesen waren.

Der Polizeichef hatte die Presse zusammengetrommelt, um sie über die bevorstehende Verhaftung von Félix Rey Pantoja, siebenundvierzig Jahre, bekannter Terrorist und Hauptverdächtiger in den Mordfällen Ferrer, Abellán und Prades, zu informieren. Und obwohl es sich um eine sensationelle Nachricht handelte, klang er nicht, als ob er frohlocke. Er wusste, wenn die Anklage gegen Pantoja in sich zusammenfiel, hatte er die Last der Verantwortung zu tragen. Es gab schon einen Grund dafür, dass er auf dieser Pressekonferenz, bei der der Minister sich nicht blicken ließ, das Wort führen durfte.

Als er hörte, wie der Polizeichef betonte, dass die Vertreter der Demokratischen Revolutionspartei das Vorgehen ihres Mitgliedes bedauerten, wurde Van Upp klar, dass der Minister die erwähnten Nachforschungen angestellt hatte, und zwar mit Erfolg. Nach dem Polizeichef verkündete der Parteisekretär Pantojas Ausschluss aus der Partei und sagte, auch wenn man die Forderung nach einer effektiven Rechtsprechung in gewisser Weise nachvollziehen könne, die der Ausgeschlossene durch seine Taten zum Ausdruck bringen wollte, könne man seine Methoden nur bedauern, die in ein Land gehörten, das längst *in den Trümmern der Vergangenheit begraben war*. (Im Eifer des Gefechts ging die Geschmacklosigkeit des Bildes völlig unter.)

Zwei Stunden später erreichte Félix Rey Pantoja in Ketten, eskortiert von zwanzig Polizisten mit Gewehren (die Szene war eigens für die Fotografen gedacht), die Treppe des Polizeipräsidiums, diesen Splitter am Meer, im Volksmund El Acantilado genannt.

XIX

Dumont befand sich allein im Verhörraum, als Pantoja von zwei Polizisten hereingeführt wurde, die ihn zu seinem Stuhl brachten (die Fußfesseln zwangen ihn zu kurzen Trippelschritten) und sich dann wortlos zurückzogen. Dumont legte sein Jackett ab und krempelte die Ärmel hoch, er wollte sein Gegenüber durch Körperkraft beeindrucken und andeuten, dass er kein Problem damit hätte, sich notfalls die Hände schmutzig zu machen. Pantoja zeigte jedoch keine Regung. Schweigend saß er da und starrte ins Nichts, als wäre er allein im Raum.

Van Upp erschien zwanzig Minuten darauf in Begleitung

von Nora. Wäre er auch nur eine Minute später eingetroffen, hätte Dumont der Versuchung nachgegeben und mit der Befragung bereits begonnen; er brannte vor Neugier.

Auf Van Upps Anweisung hin hatte Nora die Jalousien heruntergelassen. Erst als der Raum im Halbdunkel lag, betrat er ihn. Er nahm einen Stuhl und platzierte ihn direkt vor Pantoja.

Van Upp setzte sich und musterte Pantoja wie ein kritischer Käufer die Ware. Seine Gehbehinderung war in der Tat gravierend. Der rechte Schuh fiel sofort auf (die Sohle dort war mindestes fünfzehn Zentimeter hoch, am linken höchstens fünf), doch unübersehbar waren beide Gliedmaßen von der Erkrankung betroffen: Schienbein und Wadenbein schienen im Verhältnis zum Oberschenkelknochen verkürzt. Es braucht nicht viel, um sich vorzustellen, welche Auswirkungen solch ein Gebrechen auf die Psyche hatte, selbst dann, wenn man sich darauf eingestellt hatte.

Pantojas Hände sprachen Bände. Kräftige Knochen, flache Fingerkuppen, unregelmäßige Nägel als Folge von Verletzungen und bizarr verwachsenen Narben. Sie hatten mehr mit Werkzeugen gemein als mit normalen Händen. Reglos und im Abstand, den ihnen die Handschellen aufzwangen, lagen sie auf seinem Schoß.

Van Upp nahm die Sonnenbrille ab, bevor er dem Verdächtigen ins Gesicht sah. Pantoja hielt seinem Blick stand. Auch wenn ein Großteil seines Gesichtes unter dem Bart verborgen war, konnte Van Upp die Abfolge seiner Gefühle genau darin ablesen: Verachtung, gefolgt von provokantem Trotz, schließlich Verwirrung; Pantoja fing an zu blinzeln und schaute hilfesuchend zu den anderen Beamten. Am Ende gab er auf. Pantoja sah in Van Upp nicht länger das Objekt seiner Verachtung, den Schergen der etablierten Macht, seinen möglichen Henker, er sah nur noch die Augen mit dem forschenden Blick. Augen, die selbst im Halbdunkel des Raumes noch einen bernsteinfarbenen Schimmer besaßen.

«Und, sind Sie jetzt frustriert?», sagte Van Upp in einem Ton, der zur Offenheit einladen sollte.

«Wovon reden Sie?», fragte Pantoja.

«Na, Ihre Aufgabe. Sie bleibt unvollendet.»

«Sie meinen wegen Moliner?» Pantoja lächelte und lehnte sich voller Genugtuung zurück. «Dass Sie sich da mal nicht täuschen. Wenn ich ihn nicht töte, wird jemand anders es tun.»

«Ein weiterer Mörder? Meinen Sie Ihre Komplizen?»

«Ich habe keine Komplizen.»

«Nicht in Ihrer Partei, wie man sieht.»

Pantoja lachte auf. «Das sind Geier. Sie tun sich an der Katastrophe gütlich, sind aber vorsichtig genug, dabei zu betonen, dass sie mit dem Unfall nichts zu tun haben.»

«Dann sind Sie also ein Einzeltäter?»

«So ist es.»

«Wer wird dann Moliner töten?»

«Irgendjemand. Ganz egal wer. Es reicht, dass die Botschaft verstanden wurde.»

«Welche Botschaft?»

«Das wissen Sie genau.»

«Mit Vermutungen gebe ich mich nicht ab.»

«‹Die Zeit der Ungerechtigkeit ist vorbei.› Diese Botschaft meine ich.»

«Ich dachte, Sie meinten die, die Sie bei Ferrers Leiche hinterlassen haben.»

Pantoja runzelte die dichten Brauen und sagte kein Wort.

Van Upp stand auf und ging ziellos im Raum umher. Sämtliche Blicke (besonders Pantojas) ruhten auf ihm. Aus einigen Metern Entfernung richtete er sich erneut an den Verdächtigen: «Wie lange wollen Sie dieses Spielchen noch fortsetzen?»

Pantoja antwortete nicht gleich. Er musste seine Worte sorgfältig abwägen. Dieser Mann (der Hüne mit den Wolfsaugen, von dem ihm niemand den Namen gesagt hatte) wartete nur darauf, dass er ihm in die Falle ging.

«Es ist kein Spiel», sagte er.

«Sicher ist es das», konterte Van Upp sofort. «Auch wenn es um transzendente Fragen geht ... die politische Sache, wie Sie sagen würden, ich würde sagen, es geht um Leben und Tod ... rächen Sie hier eine Schuld, die Sie gar nicht betrifft. Sie geben sich für einen anderen aus. Und das nenne ich spielen.»

«Sie sind ja verrückt.»

Nora lief rot an.

«Alles, womit man spielt, ist per Definition ein Spielzeug», sagte Van Upp, während er weiter umherging. «Sie reduzieren Ihre Sache gerade auf einen kindlichen Zeitvertreib.»

Erregt sprang Pantoja auf, um sich auf Van Upp zu stürzen. Doch Dumont war auf der Hut: Kaum war Pantoja losgestolpert, hatte er ihn schon gepackt und zurück auf den Stuhl gedrückt, wie ein Kind, das sich frühzeitig vom Tisch entfernen wollte.

«Sagen Sie mir, was das für eine Botschaft war, die Sie bei Ferrer hinterlassen haben», forderte Van Upp und setzte sich wieder vor den Verdächtigen. «Sagen Sie mir, aus welchem Buch Sie die Seiten genommen haben, um Abelláns Abfluss zu verstopfen. Sagen Sie mir, wo die Waffe ist, mit der Sie Prades den Bauch aufgeschlitzt haben.»

«Die habe ich ins Meer geworfen», antwortete Pantoja voller Groll.

Van Upp schob die Hand in sein Jackett und zog eine numerierte Tüte heraus, wie sie für die Beweissicherung verwendet werden. Er öffnete sie und förderte ein Messer zutage.

«Dort haben wir es aber nicht gefunden», sagte er und betrachtete die rot befleckte Schneide. Das Messer war nur wenige Zentimeter von Pantojas Händen entfernt. Jetzt war Van Upp derjenige, der spielte.

«Ich will einen Anwalt», sagte der Verdächtige.

«Gut», sagte Van Upp und stand auf. Er schob das Messer zurück in die Tüte und warf sie Dumont zu. «Bringen Sie das wieder in die Küche und waschen Sie es ab, wenn es Ihnen nichts ausmacht. Es ist nur über der Gasflamme eingedampfter Tomatensaft.»

Pantoja seufzte, er hatte verloren.

«Der Mann ist unschuldig», sagte Van Upp.

Dumont versuchte sich seine Enttäuschung nicht anmerken zu lassen. Seit Ciro Chomón ihm von dem hinkenden Seemann erzählt hatte, war er nicht mehr zur Ruhe gekommen. Er hatte bereits in Träumen von Orden und sogar von einer Beförderung geschwelgt und sich die süße Genugtuung ausgemalt, Van Upp in seinem eigenen Spiel zu besiegen.

Nora war schon vorausgegangen, doch Van Upp, der sie bis an die Türschwelle begleitet hatte, blieb stehen und kehrte noch einmal zurück in den Raum, als hätte er etwas vergessen. Als sie hineinspähte, sah Nora, wie Van Upp sich zu Pantoja herunterbeugte und – unhörbar für sie – etwas zu ihm sagte. Van Upp richtete sich auf, und der Verdächtige schaute ihn an und lächelte. Er erwiderte etwas, das sie ebenfalls nicht hören konnte, und um nicht für neugierig gehalten zu werden, wandte sie sich ab.

Schweigend liefen sie nebeneinander her zu Van Upps Büro. Kurz bevor sich ihre Wege trennten, erlaubte sich

Nora die Frage: «Haben Sie noch etwas aus ihm herausbekommen?»

«Ich habe ihn gefragt, ob es sich lohnt.»

«Was?»

«Sich für einen anderen zu opfern. Ob es ihm was gebracht hat», sagte Van Upp.

Er ließ die Tür halb offen und setzte sich an seinen Schreibtisch. Mehr wollte er offensichtlich nicht preisgeben.

«Und was hat er geantwortet?», hakte Nora nach.

«Er hätte sich noch nie in seinem Leben besser gefühlt. ‹Mein Opfer war nicht umsonst›, hat er gesagt. Ich habe ihn gefragt, warum, und er hat gesagt, während wir mit seiner Befragung unsere Zeit verplemperten, würde der wahre Mörder frei herumlaufen, sich ins Fäustchen lachen und in aller Ruhe Moliners Tod vorbereiten.»

Van Upp saß auf der Kante seines Bürosessels, eine blaue Ader pochte auf seiner breiten Stirn. Sein Körper wirkte angespannt, als wollte er jeden Augenblick wieder hochschnellen, doch schließlich ließ er sich in den Sessel und in die Dunkelheit zurückfallen, wie eine Blüte, die sich schließt.

Schweigend verließ Nora sein Büro und zog die Tür hinter sich zu.

XX

«Wenn jemand erfährt, dass ich Ihnen helfe, bekomme ich Ärger», sagte Dumont. Er trug einen Stapel Mappen, der ihm bis zum Kinn reichte.

«Sind das die Akten?», fragte Benet.

«Alles, was ich über den Zwischenfall an Kai 17 gefunden habe.»

Benet hatte keinen eigenen Schreibtisch. Wenn er für sich sein wollte, zog er sich in irgendein Büro zurück, ohne um Erlaubnis zu bitten. Und niemand belästigte ihn.

Er schlug die erste Mappe auf. Dumont hatte die Seite mit einem farbigen Zettel markiert. *Kommissar X bewertete die vom Informanten dieser Abteilung gelieferte Information bezüglich der Anwesenheit des Hauptverdächtigen in einem Privatgebäude am Hafen von Santa Clara positiv. Mit der Präfektur und dem Geheimdienst abgestimmter Einsatz zur Ermittlung wegen Schmuggels im erwähnten Gebäude.*

Dumont stand immer noch neben dem Schreibtisch.

«Ist noch was?», fragte Benet.

«Ich frage mich, ob Sie mit den Einsatzcodes vertraut sind.»

Benet grummelte etwas in seinen Bart. Offenbar wusste der Junge, wen er vor sich hatte. Trotz seines Ranges hatte Benet in seiner gesamten Laufbahn noch nicht einen einzigen Bericht geschrieben. Wenn es darum ging, seine Erfolge aktenkundig zu machen, trat er das Amt immer an einen anderen Beamten ab, der seinen Bericht über den Tathergang in diese besondere Abart des juristischen Kauderwelschs und der Zahlencodes der Einsatzbefehle übersetzte.

Er kehrte zu den Akten zurück. «Vor dem Zugriff informierte der Kommissar über Funk über ein 2.2.5.», lautete eine Anmerkung. Und eine andere: «Eine Rauchwolke machte die Mitteilung eines 3.1.3. erforderlich.»

«2.2.5. heißt ‹Anwesenheit verdächtiger Personen, vermutlich bewaffnet›», sagte Dumont. «Und 3.1.3. ...»

«Halten Sie den Mund. Haben Sie etwas über den Lehrer herausgefunden?»

«Miguel Ángel Urquiza? Bei Interpol liegen keine Daten über seinen Aufenthaltsort vor. Ich kann sie bitten, noch mal nachzuhaken, aber dann muss ich genauer begründen, warum ich das wissen will ...»

«Der Kerl ist nicht koscher», sagte Benet lediglich. «Wie alle Priester, Lehrer und Künstler.»

Der Sergeant widmete sich wieder dem Bericht. Es fiel ihm schwer, sich auf den Text zu konzentrieren. Da er gar nicht recht wusste, wonach er suchte (der Polizeichef hatte ihm bloß gesagt, er solle den Zwischenfall am Kai mal genau unter die Lupe nehmen, dort läge womöglich der Auslöser für Van Upps Absturz), spielte seine innere Unruhe ihm einen Streich; wahllos übersprang er manche Sätze und blieb an anderen hängen. Aus den einzelnen Gedankenfetzen reimte er sich schließlich den Rest der Geschichte zusammen.

Keiner der Fälle, in denen Van Upp damals ermittelte, hatte mit der EuroBombay oder Schmuggel zu tun. Für Van Upp bestand nicht der geringste Grund, sich dort aufzuhalten. Als man die Schüsse im Inneren des Gebäudes hörte (niemand konnte bezeugen, dass diese Schüsse *nach draußen* abgefeuert wurden), stürmten die beiden Einheiten mit entsicherten Waffen und lautem Geschrei auf die Halle zu. Zwei Mitglieder der umzingelten Bande eröffneten vom Fenster aus das Feuer. Es gab einen kurzen Schusswechsel. Als man schon glaubte, man habe die Lage im Griff, ging eine der Seitentüren auf, und Van Upp taumelte mit verkohlten Mantelschößen heraus, er rief etwas in einer unverständlichen Sprache.

«Was bedeutet 5.5.3.?»

«‹Zahlreiche Verletzte oder Tote am Einsatzort.› Die Halle brannte. Man fand sechs Leichen, zwei davon fast vollständig verkohlt.»

«Konnten sie identifiziert werden?»

«Nur fünf von ihnen. Einwanderer mit Vorstrafen.»

«Und der Sechste?»

«Carranza sagte damals, das organische Material würde für eine Identifizierung nicht ausreichen.»

«Was ist mit den Gebäudeinhabern?»

«Es war ein Warenlager der EuroBombay, Import – Export», sagte Dumont. «Sie hatten unweit von hier eine Handelsniederlassung. Kurz nach dem Skandal wurde sie geschlossen. Die fünf Toten standen auf der Gehaltsliste der Firma. Der Vertreter der EuroBombay in Trinidad, ein gewisser Chiang, war zum denkbar ungünstigsten Zeitpunkt am falschen Ort: Er war einer der wenigen, die verhaftet wurden.»

«Heißt das, er sitzt im Gefängnis?»

«So steht es hier.»

«Schmuggel, illegale Einwanderung ... Der Mann verbüßt gerade den ersten Teil einer langen Strafe.»

«Man weiß ja nie, manchmal können die Leute von den Botschaften mehr ausrichten als ...»

Benet nahm den Telefonhörer ab und wählte eine kurze Nummer.

«Alcántara? ... Aha, verstehe. Mit wem spreche ich? ... Benet hier, von der Abteilung Eins. Ich möchte wissen, ob ein Mann namens David Chiang, mit c-h-i, noch in einem unserer Gefängnisse einsitzt. Er wurde vor zehn Jahren verhaftet.»

Mit einem gewissen Bedauern legte Dumont die übrigen Mappen wieder aufeinander, er wirkte wie ein Student, dessen Forschungsprojekt abgelehnt wurde. Benet schnippte mit den Fingern, um ihn aus seiner Gedankenversunkenheit zu reißen.

«Können Sie Auto fahren?», fragte er und hielt mit einer Hand den Hörer zu.

Dumonts Antwort wartete er gar nicht ab; Benets Gesprächspartner war zum Telefon zurückgekehrt und nahm seine gesamte Aufmerksamkeit in Anspruch.

«Genau. Ja, das ist der Mann. Ich danke Ihnen.»

Er legte auf.

«David Chiang verbüßt eine zwanzigjährige Gefängnisstrafe bei uns. Was halten Sie von einer kleinen Spazierfahrt am Meer?»

XXI

Auf jeden seiner Schritte folgte ein Echo. Die Decken der Tiefgarage waren niedrig, keine Fenster und keinerlei Verbindung zur Außenwelt. Er benutzte lieber die Rampe als die Treppe, bei der er stets den Eindruck hatte, sie würde nach unten hin immer enger. In den Tiefen des Polizeipräsidiums beschlich einen immer dieses klaustrophobische Gefühl. Wer konnte schon vergessen, dass die Steine, Streben und der Beton an einer Wand dem unermesslichen Druck der Wassermassen des Meeres direkt ausgesetzt waren?

Van Upp nahm hinterm Lenkrad Platz. Er betrachtete das Armaturenbrett, die geschwungenen Linien und die Eleganz der Präzisionsinstrumente, die eine kindliche Freude weckte. Er fragte sich, wie es wäre, wenn die Zeit, der Erfindungsreichtum und die Mühe, die in diesen Teilen steckten, einem anderen Wissen zugute gekommen wären; einem Wissen, das nicht Körper, sondern Seelen an einen anderen Ort bringt; ein Wissen, mit dem man zu ganz anderen Zielen gelangt, solchen, die näher am Glück oder zumindest näher an der Weisheit lagen.

Carranza klopfte an die Scheibe auf der Beifahrerseite, öffnete die Tür und ließ sich in den Sitz fallen.

«Müde?», fragte Van Upp.

«Kann man wohl sagen. Haben Sie eine Zigarette?»

Van Upp gab ihm Feuer. Carranza blies den Rauch langsam aus und ließ den Kopf auf die Stütze sinken.

«Wunderbar. Ich habe schon seit Jahren keine mehr geraucht.»

«Erinnern Sie sich an Beni Said?», fragte Van Upp. «Den Besitzer des Restaurants?»

«Den man mit der Wasserpfeife erdrosselt hat?»

«Genau den.»

«Wollen Sie mich damit überzeugen, dass Rauchen schädlich ist?»

«Beni Said hatte einen Bruder, Tony. Er schickt mir seit damals jeden Monat eine Kiste hiervon. Regelmäßig, selbst damals, als ich in der Klinik lag.» Auch Van Upp steckte sich eine Zigarette zwischen die Lippen und zündete sie an. «Da drinnen waren sie Gold wert.»

Sie schwiegen eine Weile, ohne sich anzusehen.

«Ich frage mich», sagte Carranza schließlich, «ob im sechzehnten Jahrhundert der Wahnsinn tatsächlich so verbreitet war, wie man Shakespeares Werken entnehmen kann. Hamlet täuscht ihn vor. Ophelia leidet daran. Lady Macbeth verfällt ihm. Lear geht durch ihn hindurch wie durch einen Fluss.»

«Er ist von unbestreitbarem dramatischem Wert», sagte Van Upp.

«Gott rette den alten Will.»

«Gott *ist* der alte Will.»

«Alles und nichts. Wir sollten irgendwann die Spielregeln ändern», sagte Carranza. «Ich nenne erst die Stelle, zum Beispiel *Hamlet*, erster Akt, fünfte Szene, und Sie antworten mit einem Zitat.»

«Irgendetwas Überraschendes bei der Autopsie von Prades?», fragte der Ermittler.

«Nicht, was die Todesursache angeht», erwiderte Carranza. «Herzstillstand. Er hat zu viel Blut verloren, und es gab Entzündungsherde an verschiedenen Körperstellen. Jeder davon hätte ausgereicht, ihn zu ... Das ist der physische Grund. Wenn Sie mich nach meiner persönlichen Einschätzung fragen, würde ich sagen, er ist vor Schreck gestorben, zumindest war er in Panik. *Come, you spirits that tend on mortal thoughts ...*»

«Woher diese Obsession mit *Macbeth*?»

«Ich habe das Stück gerade wieder gelesen. Ich sollte es sein lassen, es raubt mir den Schlaf. Da fällt mir etwas ein, das ich Sie schon immer fragen wollte. Was denken Sie hinsichtlich des dritten Mörders?»

«Keine Ahnung, wovon Sie reden.»

«Macbeth heuert zwei Mörder an, damit sie die Drecksarbeit für ihn erledigen. Als er Banquo und Fleance aus dem Weg räumen will, bezahlt er zwei Männer ...»

«Er bezahlt sie dafür, dass sie Banquo und Fleance töten, und sagt ihnen, sie könnten auf die Hilfe eines dritten Mörders zählen, ja. Verstehe.»

«Macbeth definiert diesen Mörder als den ‹perfekten Spion der Zeit›. Es gibt Kritiker, wie Harold Goddard zum Beispiel, die allen Ernstes die Hypothese in Erwägung ziehen, dieser dritte Mörder sei der verkleidete Macbeth.»

«Als hätte Macbeth keine andere Wahl gehabt, als in eine Verkleidung zu schlüpfen, um das grausamste seiner Verbrechen zu begehen. Ich kann mich gut an die Diskussion erinnern.»

«Und Sie meinen ...»

«Erzählen Sie mir was über die Jahre, in denen ich weg war», sagte Van Upp.

Carranza ließ das Fenster herunter und warf die halb aufgerauchte Zigarette hinaus. Er ließ es offen und schaute nach draußen, über all die Autos hinweg.

«Sind Sie sicher, dass Sie das wissen wollen? Sie sind privilegiert. Wenn ich heute die Wahl hätte, würde ich die Unwissenheit vorziehen.»

«Das ist ein Luxus, den ich mir nicht leisten kann.»

«Wir waren viel zu sehr beschäftigt damals. Niemand hatte Zeit nachzudenken», sagte Carranza kaum hörbar. Er war blass geworden und sichtlich gealtert. «Wir steckten bis zum Hals in Blut. Ich habe mehr Leichen gesehen als in meiner ganzen Laufbahn zuvor ... Ständig trafen lehmverschmierte Leichen ein, die man bei Grabungsarbeiten oder in den Gemeinschaftsgräbern der Friedhöfe entdeckt hatte, unter den Habenichtsen, nach denen eh niemand fragt. Arme Leute sterben an Hunger, Kälte oder an irgendeiner Krankheit, aber niemals durch einen Genickschuss. Diese Leute jedoch waren aus nächster Nähe erschossen worden. Die Kugeln waren durch den Hals eingetreten und hatten den Schädel zerfetzt, als hätte das Opfer gelegen oder gekniet, und der Mörder ... Später kamen die Leichen vom Strand. Nach dem Sommer passiert es immer mal, dass Ertrunkene wieder auftauchen und an Land gespült werden. Nur jetzt war ihre Anzahl alarmierend hoch, und ihnen steckten Kugeln im Schädel. Männer. Frauen. Blutjung. Wie in den anderen Fällen gab es Anzeichen für Folterung vor dem Tod. Brandwunden an Brustwarzen, an der Zunge, den Genitalien. Alle waren sie ...» Carranza schaute auf seine rechte Hand, sie zitterte.

«Seit damals», sagte er, «lasse ich jede Leiche erst einmal von meinen Assistenten in Augenschein nehmen. Wenn sie kein Einschussloch im Nacken hat, wohne ich der Autopsie vielleicht bei. Aber ich führe sie nicht durch. Ich widme mich lieber dem Bürokram. Ich fülle Karteikarten aus und sage mir, ich hätte besser Geisteswissenschaften studiert oder Bettwäsche verkauft.»

«Aber Sie haben die Autopsien der Prätorianer übernommen.»

«Ich dachte, das wäre wichtig.»

Van Upp zog fest an seiner Zigarette. «Möchten Sie mir noch etwas sagen?», fragte er.

Ein Geräusch lenkte sie ab. Schritte von mindestens zwei Männern, die durch den Widerhall noch verstärkt wurden.

Dumont und Benet stiegen etwa zehn Meter entfernt in ein Auto. Sie schienen in Eile zu sein und bemerkten die beiden reglos im Halbdunkel sitzenden Männer nicht.

«Ein sonderbarer Zusammenschluss», sagte Carranza.

«Ein Zusammenschluss, der nichts Gutes verheißt», sagte Van Upp. «Ich muss mich auch sputen. Sind Sie sicher, dass ich Sie nicht irgendwo absetzen soll?»

«Es tut mir leid für Sie», sagte der Gerichtsmediziner. Seine Miene war finster, er stand noch immer unter dem Eindruck der beiden eifrigen Verschwörer. «Dieser Hinterhalt tut mir leid.»

Van Upps Auto fuhr die Rampe hoch und hinterließ einen Schweif aus Rauch.

Zu seinen Füßen entdeckte Carranza seine weggeworfene Zigarette. Sie glimmte noch. Er hob sie auf und nahm zwei tiefe Züge. Beim dritten verbrannte er sich die Finger.

XXII

Diesmal wurde er von Pater Quiroz bereits erwartet. Er saß auf der Steinbank im Schatten des Engels und zog zum Gruß den Strohhut, wie ein Schauspieler, der hofiert werden möchte.

«Für den dritten Akt hat sich unser Dramaturg aber mächtig ins Zeug gelegt», sagte der alte Mann, ohne seine Neugier zu verbergen.

«Wie ich sehe, haben Sie die Nachrichten verfolgt.»

«Blut, Intrige, obskure Begierden: Was könnte mich daran schrecken? Außerdem – Zeitungen sind erlaubt. Es macht sie nur nervös, mich in der Nähe einer Bibel zu sehen.»

«Was ist denn das für ein Kloster?»

«Eins, das der Unwissenheit geweiht ist», sagte der Priester und verscheuchte eine imaginäre Fliege. «Glauben Sie wirklich, dass dieser Terrorist aus den Schlagzeilen unser Schuldiger ist?»

«Natürlich nicht.»

«Das beruhigt mich. Der Mann hat nicht das Format für diese Art von Vorgehen.»

«Ich habe noch mal nachgelesen», sagte Van Upp und schlug die Bibel, die er unterm Arm trug, an der markierten Stelle auf. «Ich habe nach einer Stelle gesucht, auf die Prades' Tod verweisen könnte.»

«Wie ich sehe, sind Sie fündig geworden.»

«Fünftes Buch Mose. Kapitel achtundzwanzig.»

«Sie kennen sich in der Bibel aus.»

«Ich war auf einer katholischen Schule und hatte einen strengen Lehrer.»

«Erzählen Sie mir von sich.»

«Da gibt es nichts zu erzählen ... Also, im Kapitel achtundzwanzig beschreibt Moses die Strafe, die Israels Volk droht, wenn es Gottes Gesetz nicht befolgt.»

«Ein Schreckensszenario, wie es sich in der Weltliteratur erst wieder bei Dante findet.»

Van Upp las: «‹In der Not der Belagerung, wenn dein Feind dich einschnürt, musst du die Frucht deines eigenen Leibes essen, das Fleisch deiner Söhne und Töchter, die dir der HERR, dein Gott, geschenkt hat.›»

Der Priester nickte wissend und sagte: «Direkt danach beschreibt er eine unvergessliche Szene: Eine Frau streitet mit ihrem Mann und ihren Kindern darum, wer das Kind verzehren darf, das sie noch im Leib trägt. Das hat mit der Erfahrung während der Belagerung Babylons zu tun. Was ist mit dem Tatort? Gab es diesmal keine Botschaften?»

«Nein.»

«Merkwürdig.»

«In der Tat. Es passt nicht. Bei den ersten beiden Verbrechen wollte der Täter nahelegen, dass die Tode Gottes Werk waren. Gott persönlich ist auf die Erde herabgestiegen, um ...»

«Das sind Dinge, die Gott durchaus zu tun vermag.»

«Wollen Sie damit sagen, es gibt Dinge, die Gott *nicht* zu tun vermag?»

«Als Lot aus der Stadt fliehen will, sagt Gott zu ihm, er möge sich beeilen, denn, so gesteht er selbst ein, ‹er könne nichts tun, bis er dort hinkäme›. Erschreckend, nicht wahr? Jede Erfahrung, die der Gott des Tanach macht, widerspricht seinen Absichten. Nach jedem Akt stellt Gott fest, dass er nicht das getan hat, was er vorhatte, oder etwas getan hat, was er nicht tun wollte.»

«Das scheint aber ein anderer Gott zu sein als der, den man mir präsentiert hat.»

«Genau!», rief der Priester begeistert aus. «Es ist ein Wunder, dass sich, von der Bibel ausgehend, das Bild eines allwissenden, unfehlbaren Gottes verbreiten konnte! Löst man sich von den vorgefassten Meinungen und der Lehre, dann ähnelt der Gott der Bibel einem Theaterregisseur, dessen Schauspieler ihre Sache nie gut genug machen. Folglich erlebt man ihn die meiste Zeit als schlechtgelaunt. Aber Gott weiß selbst nicht so genau, was er eigentlich will; er kommt darauf, indem er es ausprobiert. Wenn seine Schauspieler falsch liegen, liegt auch er falsch. Davon handelt die Bibel: Gott will die Menschheit nach seinem Ebenbild schaffen, während er unter Zeitdruck darum kämpft, seine eigene Identität zu definieren. Nehmen wir den Satz, den er zu Moses sagt, nachdem er ihm in Gestalt eines brennenden Dornbuschs erschienen ist. Moses will wissen, wem diese geheimnisvolle Stimme gehört. Und Gott antwortet ihm: ‹Ich bin der, der ich bin.› Wissen Sie, was ich meine?»

Van Upp nickte kaum merklich.

«Als Moses Gott fragt, wer er ist, erwidert er: ‹Ich bin der, der ich bin› – eine Form, seinen wahren Namen geheim zu halten. Es ist nachvollziehbar, dass er ihn nicht der gesamten Menschheit preisgibt, aber warum sollte er ihn vor Moses verbergen, den er auserwählt hat und bis zum Ende lieben wird? Dafür fallen mir zwei Erklärungen ein.»

«Ich höre.»

«Die erste», sagte der Priester, «ist, dass Gott Moses mitteilt, was für ein Geschöpf er in Wirklichkeit ist. Ich-bin-der-ich-bin. Im Original: *Ehyeh-Asher-Ehyeh*. Das Wort ehyeh bedeutet ‹ich bin›, aber es kann auch als ‹ich werde sein› gelesen werden, also umfasst es Gegenwart und Zukunft zugleich. Wir könnten den Satz folgendermaßen lesen: ‹Ich bin, der ich sein werde›. Gott sagt Moses, dass ER, wie seine Geschöpfe, nur in einem Moment leben kann. Er ist nicht imstande, in seinem Anfang sein Ende zu sehen. Er lebt sich selbst als Projekt: als jemand, der er werden wird, der den Zustand höchster Vollkommenheit erreichen wird, der sein wird, aber nicht heute. Morgen vielleicht. Wenn alles gutgeht.»

«Er definiert sich über seine Wünsche, wie ein Mensch, der sagt, er will Architekt oder glücklich werden», ergänzte Van Upp.

«Genau!», sagte Quiroz. «Die zweite Erklärung ist, dass

Gott vor Moses seine wahre Identität geheimhalten will. Er suggeriert ihm wahrheitsgemäß, er sei Gott, aber er gibt sich nicht wirklich zu erkennen. Wenn diese Erklärung zuträfe, müsste man sich die Frage stellen: Wer ist dieses Geschöpf, das durch einen Dornbusch spricht, und warum ist ihm so sehr daran gelegen, Moses davon zu überzeugen, dass es Gott ist? Tut mir leid. Ich langweile Sie, nicht wahr?»

Van Upp sah den Krimi an, der immer noch in der Kiste des Priesters lag, *Der Spion der Zeit*.

«Haben Sie den Mörder schon entlarvt?»

«Ich bin kurz davor», sagte der alte Mann. «Aber Sie haben Ihren, nicht wahr?»

«Ja», erwiderte Van Upp.

«Sie machen gar keinen glücklichen Eindruck.»

«Im Roman zielt alles darauf ab, die Wahrheit aufzudecken», sagte Van Upp. «Die Wahrheit ist gleichbedeutend mit dem Ende. Aber im realen Leben ist die Wahrheit erst der Anfang.»

XXIII

Carranza saß da bis zum Abend und schrieb. Es war schon spät, als er seinem Assistenten einen Umschlag in die Hand drückte und ihm das Versprechen abrang, ihn gleich am Morgen zur Post zu bringen. Dann zog er sich in sein Büro zurück und suchte im Radio nach einem Klassiksender.

Er geriet mitten hinein in den letzten Akt der *Nibelungen*. Wagner war durch die Prätorianer in Misskredit geraten und inzwischen quasi verbannt worden, denn während der Diktatur hatten es die Sender mit Siegfried und den Walküren ziemlich übertrieben. Doch abgesehen von seiner

Schwäche für den Übermenschen gab es im Prinzip keinen Grund, den armen Richard mit dem Regime in Verbindung zu bringen. Der Programmleiter des Senders schien das auch so zu sehen. Allein dass er die *Nibelungen* spielte, klang wie eine Grundsatzerklärung, es war eine Kulturrevolution in Miniatur, eine kleinbürgerliche Geste der Rebellion.

Wagner passte zu Carranzas Grundstimmung, genau wie manch ein Stück von Vivaldi oder der Mozart von *Don Giovanni* es taten. Carranza vertrat die Ansicht, die populäre Musik sei für die erste Lebenshälfte gedacht, die Zeit, in der noch alles möglich war: die Aufforderung zum Spiel der Kinderlieder, die lebensfrohe Energie der Tanzmusik und der Schlager, die Erotik romantischer Balladen, Hymnen und Märsche als Hintergrundmusik zu den politischen Heldentaten ... Die Oper hingegen lernt man erst schätzen, wenn man die fünfzig überschritten hat; wenn einem angesichts des immer näher rückenden Todes die Banalität jeglichen Unterfangens bewusst wird (was durchaus komödienhafte Züge hat: Der Protagonist merkt, dass er sich hat täuschen lassen und in dieselbe Falle getappt ist wie seine Vorfahren) und man geläutert feststellt, dass einem noch die Wahl bleibt, entweder in aller Stille zu erlöschen oder sich mit einem großen finalen Knall zu verabschieden (der den Lauf der Geschichte auch nicht zur Vollkommenheit verändern wird: Darin liegt der tragische Aspekt).

Er drehte das Radio lauter. Um diese Uhrzeit war das Präsidium nahezu leer und niemand da, der hätte protestieren können. Er verließ den Raum und ließ die Tür offen, er wollte Wagner auch außerhalb seines Büros hören.

Auf dem Dach des Präsidiums, vom heftigen Wind gepeitscht, stellte sich Carranza vor, er stünde inmitten eines Orchesters, das Wagner spielte, diese mitreißende, einhüllende Musik. Er wähnte sich nur wenige Zentimeter vom

Himmel entfernt; nun brauchte er bloß noch die Hand auszustrecken, und schon fuhren die Fingerkuppen über die scharfen Kanten der ersten Sterne.

Heute verstand er die von den Prätorianern eingeführte Dialektik des Todes sehr gut. Erstens hatte der Tod einen wirtschaftlichen Wert: Das Töten sparte dem Staat Millionen, die er sonst hätte in das Gerichtssystem und den Strafvollzug investieren müssen. Außerdem besaß der Tod einen erzieherischen Wert. Die Aussage der Rebellen, «der Platz des gefallenen Feindes wird sogleich von einem neuen Feind eingenommen», erwies sich als Trug, als reines Wunschdenken. Denn in Wahrheit hatte jeder unrechtmäßige Tod einen Multiplikationseffekt auf Tausende von Bürgern, die, anstatt loszulaufen und den frei gewordenen Platz einzunehmen, sich in ihre Wohnungen zurückzogen und wegschauten, die Seele waidwund vor Angst. (Es waren Wunden, die nicht von selbst verheilten, die für immer in die Körper eingeschrieben blieben.)

Die Morde aus dem Hinterhalt hatten auch einen staatsbürgerlichen Wert: Sie demonstrierten den Bürgern ihre Wehrlosigkeit gegenüber der Macht. Selbst in der Diktatur glaubt ein Großteil der Gesellschaft, man lebe weiter im Athen von Perikles, wo die Institutionen besser sind und länger überdauern als die Menschen und wo die Regierenden, ob legitim an der Macht oder nicht, zum Gemeinwohl beitragen, wo die Gerichte Recht sprechen und die Polizeikräfte die Bürger vor Verbrechen schützen. Die Lektion der Prätorianer sollte, vor allem in Zeiten der Republik, niemals vergessen werden: Der Durchschnittsbürger muss aus seinem Traum wachgerüttelt werden und aufhören zu glauben, dass da draußen jemand ist, der über ihn wacht.

Aber der unbestreitbarste Wert des Todes, dachte Carranza, war der, dass mit ihm der Vorhang fiel. Der Streit zwischen zwei Männern ist durch den Tod des einen für beide beendet; mögen danach auch andere den Faden wiederaufnehmen, nie mehr wird es dasselbe sein, denn dieser konkrete Streit (der geprägt ist von ihrer beider Stimmen) erstirbt unerbittlich durch den Schuss, das Schwert, das Gift. Indem er Claudio tötet, vollendet Hamlet seine Rache. Indem er Hamlet tötet, löscht Claudio seinen schlimmsten Feind aus. Indem beide sterben, ist der Streit über die Thronnachfolge in Dänemark ein anderer als der, den sie untereinander austrugen; dieser ist durch ihren Tod für immer beendet.

Er dachte: Van Upp würde der Vergleich gefallen.

Und: Die Prätorianer beendeten weiterhin Gespräche, auch wenn der Vorhang für sie gefallen war.

Dessen war er sich sicher. So groß war ihre Macht über die Seelen der Menschen von Trinidad.

Dort unten lag die Stadt. Die Lichter der Küstenstraße flackerten, eine winzige Girlande. Santa Clara, die Menschen, das Leben – so unerreichbar. Zum ersten Mal glaubte er zu verstehen, wie sich ein Flüchtling fühlen musste.

Er ging auf den Abgrund zu, wie eine Flagge hin und her gepeitscht vom Wind. Unten, weit unten, konnte er das Tosen der Wellen hören, die sich an den Überresten der Kaimauer brachen. Sehen konnte er sie nicht. Die Erde war dunkel; der Himmel auch.

Als er auf der Wasseroberfläche aufschlug, wurde er ohnmächtig. Eine Sekunde später zerschellte sein Körper an den Felsen.

XXIV

Es hatte aufgehört zu regnen. In den letzten Stunden war Regen gefallen (und zwar heftig, dem Schlamm nach zu urteilen, durch den er watete), aber er erinnerte sich nicht daran. Für Van Upp war die Erinnerung die kapriziöseste unter den Fähigkeiten des Verstandes: Sie machte, was sie wollte.

Nachts war das Chinesenviertel unergründlich. Das fehlende elektrische Licht betonte die mittelalterliche Atmosphäre der Hüttenstraßen. Erst jetzt merkte Van Upp, dass die Wehrlosigkeit der Siedlung nur Schein war, ein gewollter Effekt. Es gab keine Zäune an den Wegen, und die Häuser hatten keine Türen. Jeder konnte durch die Dunkelheit schleichen, eine Hütte auswählen und ihre Bewohner töten; es war niemand da, der das verhindert hätte. Aber eins stand fest: Nach dem Verbrechen fände der Täter nie mehr hinaus, er würde sich im Labyrinth der Gassen und in der unendlichen Spiegelung identischer Hütten verlieren.

Selbst Van Upp war verwirrt. Er war noch nie nachts im Chinesenviertel gewesen, noch nie betrunken. In jedem Haus glaubte er, das von Mei zu erkennen. Er befürchtete schon, er müsse sie einzeln abklappern und die Bewohner aufwecken, bis er das richtige gefunden hätte. Sofern sie nicht schon von den Schreien erwachten, die ganz aus der Nähe kamen. Zwei oder drei schrille Stimmen. Bei den Chinesen wusste man nie, ob es sich um einen harmlosen Streit handelte oder ob sie sich jeden Moment an die Gurgel gehen würden. Er berührte die Pistole in seiner Tasche und fühlte sich gleich besser.

Die Nachricht von Carranzas Tod hatte ihn am frühen Morgen erreicht, als er gerade zum Polizeipräsidium aufbrechen wollte. Er hatte sie einsilbig entgegengenommen; seine Antwort fiel so knapp aus, dass der Anrufer ihn fragte, ob er ihn überhaupt verstanden habe.

Carranza war zweihundert Meter vom Präsidium entfernt auf den Felsen am Strand gefunden worden. Die Rettungsleute mussten mit den Kormoranen und Möwen um die Wette kämpfen, die die Leiche verteidigten, als handle es sich um einen der Ihren.

Van Upp fragte nur nach der Todesursache. Augenscheinlich Selbstmord, hieß es.

Er wollte erst die Autopsie abwarten, bevor er die Angehörigen benachrichtigte. Auch Carranza war im Wasser umgekommen, darin hatte er etwas mit Abellán gemein: Er war weiß, aufgedunsen. Van Upp eilte aus dem Sektionsraum, wo D und seine Assistenten zaudernd am Rande des Seziertischs standen. Es hatte etwas Obszönes, das Skalpell gegen einen Mann zu erheben, der es so oft mit sicherer Hand geführt hatte, und die Mediziner schienen sich dieser Aufgabe nur zögerlich widmen zu wollen.

Draußen fragte Van Upp Nora, ob Lucas Carranza noch bei seiner Mutter lebte. Sie wurde blass, dann stieg Wut in ihr auf.

«Wollen Sie etwa sagen, Sie wüssten es nicht?», fragte sie.

«Was weiß ich nicht?»

«War er nicht Ihr Freund?»

«Natürlich.»

«Was für eine Art von Freund?», fragte Nora.

Sie schwiegen beschämt.

Schließlich sagte Nora mit erstickter Stimme: «Lucas Carranza ist tot. Er wurde von den Prätorianern entführt. Seine Leiche ist nie wieder aufgetaucht.»

Niemand hatte etwas dagegen, dass Van Upp sich für den Rest des Tages frei nahm. Ob die anderen glaubten, dass er trauerte, oder ob sie dachten, er würde verschwinden, damit keiner merkte, dass er es nicht tat, war ihm egal.

Er betrat die erstbeste Bar und betrank sich. Es wurde dunkel.

Irgendwann verlangte der Barkeeper, er solle erst einmal seine Zeche bezahlen, wenn er weiter trinken wolle. Er kam dem Wunsch nach, und der Brandy floss wieder.

Später war er irgendwie im Chinesenviertel gelandet. Ziemlich angetrunken, aber nicht so sehr, dass er die Pistole im Handschuhfach liegengelassen hätte.

In jedem Haus glaubte er, das von Mei zu erkennen.

Nach ein paar Runden hatte er den entscheidenden Hinweis gefunden. Neben dem Hauseingang lag der Bär im Matsch, den er Chi-Chia geschenkt hatte. Er versuchte ihn aufzuziehen. Der Rost, der den Mechanismus blockierte, stammte nicht allein vom Regen dieser Nacht.

Van Upp stürzte in die Hütte. (Vielleicht konnte er angesichts seines Zustands nicht anders.) Eingeschüchtert von den winzigen Räumlichkeiten, bewegte er sich linkisch. Mei schlief auf einer Matte. Einen Meter entfernt lag eine weitere, die wohl dem Jungen gehörte; sie war leer.

Mei wachte auf, noch bevor Van Upp auf die Knie gesunken war. (Vielleicht nicht ganz freiwillig.) Aber sie schrie nicht. Van Upp nahm mit feuchten Händen ihr Gesicht und küsste sie. Sie sträubte sich, fasste seine Handgelenke und versuchte sie wegzudrücken; alles ohne ein Wort. Sie schrie auch nicht, als die eiskalte Hand sich unter ihr Nachthemd schob. Ihr Körper wehrte sich, hatte aber gegen Van Upp, den Riesen, keine Chance. Wortlos drang er in sie ein.

Er kam gerade wieder zu Atem, da sah er Chi-Chia im Türrahmen stehen. Wie für Mei schien das Schweigen auch ihm oberstes Gebot zu sein. Er versuchte sich vorzustellen, was der Junge sah: ein Riese im Umhang (der gewaltige Mantel mit auf dem Boden ausgebreiteten Schößen), der auf seiner Mutter lag und sie aussaugte: ein Vampir. Irgendwie war er zu seinem Auto gelangt. Er blieb darin sitzen, bis seine Augen von der Sonne schmerzten und er, auf der Suche nach Schatten, gezwungen war, von dort zu verschwinden.

Dritter Teil

If God is God, he's not good.
If God is good, he's not God.

Archibald MacLeish, J. B.

I

Papst Calabert beabsichtigte, auf dem Seeweg anzureisen. Er kam aus einem Nachbarland. Die Presse stürzte sich gleich darauf und bauschte es als symbolische Geste auf: Der Papst begebe sich auf die Spuren der europäischen Entdecker des sechzehnten Jahrhunderts. Niemand kam auf den Gedanken, dass das Schiff nach wie vor die praktischste Reisemöglichkeit zwischen den beiden Ländern war; bei einer Flugreise hätte das ganze Drumherum dreimal länger gedauert als der eigentliche Flug.

Die liberale Zeitung *El Tiempo* deutete an, des Papstes Entscheidung für den Seeweg verweise auf seinen Hang zum Obskurantismus. «Ein Papst, der in ein Land kommt, das gerade Opfer eines Völkermordes war, um über Gott zu sprechen, ist entweder unverfroren oder naiv. Calabert sagt, er mache diesen Besuch, weil es ihm ein Bedürfnis sei, Trost zu spenden, Wunden zu heilen, für Eintracht zu sorgen. Er sollte lieber mit uns über die Bedeutung des letzten Jahrzehnts sprechen. Dass all das geschehen konnte, heißt, dass Gott nicht existiert – das würde den Völkermord erklärbar machen –, oder aber er ist böse. Eine andere Alternative gibt es nicht», hieß es in der Kolumne.

Die populärste Zeitung Trinidads, *El Trabajador*, konterte sofort. Sie veröffentlichte eine Kolumne, in der man zu beweisen versuchte, dass Calaberts Pontifikat geradezu die Apotheose des rationalen Denkens sei. Auffallend war, dass die Frage über die Natur Gottes, wie sie in *El Tiempo* gestellt wurde, zugunsten der These vernachlässigt wurde, dass der Papst wohl kein Vertrauen in Flugzeuge habe.

Es wurde eigens eine Skizze eingefügt, die zeigte, dass der

Seeweg zwischen den beiden Ländern fast eine gerade Linie beschrieb (ihre Krümmung entsprach nur der der Erdoberfläche) und folglich die kürzeste Verbindung zwischen den beiden Punkten darstellte; beim Flug könne man durch das Auf und Ab und die damit verbundenen Kurven nicht von einer *geraden Linie* sprechen. In seiner Absurdität hatte der Streit schon fast wieder etwas Poetisches.

(In Trinidad gibt es ein dazu passendes Sprichwort, das den philosophischen Müßiggang verteidigt: «Will man zur Wahrheit gelangen, muss man die Arbeit niederlegen und die Zeit vergessen.»)

Calabert traf an einem Freitagmittag ein. Die örtliche Kirche hatte Sitzreihen im Halbkreis um das Dock herum aufbauen lassen, an dem das Schiff namens *Pirandello* anlegen würde. Tausende von Menschen warteten seit Sonnenaufgang; die Mehrzahl der Sitzplätze war für Familien von Rang und Namen aus der Schar der einheimischen Gläubigen reserviert. Für die Crème de la Crème gab es am selben Abend einen Empfang in der Nuntiatur, zu dem bereits zwei Monate zuvor mit einem prunkvollen Schreiben geladen worden war.

Die erlesene Gästeliste war eins der Themen gewesen, die Kardinal Vicco mit dem Minister besprochen hatte. Vicco hatte geäußert, der Papst sei nur in dem einen Punkt kategorisch gewesen, den Prätorianern demonstrativ keine Einladungen zukommen zu lassen. Calabert wollte kein Zeichen setzen, das man als Unterstützung oder Aufmerksamkeit deuten konnte. («Seine Heiligkeit ist der Auffassung, es seien keine weiteren Gesten des Erbarmens erforderlich als diejenigen, die ihnen bereits von den Gerichten gewährt wurden», sagte Vicco bei der Gelegenheit mit einem seligen Lächeln, das sich auf ein anderes Thema zu beziehen schien.)

Die *Pirandello* machte pünktlich fest, und die Gläubigen

schwenkten die im Sonnenlicht leuchtenden weiß-gelben Fähnchen.

Nachdem der Papst den Boden geküsst hatte, war es auch schon vorbei mit der Anmut, für die der Schiffsbauch gebürgt hatte, und alles Weitere geriet zum Hindernislauf. Calabert grüßte den Präsidenten – den er um fast zwei Köpfe überragte, die Bischofsmütze nicht eingerechnet – mit der behandschuhten Hand, während Tausende von Hälsen sich reckten, um einen Blick auf das päpstliche Gesicht zu erhaschen, das durch ein halbes Dutzend Sonnenschirme vor der Sonneneinstrahlung geschützt wurde. (Jeder wusste um Calaberts Hautkrankheit; manch einer schenkte sogar dem Gerücht Glauben, es stecke etwas Schlimmeres dahinter als eine einfache Allergie.) Es gab einen kurzen Segen, in dem er über die Gefahren des Relativismus sprach. «Das große Übel der heutigen Zeit, besteht darin», wie er es ausdrückte, «einen Gott nach unseren Bedürfnissen schaffen zu wollen.» Dann bestieg er eine Limousine, so weiß wie sein Gewand, und entfernte sich auf den Straßen des Hafens.

II

Niemand, der mit David Chiang in seinem früheren Leben zu tun gehabt hatte (als er lediglich der Sohn des chinesischen Botschafters in Kairo war, ein kleiner Teufel, der zehn Sprachen beherrschte; als er Philologie in Oxford studierte oder als er sich in Trinidad als Vertreter der Internationalen EuroBombay-Gesellschaft niederließ, eine Funktion, die dem zweiundzwanzigjährigen Jungspund schnell zu Kopf gestiegen war), hätte ihn jetzt wiedererkannt, so still, fast schon kriecherisch, wie er war.

Chiang war immer ein Bonvivant und Zauberkünstler gewesen. Während seiner ersten Monate in Santa Clara hatten seine Talente als Medium das Gesprächsthema in der High Society abgegeben. Keine Abendgesellschaft (und Chiang ließ keine aus), bei der die Damen nicht schüchtern auf ihn zutraten und hofften und zugleich befürchteten, dass er sie mit seinen Blicken durchbohrte, um in den tiefen Schacht ihrer Geheimnisse vorzudringen.

Wenn man Chiang zu diesem Phänomen befragte, stritt er ab, im Besitz derartiger Fähigkeiten zu sein, und leitete zu weniger extravaganten Themen über. Im nachfolgenden Gespräch gab er seinen Gesprächspartnern allerdings stets zu verstehen, dass er mehr über sie wusste, als jemals erwähnt worden war: meistens über ihre Herkunft, die Universität oder ihre Lieblingslektüre – die nicht selten peinlich war. Die Wirkung dieser Behauptungen war vernichtend. Chiang hatte die Absicht, seinem Gesprächspartner zu demonstrieren, wie durchsichtig er für ihn war (die Symptome wiederholten sich mit kosmischer Präzision: plötzliches Erblassen oder Erröten, hektisches Atmen, Schweißausbrüche), dann entschuldigte er sich, strebte in eine andere Ecke des Salons und wandte sich anderen Leuten, einem neuen Publikum zu.

Chiang verfügte keineswegs über paranormale Fähigkeiten, sein Talent war wissenschaftlicher Natur: Er konnte die Information lesen, die in der Sprache der Menschen verborgen war. Ganz gleich, wie viele Reisen der Mensch während seines Lebensabenteuers gemacht, wie viel er gelernt und gelesen hatte, die anfängliche Prägung ließ sich niemals vollständig auslöschen, die Erfahrungen legten sich wie Blätterteigschichten darüber, und Chiang verstand es, diese geologische Formation präzise zu deuten.

Kurz, er ähnelte Professor Higgins in George Bernard

Shaws *Pygmalion*. Doch auch wenn Higgins hinlänglich bekannt war, reagierten die Eliza Doolittles von Santa Clara auf Chiang wie Provinzmädchen. Er weckte Erstaunen in ihnen, Respekt und Furcht. (Wenn Chiang etwas herausfand, an dessen Vergessen die Damen hart gearbeitet hatten, flüsterte er es ihnen ins Ohr; so wurde es zu süßem Gift.)

Doch der Chiang, den Benet und Dumont im Gefängnis besuchten, war äußerst wortkarg und aller Hoffnungen beraubt. Das hatte die Haft binnen weniger Jahre bei ihm erreicht.

«David Chiang?», fragte Benet, als sie die Zelle betraten. Es handelte sich um einen sechs Quadratmeter großen Raum mit schmutzigen Wänden, dem nichts Wirtliches anhaftete. Den größten Teil der Zelle nahm eine Pritsche ein, auf der Chiang die meiste Zeit verbrachte. Sein Rechtsanwalt hatte erwirkt, dass er in der Zelle bleiben durfte und von den obligatorischen Zusammenkünften der Häftlinge in den Gemeinschaftsräumen wie Speisesaal, Dusche und anderen ausgenommen war; die Häftlinge in Trinidad hatten keine große Achtung vor Asiaten, und vor hochnäsigen schon gar nicht. So erklärte sich der Geruch nach Abfällen und Fett in der Zelle.

Chiang reagierte nicht auf die Frage. War es vielleicht ein anderer, der anstelle von David Chiang dort einsaß? Als Antwort benetzte er lediglich seine Fingerspitzen mit Spucke und fuhr sich über die Augenbrauen.

«Sergeant Benet, Abteilung Eins. Ich muss Ihnen ein paar Fragen stellen.»

Chiang putzte sich schweigend weiter wie eine Katze.

«Soweit ich weiß, haben Sie eine Firma geleitet. Die, wie hieß sie doch gleich, EuroBombay», sagte Benet, der den Namen erst in seinem kleinen Notizbuch nachschauen musste.

«Lokale Geschäfte», sagte Chiang.

«Wie?»

«Die EuroBombay ist eine internationale Gesellschaft. Ich habe sie nie geleitet. Ich habe mich nur um die Geschäfte hier vor Ort, in Santa Clara, gekümmert.»

«Oh. Ähm ... ich hatte das so verstanden, dass Sie am Kai 17 anwesend waren, als ...»

«War ich. *Anwesend*. Wie so oft.» Zur Befeuchtung seiner Finger fuhr er seine winzige dunkle Zunge aus.

«Ich meine, am Tag des ...»

«Das steht alles in den Gerichtsakten.»

«Ich weiß.»

«Warum fragen Sie dann?»

«Ich brauche Informationen.»

«Andere, als in den Akten stehen?»

«So ist es.»

«Warum stellen Sie dann nicht die entsprechenden Fragen?»

«Das wollte ich ja gerade!», sagte Benet mit erhobener Stimme.

Chiang zog an seinem rechten Ohrläppchen und sagte: «Wer's glaubt, Hinterwäldler.»

Benet blieb die Luft weg. Er war es nicht gewohnt, während eines Verhörs in Frage gestellt zu werden, und schon gar nicht von dem Befragten. Er schwieg noch, als Chiang nachlegte: «Wissen Sie, worüber Umschweife in der Rede eines Menschen psychologisch Auskunft geben? In sexueller Hinsicht, meine ich.»

Benet antwortete nicht. Er hatte auch nicht verstanden, was Chiang ihm mitteilen wollte. Sein einziger Gedanke war, dass eigentlich er die Fragen stellen sollte.

«Was ist an jenem Abend passiert?», fragte er und versuchte, die Initiative wieder zu übernehmen. Noch bevor

Chiang den Mund aufmachen konnte, kam er ihm zuvor und präzisierte seine Frage: «Was ist *wirklich* geschehen?»

Chiang schien seine Körperpflege beendet zu haben. Er versuchte vergeblich, das platt gedrückte Kissen aufzuschütteln, und legte sich auf die Pritsche, als wollte er schlafen.

«Ich habe während des Prozesses alles gesagt, was es darüber zu sagen gibt. Der Fall ist abgeschlossen. Auch für mich.»

Mit einem Seufzer schloss er die Augen und schlang die Hände auf der Brust ineinander.

Dumont und Benet sahen sich hilflos an.

«Dass der Fall abgeschlossen ist, heißt noch nicht, dass die Polizei Sie dazu nicht mehr befragen darf», sagte Dumont. Er ließ ein paar Sekunden verstreichen (Chiang lag weiter reglos da) und merkte dann, dass er vergeblich auf eine Antwort wartete: Er hatte ja keine Frage gestellt.

Er lächelte.

«Wo ist der Witz?», fragte Benet. Er war verärgert.

Dumont hob die Hand, er möge sich gedulden.

«Die EuroBombay-Gesellschaft», sagte er, «hat zwei Mutterhäuser in Rom und Madras und unzählige Niederlassungen: Boston, London, Wien, Kairo, Hongkong, Osaka. In den Dokumenten taucht sie als Import-Export-Firma auf. Das heißt, Sie und Ihre Angestellten sind über die ganze Welt verstreut. Auffällig ist jedoch, dass die EuroBombay nicht zu den ersten zwanzig internationalen Unternehmen auf dem Gebiet zählt. Und wenn die Gewinne nicht so hoch sind, wieso dann eine solch weltweit verzweigte Organisation mit Tausenden von Angestellten? Außerdem eilt ihr der Ruf voraus, dass die Geschäfte florieren. Allerhand mögliche Anschuldigungen: Waffenhandel, illegale Substanzen. Niemals bewiesen, aber ...»

Er hätte den ganzen Tag so weitermachen und darauf warten können, dass Chiang bei irgendeiner Perle dieses Rosenkranzes von Anwürfen reagierte. Er musste seine Taktik ändern. Ihm blieb nicht viel Zeit. Benet war kurz davor, auszurasten.

«Ich will wissen», sagte er, «warum ein so mächtiges Unternehmen stillschweigend und ohne Protest einen seiner Manager ausliefert, obwohl es beim Polizeieinsatz, bei dem er verhaftet wurde, eine Menge Unregelmäßigkeiten gab. Warum hat Ihr Anwalt nicht Berufung gegen das Urteil eingelegt?»

«Versager sind bei der Gesellschaft nicht gut angesehen. Und jetzt verschwinden Sie. Auf Wiedersehn. Verbrecher und Gefängniswärter sind mir zuwider, und Sie sind beides.»

Chiang seufzte und schloss wieder die Augen.

Benet packte Chiangs ineinandergeschlungene Hände und drückte zu. Ein grauenhaftes Knacken verriet, dass mindestens sieben von zehn Fingern gebrochen waren; der Schmerzensschrei kam später.

Dumont wich zurück und stieß mit dem Rücken an die Wand.

Auf Chiangs Schrei folgten noch weitere. Dumont lauschte, wie sich ihr Echo durch die Flure des Gefängnisses verbreitete. (Man hörte einen Pfiff.)

Benet drückte jetzt Chiangs rechten Daumen, der noch nicht zermalmt war. Der Häftling konnte sich nicht verteidigen. Er versuchte mit der freien Hand nach ihm zu schlagen, aber bei jedem Schlag spürte er die Stiche in dem verwundeten Fleisch.

«Das ist Ihre letzte Chance! Reden Sie!», schrie Benet und versuchte dabei Chiangs Geschrei zu übertönen. Der Häftling schüttelte den Kopf wie ein Besessener.

Benet verdrehte seinen Daumen, der zerbarst wie ein trockener Ast.

Jetzt blieben die Schreie aus; Chiang war ohnmächtig geworden.

Dumont versuchte Benet zurückzuhalten, aber dessen Blick ließ ihn sogleich davon Abstand nehmen: Er sah aus wie ein wildes Tier, dem man seine Beute wegschnappen will.

«Tun Sie was! Ich brauche Zeit», brummte er Dumont zu. Es dauerte eine Weile, bis der junge Beamte begriff. Polizisten kamen auf die Zelle zugeeilt.

Benet packte Chiang am Revers und schüttelte ihn wie eine Puppe.

«Sie werden mir nicht entkommen! Sagen Sie was! Sagen Sie was oder ...!»

Die Zellentür ging auf, und Dumont eilte hin, um die Polizisten abzuwimmeln.

Das Letzte, was er von drinnen hörte, war ein Schwall an Beleidigungen (einige im Dialekt der Bergregion) und am Ende ein dumpfes Geräusch, ein *tump*, das er nicht einordnen konnte. Dann hörte er nur noch die Spitzen seiner eigenen Stimme, während er versuchte, die Polizisten zu beschwichtigen und ihnen das Unerklärbare zu erklären.

III

Was in der Zelle geschehen war, von jenem Zeitpunkt an, da er sie bereits verlassen hatte, bis Benet keuchend herauskam, ein Buch in seinem Jackett verschwinden ließ und um einen Arzt bat, sollte Dumont niemals erfahren: Chiang war wieder zu Bewusstsein gekommen.

Blut spuckend (er hatte sich auf die Zunge gebissen), hatte er gestanden, die Vorfälle am Hafen gingen auf das Konto der «Gesellschaft». Die EuroBombay und «die Gesellschaft» – was auch immer damit gemeint war – waren ein und dasselbe.

Es habe sich um einen Hinterhalt gehandelt. Alles sei vorbereitet gewesen. «Um ihn zu töten», hatte er gesagt. (Das waren seine eigenen Worte gewesen.)

«Dann ist der Verräter auf den Plan getreten.» (Wieder seine Worte.)

Alles, was er bräuchte, fände er in dem Buch, das er unter der Pritsche versteckt hatte. (Es hieß *Der Spion der Zeit.*)

Benet hatte ihn nochmals bewusstlos geschlagen.

Während dieser Momente hatte Benet sich wieder glücklich gefühlt, erfüllt, er war wieder Benet.

IV

Nora bat darum, für die Bewachung von Moliners Haus eingeteilt zu werden. Sie mied Van Upps Nähe; sie hatte ihm immer noch nicht verziehen, dass ihn die Tragödie seines Freundes so unberührt gelassen hatte. (Typisch für den Ermittler: Bei Shakespeare liebte er die Tragödie, aber außerhalb der Bücher und der Bühne verschloss er die Augen davor.) Außerdem vermutete sie, dass sich in den kommenden Stunden das Haus des Henkers zum zentralen Schauplatz entwickeln würde. Der Mörder konnte nicht weit sein. Und es war nur noch dieser eine Prätorianer am Leben.

Nora hielt sich im Garten auf. Es war ein heißer Tag, doch sie wollte in sicherer Entfernung zum Haus bleiben. Sie war dem Henker noch nie begegnet, und wenn möglich sollte es auch dabei bleiben. Dieser Mann brachte sie an die Grenzen ihrer Professionalität. Sie konnte ihren Widerwillen überwinden, ihn bewachen und im Notfall verteidigen, solange sie ihm nicht in die Augen sehen musste. Wie sie reagieren würde, wenn sie ihn vor sich sähe, wusste sie nicht. Sie arbeitete für das Gesetz, auch wenn dieses Gesetz eine verachtenswerte und absurde Schattenseite hatte, die den Henker zwar als Völkermörder anerkannte, aber festlegte, dass er für seine Verbrechen nicht bestraft wurde. Doch könnte sie, falls es zu dieser Begegnung käme, vergessen, dass Moliner der Mörder von Lucas Carranza war? Und war er nicht in gewisser Weise auch der Mörder ihres Vaters?

Als sie nach ihrer Lippenpomade suchte, stieß sie in ihrer Tasche auf die fein säuberlich gefalteten Papiere, die Benet auf den Boden gefallen waren. In dem Moment hatte sie sie nicht lesen wollen, sie wollte Van Upp gegenüber nicht illoyal sein. Sie hatte sie zusammengefaltet, eingesteckt und vergessen. Jetzt packte sie die Neugier.

Es handelte sich um einzelne Fotokopien. Manche Seiten waren abgeschnitten. Benet war ein Plebejer im Reich der Papiere und Beweise.

Ein Blatt trug den Briefkopf der Abteilung Interne Angelegenheiten und enthielt einen Ausschnitt aus dem psychiatrischen Gutachten. «Schreckliche Wahnanfälle, in denen er sich die Schuld an allen möglichen Unglücken gibt. Unkontrollierbare Gewaltausbrüche, Autoaggressionen ...» Das zweite und das dritte Blatt waren Teil einer Akte des Geheimdienstes. Hier ging es um den Werdegang Van Upps: als Kind ausgesetzt, Kindheit im Waisenhaus, spätere Adoption (was war aus diesem Miguel Urquiza, dem gesetzlichen Vater Van Upps, geworden? War er gestorben?), abgebrochenes Architekturstudium, Eintritt in den Polizeidienst. Nora stellte sich diese Kindheit vor und versuchte, den Gedanken sogleich wieder aus ihrem Kopf zu verbannen, indem sie sich auf einen Pflaumenbaum im Garten konzentrierte; sie wollte nicht von Mitleid überschwemmt werden.

Das vierte Blatt schien irrtümlich hineingerutscht zu sein. Es handelte von einer anderen Person, die anscheinend Opfer eines Unfalls geworden war; Wunden und Krankenhausaufenthalte waren darauf verzeichnet. Der Mann hatte ein Ohr und ein Auge verloren. Abgerissene Kopfhaut. Diverse Schnitte und Schürfwunden, die ihm durch eine scharf geschliffene Metallschnalle beigebracht worden waren.

Das letzte Blatt vervollständigte die Daten des Verwundeten. Von Beruf Krankenpfleger, war er Opfer eines grausamen Angriffs seitens eines der Insassen der psychiatrischen Anstalt geworden, in der er arbeitete.

Der Name des Angreifers lautete Van Upp.

V

Moliners Frau hatte Mitleid mit ihr und bat sie herein. Die glühende Mittagssonne hatte Nora niedergestreckt: Ihr war schwindelig geworden, und sie sah Sternchen, wenn sie die Augen schloss.

«Kaffee oder Tee?», fragte die Frau.

«Erst mal etwas Kaltes», sagte Nora. «Und dann gern einen Kaffee, danke. Was ist mit Ihren Angestellten?»

«Die wollten den Heiligen Vater sehen», sagte die Frau und brachte ihr Limonade. «Es wäre unfair gewesen, wenn wir sie gezwungen hätten, unsere leidige Situation zu teilen.»

Offensichtlich ging ihr das Thema nahe. Nora dachte, sie

würde womöglich sogar die Gefängnisstrafe absitzen, die man ihrem Mann erlassen hatte, nur damit man sie zu Calabert ließ.

«Und die Hunde?»

«Offen gesagt, ich bin nicht in der Stimmung, mich um sie zu kümmern», sagte die Frau und stellte das Glas auf die Anrichte; die Eiswürfel klirrten fröhlich. «Meine Tochter Doris hat einen mitgenommen. Und mein Neffe Marcos den anderen.»

«Ich dachte, es wären drei.»

«Dewey haben wir kürzlich verloren. Noch ein Unglück, das über unsere Familie hereingebrochen ist. Haben Sie schon einmal von Koma bei Tieren gehört?»

«Nicht dass ich wüsste.»

«Aber genau das hat der Tierarzt gesagt. Vielleicht war es nur ein vorübergehender Zustand, eine Art Narkolepsie, aber Dewey hatte ein schwaches Herz. Das haben wir bei der Gelegenheit erfahren. Laut Arzt wäre er sowieso in den nächsten Wochen gestorben.»

«Also Dewey ... Und wie heißen die anderen? Huey und ...?»

«Louie, ja.»

Nora fing an zu lachen. Dewey, Huey und Louie, das waren die englischen Namen der Neffen von Donald Duck.

«Welcher Ihrer Enkel hat sie so getauft?», wollte sie wissen.

«Oh, keiner. Das war mein Mann. Er hat einen ausgeprägten Sinn für Humor. Das glaubt uns keiner, aber es ist die reine Wahrheit. Wenn Sie mich entschuldigen, ich gehe eben in die Speisekammer und hole Kaffee», sagte sie und verließ die Küche.

Nora war neugierig. Sie befand sich in der Küche von Moliners Haus. Der Ort, an dem der Henker gefrühstückt hatte, bevor er Dekrete unterzeichnet und Entführungen angeordnet hatte. Sie saß vor dem Kühlschrank, den Moliner abends geöffnet hatte, nachdem er den ganzen Tag über die Informationen ausgewertet hatte, die man durch Folter, Pressekampagnen und zahllose Tote gewonnen hatte.

Im Wandschrank befanden sich Salz, Pfeffer, Knoblauchpulver, Curry, Paprika, Kekse, Beutel mit Zitronen-Ingwer-Tee.

Im Kühlschrank war das Angebot breiter. Fettarme Käse, Joghurts, mehrere Portionen Gemüsekuchen. (Offenbar war das die Abteilung von Moliners Frau.) Pastrami, Camembert, ein Stück rohes Fleisch und eine Flasche Schnaps. (In Moliners Abteilung.) Und Medikamente. Einer von beiden litt unter Sodbrennen.

«Ich habe gerade im Polizeipräsidium angerufen», sagte Moliner.

Er lehnte mit der Zeitung in der Hand im Türrahmen, als hätte er sie die ganze Zeit beobachtet. «Niemand hat etwas von Van Upp gehört.»

Nora machte den Kühlschrank zu. Ihre Wangen glühten.

«Ich wollte mir noch Limonade nehmen», sagte sie.

Moliners Frau kam mit einem Päckchen Kaffee in der Hand zurück.

«Ich sehe, ihr habt euch schon bekannt gemacht», sagte sie.

«Van Upp ist beschäftigt. Er ermittelt», sagte Nora. Es war nicht das erste Mal, dass sie ihren Chef verteidigen musste.

«Mit wem kann ich meine heutigen Aktivitäten besprechen?»

«Dafür bin ich zuständig.»

Moliner rollte die Zeitung ein. «Ich möchte nur in die Messe gehen, wie jeden Tag. Aber ich dachte, vielleicht haben Sie etwas dagegen, angesichts der besonderen Gegebenheiten ...»

Er sprach den Satz nicht zu Ende. Er wirkte abgelenkt, ganz auf das Knistern der fest eingerollten Zeitung konzentriert.

«Das ist kein Problem, solange unsere Männer Sie begleiten. Wann findet die Messe statt?»

«Kennen Sie ihn schon lange?», fragte Moliner.

«Wen?»

«Van Upp.»

«Nein.»

Moliner versuchte, die Zeitung zu einer immer schmaleren Röhre zusammenzudrehen.

«Ein komischer Typ», sagte der Exgeneral. «Haben Sie seine Hände gesehen? Er macht mich nervös.»

«Darauf versteht er sich.»

«Als würde es ihn die ganze Zeit eine übermenschliche Anstrengung kosten, sich zu beherrschen», sagte Moliner und fuchtelte mit der Papierrolle herum.

Der Henker war ein schlanker alter Mann mit graumeliertem Schnäuzer und schlichter Kleidung. Neben dem Mund hatte er ein Muttermal und Aknenarben, unter den störrischen Augenbrauen blitzten kleine braune Augen. Er verwendete Haargel, von der billigen Sorte, die Schuppen hinterließ. Und er trug Pantoffeln! Es war nichts Außergewöhnliches an ihm. Bis auf den Blick. Der dunkle, undurchdringliche Blick erinnerte sie an einen Hai: Augen, die alles erfassen, aber nichts bewerten, außer wenn es darum geht, Beute zu machen.

«Bei Van Upp muss ich an eine Stelle aus dem zweiten Buch Mose denken», sagte Moliner. «An ein Bild, das beschreibt, wie ein sehr machtvolles Wesen sich taktvoll verhalten will. Es ist das Bild eines Vulkans in einem Zelt.

Verstehen Sie? Eine Naturgewalt, die sich von einem Zelt beherbergen lässt, ohne ihm auch nur die Holzstreben mit Ruß zu verschmutzen.»

«Ich glaube, der Kaffee bekommt Ihnen besser als mir. Wenn Sie mich entschuldigen», sagte Nora und stand auf.

Wenn sie nur wüsste, wo sich Van Upp aufhielt.

VI

Als die Dürreperioden ärger wurden, fuhren keine Versorgungsschiffe mehr die Insel im Delta an. Dank der Vorräte in seiner Speisekammer konnte Van Upp eine Weile überleben, aber dass er auf frische Lebensmittel verzichten musste – die Fische starben reglos in den Rinnsalen –, hatte den Ausschlag für seine Entscheidung gegeben. Er packte seine Habseligkeiten zusammen (die Briefe, die Bücher, die Zeitungsausschnitte, seine Pillen), zog die Schaftstiefel an, durchquerte das trockene Flussbett und nahm den nächstbesten Zug.

In Santa Clara bezog er eine Mansarde im vierten Stock.

Die Euphorie über die wieder eingeführte Demokratie war immer noch spürbar, dennoch empfand Van Upp die Stadt als Feindesland. Santa Clara ähnelte zu sehr der Stadt aus seinen bruchstückhaften Erinnerungen. Dieselbe Aufmachung. Die Hektik. Dieselben Farben und Schlaglöcher. Der Geruch von Bratfett und heißem Asphalt. Der salzige Wind an der Strandpromenade. Die gelben Ameisen, die unter der Erde zu denselben Banken, denselben Büros eilten. Das schwache Echo der immergleichen Zeitungsschlagzeilen. Dieselben Abwasserkanäle voller Müll.

Es kam ihm verdächtig vor, dass seine Sinne Santa Clara

so schnell wiedererkannten. Er konnte das Bild der Stadt, wie sie in seinem Körper abgespeichert war, nicht damit in Einklang bringen, was er über die Geschehnisse während seiner Abwesenheit gehört hatte. Wenn nur die Hälfte von dem, was man ihm erzählt hatte, stimmte, musste die Stadt eine andere sein; man müsste ihre Veränderung bemerken. Doch die Imitation des früheren Lebens war bis ins Detail hinein so vollkommen, dass Van Upp sich fragte, ob Santa Clara nicht auf dieselbe Weise Santa Clara zu sein versuchte wie er Van Upp: durch einen reinen Willensakt.

Unter den Leuten, die anriefen, um sich nach seinem Befinden zu erkundigen, wählte er ein paar wenige aus (er wollte niemanden sehen, der ihn gut gekannt hatte; Carranza mied er absichtlich) und traf sich mit ihnen. Zuerst war er sparsam mit Worten und Gesten. Er tastete sich vor, machte ein paar einzelne Bemerkungen und testete, welche davon Befremden auslösten und welche man offenbar als zu ihm zugehörig betrachtete. Auf diese Weise konstruierte er einen Van Upp, wie man ihn haben wollte und den er sich überstreifte wie ein Kleidungsstück, sobald er unter Leuten war. Er war nicht sicher, ob er Van Upp war oder ob er ihn nur spielte. Mit der Zeit wurde der Unterschied für ihn unbedeutend, und er fing an, sich in seiner Haut wohl zu fühlen, er wusste, jede Unstimmigkeit würde man seiner ungewöhnlichen Geschichte zuschreiben.

VII

Es gab eine Methode, mit der er Zugang zu seinen Erinnerungen fand. Er hatte sie schmerzlich am eigenen Leib erfahren, und der Preis dafür war hoch. Solange er die verschriebenen Medikamente vorschriftsmäßig einnahm, funktionierte alles reibungslos. Doch sobald er eine Tablette vergaß, kamen die Kopfschmerzen. Sie setzten ihn außer Gefecht. Es war, als würde ein riesiger Adler die Klauen in seinen Schädel bohren und ihn in schwindelnde Höhen entführen, dorthin, wo die Luft dünn ist.

Mit jedem Kopfschmerz tauchten neue Erinnerungen auf. (Ein grausamer Prozess.) Zu wissen hieß leiden. Der Adler ließ ihn fallen, und er stürzte hinab ins Meer; das Salz brannte in seinen Wunden, und das Wasser (die Erinnerung) drang durch die frisch geschlagenen Löcher in seinen Geist ein und überflutete ihn.

Aus jedem Anfall tauchte er keuchend wieder auf, voller Bilder und Empfindungen, in denen er nicht immer eine Ordnung oder einen Sinn erkennen konnte. Dann versuchte er das Rätsel wie von einer Wolke aus auf höherer Ebene zusammenzusetzen. Am Ende fand er Antworten (die, so viel wusste er, ihm zwar halfen zu funktionieren, aber deshalb noch lange nicht der Wahrheit entsprachen), und das Leben verlief im selben betäubten Modus weiter wie gehabt.

Mit der Zeit war die einzige verbleibende Leerstelle bei der Rekonstruktion von Van Upp der Brand im Hafen. Bevor er mit dem Fall betraut wurde, hatte er einen Anruf erhalten, man bot ihm an, in den Dienst zurückzukehren. Es handelte sich zunächst um einfache Bürotätigkeiten auf einem Vorstadtrevier, bis er sich wieder imstande fühlen würde, auf die Straße hinauszugehen. Die Formulierung amüsierte ihn: als läge die Entscheidung darüber in seinen Händen.

Allmählich wurde er von der Behaglichkeit der Stundenpläne, der Rituale, der vertrauten Stimmen aufgesogen, und das Rätsel verschwand zunehmend im Hintergrund. Was ihn nicht einmal beunruhigte, im Gegenteil, er deutete es als Zeichen seiner Genesung.

An einem Abend, kurz vor Ferrers Tod, beschloss er, zu den Kais zurückzukehren. Er wollte wissen, ob die Erfahrung vor Ort (das Licht, die Zeit, die Luft, die Maschinengeräusche, die zur Ruhe mahnten – alles genau wie damals) seinen Hunger nach der Wahrheit wieder wecken würde. Doch er stieß auf keinen Widerhall. Alles schien ihm neu. Bald hatte er vergessen, warum er dort war; er beobachtete die Arbeiter, mehrheitlich Asiaten, die aus den Nischen strömten, in denen sie seit dem Morgengrauen gearbeitet hatten, um in ihre Häuser, ihre Hütten, ihre Zelte zurückzukehren, während die Möwen über die Schatten am Dock spazierten.

An dem Abend war ihm auch die Frau aufgefallen. Sie war jung, fast noch ein Kind, und sie wirkte müde. Er hatte sie angesehen, weil sie saubere Füße hatte, während die der anderen Frauen voller Fischschuppen waren. Dies war das Zeichen für einen rebellischen Geist. Instinktiv war er ihr gefolgt. Er hatte denselben Bus genommen und war gemeinsam mit ihr ausgestiegen.

Sie gingen über die gepflasterten Straßen. Es war das erste von unzähligen Malen. Im Chinesenviertel sahen alle Häuser aus wie das von Mei.

VIII

Schwester Solange hatte den Fremden am Vormittag bemerkt. Er saß auf einer der Bänke im Park, was sie nicht weiter beunruhigte: als würde er auf jemanden warten. Schon bald hatte sie ihn vergessen. Es war ein aufregender Tag, und sie konnte an nichts anderes denken als daran, möglichst schnell in die Nähe eines Radios zu gelangen, damit sie den Besuch des Papstes auf Schritt und Tritt mitverfolgen konnte.

Doch als der Fremde am Mittag immer noch dort saß, begann sie sich zu sorgen. Er schien zu schlafen. Erbarmungslos brannte die Sonne auf ihn nieder wie zu seiner Exekution. Der ins Gesicht gerutschte Hut, die schlaffen Beine ... Und wenn er tot war? Sie empfahl sich den höheren Mächten und traf eine Entscheidung, die sie trotz der Kürze des Weges (der hufeisenförmige Gang, die Treppe, der Park voller Pfützen) ein paarmal hinterfragte.

Erst, als sie ganz nah bei ihm stand, bemerkte sie, wie groß der Mann war. Sie stellte sich vor, wie sie versuchte, den massigen Körper von der Stelle zu bewegen, und sah sich im Geiste schon mit einer Bronzestatue kämpfend im Schlamm liegen.

«Hallo? Sie sind der Polizist, nicht wahr?»

Van Upp schrak aus dem Schlaf auf.

Es fiel ihm schwer, sich daran zu erinnern, wo er war. Der Habit der Nonne half ihm dabei.

«Oh. Guten Tag. Habe ich Sie erschreckt?» Schwester Solange lachte nervös auf.

«Van Upp. Ich war ein paarmal hier, um ...»

«Pater Quiroz zu besuchen, ja. Jetzt erinnere ich mich.»

Natürlich erinnerte sie sich an ihn. Sie war überrascht, dass sie diese eigenwillige Gestalt nicht gleich erkannt hatte. Lag es daran, dass er an diesem Mittag etwas nachlässig gekleidet war und so gar nichts mit dem Dandy der letzten Besuche gemein hatte? Er sah um viele Jahre älter aus, so wie wenn man zwei Fotos derselben Person aus unterschiedlichen Lebensphasen vergleicht und das Gefühl hat, es handele sich um denselben Menschen und zugleich um einen anderen.

«Ich wollte zu Pater Quiroz», sagte Van Upp.

«Das wird nicht möglich sein.»

«Ist er krank?»

«Er ist fort. Pater Quiroz wohnt nicht mehr hier.»

Van Upp sah sie ungläubig an. Er versuchte sich aufzurichten, ließ aber dann erschöpft die Ellbogen auf die Knie sinken, als wäre sein Kopf mit einem Mal viel zu schwer.

«Sie wollen mir erklären, Pater Quiroz habe einfach so entschieden, woanders hinzugehen, seine Siebensachen gepackt und ...?»

«Das habe ich nicht gesagt.»

«Was dann?»

«Pater Quiroz geht nach Rom. Auf Anordnung des Papstes. Er wird mit dem Gefolge reisen, wenn der Heilige Vater das Land verlässt.»

«Das ist in der Tat eine Überraschung. Ich hatte eher den Eindruck, Pater Quiroz stünde mit den Kirchenoberen auf Kriegsfuß.»

«Schon möglich. Aber auch der stärkste Wind ändert seine Richtung.»

Der Ermittler schob die Hand in seine Manteltasche und holte eine bronzefarbene Metalldose heraus. Sie war leer. Er seufzte und sah die Nonne mit angstverschleierten Augen an.

«Würde es Sie stören, wenn ich noch ein Weilchen bliebe?»

«Überhaupt nicht. Wenn ich Ihnen irgendwie behilflich sein kann ...»

Van Upp schien das Angebot ernsthaft in Erwägung zu ziehen, dann steckte er die leere Pillendose in die Tasche zurück.

Als die Nonne verschwunden war, stand er auf, ging zum Springbrunnen und suchte auf der glatten Wasseroberfläche nach seinem Spiegelbild. Im gleißend hellen Sonnenlicht sah er jedoch nur einen dunklen Fleck.

Schwester Solange beobachtete ihn von der Galerie aus. Als Van Upp aufschaute, sah er, wie sie die Hand zum Gruß hob. Er erinnerte sich, wann er sie zum letzten Mal gesehen hatte: an derselben Stelle, in derselben Haltung. Wenige Augenblicke bevor er sich von Quiroz am Ende jenes Gesprächs verabschiedet hatte, das, wie er jetzt wusste, ihr letztes gewesen war.

Sie hatten über Gott gesprochen, darüber, wie er am liebsten tötete.

IX

«Gott tötet auf vielfältigste Weise», hatte der alte Mann gesagt. «Häufig über Mittelsmänner. Er lässt andere die Drecksarbeit erledigen. Jakobs Söhne, zum Beispiel, haben den Stamm Sichems ermordet. Moses wird zum Völkermörder und erklärt dem Stamm Amalek den ewigen Krieg. Weil Gott sich an denjenigen rächen will, die einen der Propheten wegen seiner Glatze verspottet haben, hat er zwei Bären vom Himmel gesandt, die zweiundvierzig Kinder töteten. Die Härte der Strafe lässt nur den Schluss zu, dass Gott selbst eine Glatze hat ... oder befürchtet, eine zu bekommen.»

Van Upp hatte wissen wollen, was passierte, wenn Gott nicht auf Mittelsmänner zurückgriff.

«Die Arbeit, die er selbst erledigt, ist die weitaus beste», hatte der Priester gesagt. «Die Sintflut. Sodom und Gomorra. Der arme Lazarus, den er wieder auferweckte, damit er zum zweiten Mal die Erfahrung des Todes macht. König Manasse, dessen Fleisch verfault und von den Knochen fällt. Haben Sie mal Sacharja, Kapitel elf, Vers vier bis siebzehn gelesen? ‹Sein Arm soll völlig verdorren, sein rechtes Auge soll gänzlich erblinden.› Die Strafe für den Hirten, der seine Aufgabe nicht erfüllt.»

Plötzlich hatte er abgebrochen. Er bekam keine Luft mehr. Der Strohhut fiel ihm aus der Hand. Van Upp hob ihn auf.

«Sind Sie deshalb hier?», fragte der Ermittler. «Ähnelt dieser Ort deshalb mehr einem Gefängnis als einem Kloster?»

«Seit fünfzehn Jahren hat mich niemand mehr besucht», sagte der Priester. «Freunde und Angehörige haben es versucht und versuchen es immer wieder, aber man verweigert ihnen die Erlaubnis. Hatten Sie Schwierigkeiten, zu mir zu kommen? Haben Sie eine Idee, warum man Ihnen die Pforten geöffnet hat?»

Van Upp schüttelte den Kopf.

«Dann gehen Sie. Ich werde nicht zulassen, dass Sie weiter mit mir spielen. Haben Sie nicht gesagt, Sie hätten Ihren Mörder? Was hält Sie dann noch hier? Wollen Sie mehr über Gott wissen? Woher diese Obsession? Es lohnt nicht, sich mit Gott zu beschäftigen. Ich versichere Ihnen, dem würden Sie lieber nicht begegnen. Auch darin ist er uns ähnlich: Er tötet oder verletzt nur, was er fürchtet», hatte er gesagt und sich verzweifelt auf den verdorrten Arm geschlagen.

«Sie erinnern mich an jemanden, den ich sehr geliebt habe», war Van Upps Antwort. «Er sprach mit derselben Begeisterung von Gott. Er vermittelte mir das Gefühl, dass Gott nah war, mich berührte, über meine Schulter schaute, meine Hand führte ...»

«Nun, ich sehe ihn so.»

«Ich verstehe nicht.»

«Sie messen meinen Spekulationen zu viel Bedeutung bei. Befürchten Sie nicht, dass man Sie hier nicht mehr rauslassen könnte?»

Van Upp sagte, es gäbe Schlimmeres.

«Wie ist der Gott, von dem die Texte sprechen? Ich meine die Art, wie er sich präsentiert. Ja, seine *Präsenz*. Genau! Sie ist physisch! Gott ist da. Er spricht. Er streitet. Er zeigt sich in den Dingen: im Dornbusch, im Feuer und Rauch eines Vulkans, im Wasser, das sich teilt, in den Plagen ... Er begräbt Moses mit seinen eigenen Händen, mit denen er einst Adam formte. Er isst! Abraham bereitet ihm ein Festmahl zu, in Mamre, bevor er nach Sodom aufbricht, und Gott erscheint ihm bei den Eichen. Gott wandelte unter uns. Gott führte Heere an und beging so viele Fehler, dass es nur eines rechtschaffenen Mannes, Hiobs, bedurfte, um ihn zum Schweigen zu bringen und zu verbannen. Wenn Sie auf die Abfolge im Tanach achten, die anders ist als die der Bibel, werden Sie feststellen, dass Gott nach der Erniedrigung durch Hiob nicht wieder in Person auftaucht; er zeigt sich nur noch über Propheten. Er zieht sich sozusagen zurück. Wie die Garbo! Fern von den Blicken der Welt. Er lehnt jedes Angebot ab, auf die Bühne zurückzukehren. Er *flieht*, wenn Sie so wollen.»

«Gott flieht», hatte Van Upp wiederholt.

«Warum nicht?», sagte der Priester. «Es ist eine überzeugende Erklärung.»

Van Upp fragte ihn, wovor Gott fliehe.

«Gott flieht vor ...», hob Quiroz ungestüm an. «Das ist ein heikles Thema. Höchst spekulativ. Und an diesem Ort nicht angebracht. Aber ich will Ihnen sagen, dass das Bild des fliehenden Gottes auf überzeugende Weise sein Schweigen erklärt. Wer flüchtet, kann sich bloß auf seinen eigenen Weg konzentrieren. Er lebt in der Gegenwart. Und er schaut nur nach vorn, dorthin, wohin er sich flüchtet, und nie zurück oder zur Seite. Gott ist mit seiner Flucht beschäftigt, damit, verborgen zu bleiben; das erklärt das Schweigen, die Nichteinmischung, die unumgängliche Einsamkeit. Sie werden sagen, das sind kindische Argumente, und vielleicht haben Sie recht, aber sie spenden mir Trost. Ich empfinde dadurch sogar Mitleid für diesen Bastard.»

«Sie glauben also an einen verborgenen Gott», sagte Van Upp. «Einen Gott, der genau in diesem Moment ganz in unserer Nähe sein kann, hinter diesem Baum oder in dieser Statue.»

«Gott kann jede Gestalt annehmen, aber er hat eine ursprüngliche Gestalt», sagte der Priester. «In dieser Hinsicht ist die Bibel eindeutig. Der Mensch wurde nach Gottes Ebenbild geschaffen. Er ist ein *theomorphes* Geschöpf; er ähnelt Gott wie ein Ei dem anderen. So sehr, dass es für das Auge des Laien unmöglich ist, zwischen Schöpfer und Geschöpf zu unterscheiden. Der Laie muss sich fragen: Wer von diesen beiden ist es? Wer aus dieser Gruppe? Aus dieser Menge? Und dieser Zweifel sollte uns zur anfänglichen Frage zurückführen, zu jenem Rätsel, das der Vater aller Rätsel ist: Wer ist Er? Wer? Für uns gilt es als selbstverständlich, dass ein so mächtiges Wesen Gott sein muss. Aber das ist nicht die einzige Möglichkeit. Der in den Klang seiner Stimme verliebte Demiurg, die Donnergestalt, die Moses und Abraham und Isaak und Jakob aufsuchte, muss nicht der wahre Gott sein. Das sagt Er selbst, es scheint zumindest so. *Ehyeh-Asher-Ehyeh*. Aber wenn er nicht der ist, der er zu sein behauptet? Wenn es sich um jemand anderen handelt? Wenn er in Wahrheit ...?»

Quiroz' Hand umklammerte Van Upps Arm. Oben auf der Galerie stand Schwester Solange und winkte. Quiroz erhob sich und machte sich auf den Weg, den Hut ließ er auf der Bank zurück. Schwester Solange blieb unverändert an ihrem Platz, ein Lächeln grenzenloser Güte im Gesicht, das Van Upp (jetzt erinnerte er sich gut, er sah sie fast vor sich) unheimlich war.

Der Priester hatte kaum zwei Schritte gemacht, da drehte er sich unter Mühen noch einmal um und blickte den Ermittler an. Einen Moment lang hatte es so ausgesehen, als wollte er ihm etwas sagen, und wenn es auch nur ein Abschiedsgruß war. Aber der stille Ruf der Nonne von oben obsiegte.

Quiroz' Füße schlurften über die Erde. In einer höheren Stimmlage antworteten die Zikaden mit ihrem Lied.

X

(Nachdem Van Upp die Nonne begrüßt und sich das letzte Gespräch mit Quiroz in Erinnerung gerufen hatte, verweilte er noch ein paar Minuten im Kloster. Er betrachtete die dunkle Statue, in deren Schatten sie sich unterhalten hatten. Bis dahin hatte er ihr keine sonderliche Beachtung geschenkt. Es handelte sich um einen Engel, der einen zerbrochenen Krug in den Armen trug. Der ganze Park war voller Statuen von Engeln mit klangvollen Namen: Sahaquiel, Gabriel, Haniel, Rafael, Uriel, Raguel, Michael; alle waren sie weiß, der Inbegriff von Reinheit. Der Engel war zusammengekauert, als wäre die Last des Kruges zu schwer oder als ducke er sich wie ein Dieb in der Nacht. Van Upp stand vor dem Engel, als der Schmerz ihn in die Knie zwang. Unter Qualen hörte er eine Stimme, die sagte, er trage etwas Böses in sich, und er sah seinen Vater und den Chinesen, die Pistole und das Feuer und den dunklen Engel, und da fiel es ihm wie Schuppen von den Augen.)

XI

Der quirlige kleine Mann mit dem funkelnden Blick, der ihm die Tür öffnete, reichte Van Upp bis zur Hüfte. Die riesige Mütze machte ihn noch ein paar Zentimeter größer. Er stellte sich als Dufresne vor, bat ihn herein und sagte geheimnisvoll, er werde bereits erwartet.

Van Upp folgte ihm durch einen endlosen Flur. (Das Gebäude des Episkopats war das reinste Labyrinth.) Alle paar Schritte drehte Dufresne sich nach ihm um, als fürchte er, er habe sich hinter ihm in Luft aufgelöst.

Er deutete auf den Eingang zu einem Saal und bat ihn, dort zu warten. Eine Reihe von verglasten Türen führte auf einen Balkon hinaus. Durch die gelblichen Milchglasscheiben drang trübes Licht.

Es dauerte etwas, bis Kardinal Vicco kam. Er war mit Calabert unterwegs gewesen und eigens seinetwegen herbeigeeilt. Ihm war gerade noch Zeit geblieben, sein Messgewand abzulegen; der dunkle Anzug wirkte ausgebeult. Er strich eine rebellische Haarsträhne glatt, schloss leise die Tür und lehnte sich gegen den Türflügel.

«Tee? Kaffee? Tun Sie sich keinen Zwang an. Stört es Sie, wenn ich mich setze?», fragte der Kardinal und ließ sich auf einen der Stühle sinken. «Bevor ich es vergesse: Pater Quiroz lässt Sie grüßen. Er sagte, er hoffe, Sie bald wiederzusehen, in Rom natürlich.»

«Ist er schon abgereist?»

«Heute Morgen.»

«Ich habe mich gefragt, warum man ihn in dieses Kloster gesperrt hat.»

«Eine Entscheidung des letzten Papstes», sagte Vicco. «Zum Glück ist der jetzige Heilige Vater nicht ganz so orthodox.»

Der Kardinal bat ihn, Platz zu nehmen. Van Upp zog es vor, stehen zu bleiben, in vorsichtigem Abstand und außerhalb der Reichweite des gelben Lichtes.

«Vor vierzig Jahren hat Pater Quiroz damit begonnen, die Texte der Gnostiker zu studieren», sagte Vicco leicht indigniert, weil Van Upp sein Angebot abgelehnt hatte. «Ich denke, Sie wissen, wovon ich spreche. Die Sekte der Gnostiker. Simon Magus, Valentinus, Thomas Didymus, Basilides ...»

Van Upp verzog keine Miene.

«Die Gnostiker behaupten, Gott sei nicht Gott. Der Schöpfer der materiellen Welt sei Jaldabaoth oder auch Saklas oder Samael, was so viel bedeutet wie der blinde Gott. Den Gnostikern zufolge beten wir den falschen Gott an. Ein Gedanke, der die Heilige Mutter Kirche nicht gerade glücklich macht. Sind Sie sicher, dass Sie nichts trinken möchten? ... Aber Quiroz gab sich nicht mit den Texten zufrieden, die jedem Gelehrten zugänglich sind. Er nutzte seine Position und seine guten Kontakte im Vatikan, um an Dokumente zu gelangen, die, na ja, sagen wir, geschützt in den Kellern lagen. Er machte sich Notizen. Er reiste durch die ganze Welt und studierte immer neue Dokumente. Die Jahre vergingen. Ein Papst starb, und es kam der nächste, doch Quiroz war nicht von seiner Idee abzubringen. Der neue Papst – ich meine Calaberts Vorgänger – zweifelte an seinen Absichten. Wenn jemand sich so ausgiebig mit häretischem Gedankengut befasst ...»

Van Upp zündete sich eine Zigarette an.

«Es ging das Gerücht um, Quiroz habe ein Buch geschrieben», fuhr der Kardinal fort. «Wie üblich wurde er gebeten, die Quellen vorzulegen. Und in der Tat betrachtete Quiroz die gnostischen Argumente allzu ... wie soll ich es ausdrücken? – wohlwollend. Er glaubte, wir wären einer Täuschung kosmischen Ausmaßes aufgesessen. Er war sicher, seine Argumentation verteidigen zu können. Natürlich wurde das Buch nie gedruckt. Man erachtete die Veröffentlichung für unnötig. Es sollten grundsätzlich nur notwendige Bücher publiziert werden, meinen Sie nicht? Bücher, die erbaulich sind, der Erleuchtung der Seele dienen. Aber weil Quiroz ein Dickkopf ist, Sie kennen ihn ja, hatte er die Stirn, heimlich Kontakte zu nichtkirchlichen Verlagen aufzunehmen. Zum Glück ohne Erfolg. Mit spekulativem Denken kann man in der heutigen Zeit niemanden hinter dem Ofen hervorlocken. Spinoza würde heute keinen Verleger finden! Niemand möchte die Fundamente seiner Welt in Frage gestellt sehen. Quiroz' Ungehorsam traf auf die denkbar ungeeignetsten Ohren. Man legte ihm nahe, er solle in sein Land zurückkehren und die Zeit seiner Pensionierung im Schutz der Kirche von Trinidad verbringen. Von dem Zeitpunkt an hat er im Kloster gelebt.»

«Das eher wie ein Gefängnis anmutet.»

«Die Geheimnisse der Architektur.»

«Laut Quiroz war ich seit Jahren der erste Mensch außerhalb der Klostermauern, mit dem er Kontakt hatte.»

«Schon merkwürdig.»

«Sie haben unser Treffen arrangiert, nicht wahr?», fragte Van Upp.

«Ich weiß nicht, was Sie meinen.»

«Wie haben Sie mich gefunden?»

Der Kardinal seufzte. Er sah ein, dass jedes Leugnen sinnlos war.

«Es war eine lange Suche, die ihre Früchte erst trug, als Calabert zum Papst geweiht wurde. Auf sein Ersuchen hin wurden die Tore geöffnet, die vorher verschlossen waren. Und so erfuhren wir, dass Sie sich hier in Trinidad aufhielten. Eine Zeitlang war es schwierig für uns, an Sie heranzukommen. Es hieß, Sie lebten fernab der Stadt auf einer schwer zugänglichen Insel. Wir kontaktierten Ihre früheren Vorgesetzten und bekundeten unser Interesse an Ihrer Person, an Ihrem Gesundheitszustand. Die kümmerten sich darum, dass es Ihnen an nichts fehlte. Wochenlang haben wir uns gefragt, was wohl die … angemessenste Form wäre, mit Ihnen in Kontakt zu treten.»

«Und da habe ich beim Episkopat angerufen und nach Pater Martín Quiroz gefragt.»

«Genau.»

«Und der hat Ihnen bestätigt, was Sie über mich wissen wollten.»

«Sagen wir, er hat ein vielversprechendes Bild gezeichnet.»

Van Upp setzte sich nun doch. Der bernsteinfarbene Schimmer der Fensterscheiben spiegelte sich exakt im Weiß seiner Augen.

«Was gedenkt Calabert mir vorzuschlagen?»

«Das hängt von Ihnen ab. Erst einmal sicheren Unterschlupf im Vatikan.»

«Warum sollte ich ausgerechnet ihm vertrauen, dem Oberhaupt der katholischen Kirche?»

Der Kardinal öffnete seinen Aktenkoffer, nahm ein paar Papiere heraus und breitete sie auf dem Tisch aus.

Es handelte sich um Einreiseformulare mit Stempeln jüngeren Datums, ein paar Fotos und eine Reihe von Kurzbiografien.

«Was ist das?», fragte Van Upp.

«All diese Männer sind in den letzten Wochen in Trinidad eingereist. Sie alle gehören zum Personal der ‹Gesellschaft›. Professionelle Mörder. Der Heilige Vater wollte, dass ich Sie davon in Kenntnis setze. Eine Geste des guten Willens.»

«Trotzdem …»

«Da ist noch etwas», sagte Vicco mit wohlwollendem Lächeln. (Er war ein Karrierediplomat.) «Der Heilige Vater hat mich gebeten, Ihnen eine Information zu geben, die es Ihnen erlaubt zu verstehen, dass sein Interesse an Ihnen nicht allein, wie soll ich es ausdrücken ... *professioneller* Natur ist. Etwas, das so gut wie niemand weiß. Ein kompromittierendes Detail, wie Sie gleich feststellen werden.»

«Ich kann immer noch nicht nachvollziehen, wie Sie mich gefunden haben.»

«Calabert wurde in Argentinien geboren und ist dort aufgewachsen. Während des Studiums in Buenos Aires hat er eine junge Amerikanerin kennengelernt, die dort zeitweilig für ein Filmstudio gearbeitet hat. Lassen Sie es mich so ausdrücken: Sie hatten eine kurze intensive Affäre, nach der sie sich nie mehr wiedergesehen haben. Kurz darauf ist Virginia Van Upp in die Vereinigten Staaten zurückgekehrt.»

Vicco schaute ihn an und versuchte die Reaktion seines Gegenübers einzuschätzen, doch Van Upp zeigte keinerlei Regung.

«Es vergingen viele Jahre, bis Calabert von Ihrer Existenz erfuhr. Ich werde Ihnen nicht sagen, wie das geschah, denn ich weiß, das möchte er Ihnen lieber persönlich erzählen. Ich kann Ihnen jedoch bestätigen, dass der Heilige Vater vor ein paar Monaten Kontakt zu Virginia Van Upp aufgenommen hat. Sie hat ihm gestanden, sie habe keinerlei Verbindung zu Ihnen gehabt. Sie wusste nicht, ob Sie weiterhin ihren Namen trugen oder noch am Leben waren, und ob Sie sich in Trinidad oder anderswo auf der Welt aufhielten. Irgendwann hatte sie eine Reihe von Briefen erhalten, die Sie ihr an ihre Adresse in Chicago gesandt hatten, diese aber weggeworfen, ohne sie zu beantworten. Doch zuvor hatte sie sich die Anschrift notiert, die auf der Rückseite des Umschlags stand. Eine Anschrift in Santa Clara.»

Der Kardinal schwieg, und Stille erfüllte den Raum.

«Ich brauche Zeit», sagte Van Upp schließlich.

«So viel Sie wollen», erwiderte Vicco väterlich.

Van Upp stand langsam auf.

«Ich kann Sie unter Schutz stellen lassen», sagte der Kardinal. «Ab sofort. Das wäre das Vernünftigste. Ich habe Männer hier ...»

«Was ich zu tun habe, muss ich allein erledigen», sagte Van Upp. Er ging zur Tür.

«Soll ich dem Heiligen Vater etwas ausrichten? In Ihrem Namen, meine ich.»

Van Upp blieb stehen. Er dachte einen Augenblick nach. «Sagen Sie ihm, er möge für mich beten.»

Dufresne geleitete ihn zum Ausgang.

XII

Pater Barreda hatte man beigebracht, Gottesfurcht setze das Verdrängen jeglichen Begehrens voraus. Ein Problem, das sich ihm nicht stellte. Dem Ruf des Fleisches zu widerstehen, war der leichteste Teil seines Priesteramtes gewesen; die Stimme seines Fleisches war schwach.

Doch an jenem Abend begehrte Barreda etwas. Es war ein bescheidenes, beinahe schickliches Begehren, eins, wie es zu Barreda passte. Hätte er die Wahl gehabt, er hätte die Abendmesse ausfallen lassen, zu der er eingeteilt war, und wäre zum Papst gegangen, um den sich gerade alle Gläubigen scharten. Doch sein Vorgesetzter war damit nicht einverstanden gewesen. «Was, wenn nur ein einziges altes Mütterchen sich in die Kathedrale schleppt und feststellt, dass man ihm die Kommunion verweigert?», hatte der Bischof gesagt. Es war eine riesige Verantwortung; eine Verantwortung, die größer war als Barreda. Er hatte sie dankbar angenommen.

Und er fand sich zur entsprechenden Stunde in der Sakristei ein, um die Messe vorzubereiten. Das musste er diesmal allein tun, denn selbst die Messdiener befanden sich auf der Plaza de la Victoria und warteten auf den Gottesdienst, den der Heilige Vater halten würde – der erste lateinamerikanische Papst der Geschichte und der erste, der Trinidad besuchte: der charismatische Papst Calabert.

Die Vorbereitungen waren zwar nicht kompliziert (den Hostienteller und den Wein zum Altar bringen; den Kelch aus dem Tabernakel holen und sich vergewissern, dass genügend Hostien für die Weihung vorhanden waren), doch sie lenkten Barreda von einer ihm unverzichtbaren Aufgabe ab: die Lektüre der Bibelstelle des Tages, die er in seiner Predigt kommentieren wollte. Gewöhnlich kam er eine Viertelstunde vor der Messe in die Sakristei, um das Messgewand in der liturgischen Tagesfarbe anzulegen, den Text noch einmal durchzulesen und kurz zu beten; sonst fühlte er sich hilflos. An dem Abend hatte er die Stelle nur rasch noch einmal überfliegen können, dann war er zur Kirche geeilt, umziehen wollte er sich, sobald Hostienteller und Kelch an ihrem Platz standen.

Der Gang, der die Sakristei vom Altar trennte, war dunkel und feucht, eine lange aufsteigende Spirale. Die Messdiener nannten ihn «das Gedärm».

Und in ebendiesem Gedärm befand er sich, als er den Donner hörte. Der Boden unter seinen Füßen bebte. Er bekreuzigte sich. Es war ein Reflex; eine ungeschriebene Regel des Katechismus besagt, dass Gott durch den Donner spricht.

Ein erster Blick in die Kirche bestätigte seine Vermutungen. Sie war fast leer. Wer würde sich auch an einem Gewitterabend ohne besonderen Grund hinauswagen? Vielleicht für Papst Calabert. In den Reihen saßen zwei oder drei alte Frauen, über deren Seelenheil der Bischof wachte. Und der General, wie an jedem Tag in den letzten Monaten. Der Prätorianer. (Barreda fragte sich, ob die Fürsorge des Bischofs nicht eher Moliner als den alten Mütterchen gegolten hatte.)

Der Priester überlegte, wie schön es wäre, wenn er die Messe wegen mangelnden Publikums absagen könnte, wie eine Theatervorstellung. Er wartete noch fünf Minuten. Zwei weitere ältere Damen trafen ein. Resigniert begann Barreda mit der Messe. Sie ging zügig und ohne Zwischenfälle vonstatten. Ihm war nur aufgefallen, dass Moliner mitten in der Messe zwar aufgestanden – er dachte, er verlasse die Kirche, und fühlte sich noch unfähiger –, aber kurz darauf an seinen Platz zurückgekehrt war. In einem bestimmten Alter, sagte er sich, meldet der Körper dringlichere Bedürfnisse an als den Glauben.

Am Ende eilte er mit Riesenschritten durch das Gedärm. Mit ein wenig Glück würde er noch rechtzeitig da sein und etwas vom Papst mitbekommen. Sofern die Feier nicht durch den Regen ins Wasser gefallen war. Es gewitterte heftig: Blitze, Donner, prasselnder Regen. Und wieder Donner.

In der Sakristei gab er sich geschlagen. Wie sollte er zu Calabert gelangen? Taxi war keines zu bekommen, und einen Schirm hatte er nicht dabei. Also machte er sich daran, den Text für den kommenden Tag durchzugehen (er wollte vermeiden, dass ihm ein solches Debakel noch einmal passierte; dies war die schlechteste Predigt seines Lebens gewesen), und schlief mit dem Buch in der Hand ein. Es donnerte weiter, aber man vernahm inzwischen nur mehr ein einlullendes Grollen.

Als er aufwachte, fiel Barreda ein, dass er in seiner Eile und für jedermann sichtbar den Kelch auf dem Tabernakel hatte stehen lassen. Heute war nicht sein Tag, so viel stand fest.

Er kehrte in die Kirche zurück. Vor dem Tabernakel stockte ihm der Atem. Der Marmor war voller Flecken. Jemand hatte literweise Farbe darübergeschüttet. Sofort dachte er an Vandalismus. Dann sah er noch mehr Flecken, dunkle Tropfen, Pfützen am Boden. Das Herz zog sich in seiner Brust zusammen und verharrte in diesem Zustand wie eine zur Faust geballte Hand. Er trat einen Schritt nach vorn, um das Gleichgewicht wiederzufinden. In der Tat: Es handelte sich um rote Farbe.

Es kostete Barreda übermenschliche Anstrengung, nach oben zu schauen. Irgendetwas sagte ihm, er müsse es tun (die Farbe schien auf das Tabernakel herabzuregnen; an irgendeiner Stelle, die er nicht sehen konnte, hörte er es tropfen), und warnte ihn zugleich vor den Folgen seiner Neugier. Die Anhänger von Israels Gott wissen, dass es eine Gnade sein kann, bestimmte Dinge nicht anzusehen. Sowohl das Alte als auch das Neue Testament geißeln den menschlichen Blick: Alles, was man mit den Augen des Körpers sieht, mahnen sie, sei trügerisch und führe nur zu Lüsternheit und Sünde, oder man erstarre zur Salzsäule wie Lots Frau.

Doch Barreda entschied sich hinzusehen.

Zwischen der unermesslichen Höhe der Decke und dem geschändeten Tabernakel befand sich nur ein Kreuz. Ein riesiges Kreuz mit gleich langen Armen. An dem Kreuz hing ein leidender, schmerzgebeugter Christus, der ins Jenseits blickte, so wie Barreda zu ihm.

Vom Kreuz troff Blut.

Plötzlich hörte er ein Klopfen an der Tür. Barreda dachte, die Vandalen wollten erneut in die Kirche einfallen und diesmal alles dem Erdboden gleichmachen. Vielleicht waren es auch Journalisten, die sich das Wunder des blutenden Kreuzes ansehen wollten. Ein Wunder, dessen erster Zeuge er war. Er stellte sich vor, wie er auf den Titelseiten stand. Wie er vom Papst empfangen wurde.

Dann spürte er ein Kribbeln im rechten Arm, und der Arm wurde taub. Angesichts eines Wunders zu sterben war ein denkbar ungünstiger Zeitpunkt. Ein Wunder kann seine Wirkung nur entfalten, wenn jemand da ist, der es bezeugen kann. Er jedoch löste sich auf. Er fragte sich, ob das seine Strafe war: dass er das Privileg hatte, einem Wunder beizuwohnen, und es für sich behalten musste.

Da fiel ihm etwas auf. Es waren nicht die angenagelten Hände von Christus, die bluteten, nicht die durch einen Nagel mit diamantenförmigem Kopf zusammengehaltenen Füße. Es war das Längsholz, von dem das Blut auf den Marmor tropfte, *plopp, plopp*.

Weiterhin donnerten Schläge an die Tür. Er würde gleich aufmachen. Erst einmal musste er überleben.

Jetzt konnte er die Hand bewegen. Sie öffnen. Wieder schließen. Ohne Schmerz. Sie gehorchte ihm wieder. Man schenkte ihm sein Leben, damit er Zeugnis von dem Wunder ablegen konnte, von dem blutenden Kreuz, dem Kreuz, das zeigt, wie sehr Gott für all seine Geschöpfe leidet, dem Kreuz, das (wenn man genau hinschaute, bestand kein Zweifel) kaum merklich vor und zurück schaukelte.

Pater Barreda suchte nach Stellen, die ihm als Tritt dienen konnten, um nach oben zu klettern. Es war niemand in der Kathedrale. Wer sollte ihn tadeln? Er wollte hinauf zu dem Kreuz, damit er mehr und besser sehen konnte (in dem Moment dachte er nicht mehr daran: Alles, was man mit den Augen des Körpers sieht, ist trügerisch). Er wollte das Phänomen genauer unter die Lupe nehmen, bevor er den

Journalisten die Tür öffnete. Er stieg hinauf. Einen Fuß auf die Kante, den anderen auf die Schnecke der Säule. Die letzte Stufe war das Tabernakeldach.

Er saß auf dem Boden der Nische, in der das Kreuz stand. Zwar war er sich nicht vollständig sicher (sie war dunkel und befand sich hinter dem Kreuz), aber die Nische schien eine größere Tiefe zu haben, als er vermutet hatte.

In der Zeit zwischen dem Aufstieg und der endgültigen Entdeckung konnte Pater Barreda zwei Dinge festhalten: Das Kreuz schwankte wirklich (im Profil war die Bewegung deutlicher zu erkennen), und die Christusfigur war weit größer, als sie von unten aussah. Ein Christus, sagte er sich, entspricht zwei Barredas.

Da hörte er es. Ein Klagen.

Hatte er richtig gehört? Das Kreuz sprach?

Er fragte sich, warum der Gedanke ihn erschreckte. Das Wunder müsste ihn mit Freude erfüllen, nicht mit Schrecken. Ein Wunder war schließlich kein Alptraum.

Hätte ihn die Höhe nicht schwindeln gemacht, er wäre hinuntergesprungen. So blieb ihm nichts anderes übrig, als weiter rückwärts in die Nische zu kriechen, wie ein Krebs.

Auu.

Da war es. Das Klagen. Grauenvoll.

Barreda war verzweifelt. Was wollte die Stimme ihm sagen? War Christus ins Leben zurückgekehrt, um das Grauen zu verkünden? Was würde geschehen, wenn er die Nachricht nicht verstünde? Wenn Gott mit ihm sprach und er ihn nicht richtig verstand? Ihn falsch auslegte? Wenn er den Willen des Himmels schlecht übersetzte?

Auu, Hilfe.

Es bat um Hilfe. Das Kreuz bat ihn um Hilfe.

Als er merkte, dass nicht das Holz mit ihm sprach, war es bereits zu spät. Pater Barreda starb. Sein Herz versagte. Im

Licht der Kirchenfenster kam es ihm so vor, als ob das Kreuz davonschwebte. Es flog. Welch Ironie: Er starb, aber seine Augen sahen immer besser, sie gewöhnten sich an die Dunkelheit der Nische. Und so bemerkte er, dass sich auf der anderen Seite des Kreuzes noch jemand befand. Nicht Christus, sondern jemand, der auf die Rückseite des Kreuzes genagelt war. Jemand, der noch lebte und blutete, der um Hilfe bat und gleichzeitig an die Pforte der Hölle klopfte.

Pater Barreda hauchte sein Leben aus. Er starb um 20.15 Uhr.

Der Henker Moliner überlebte ihn um ein paar Minuten. Er hatte noch Zeit, sich ein weiteres Mal vor Schmerz zu krümmen und einen letzten Schrei auszustoßen, wie ein Tier im Schlachthof.

Vierter Teil

Surely some revelation is at hand.

William Butler Yeats, The Second Coming

I

Moliners Tod weckte eine Vielzahl ganz unterschiedlicher Reaktionen, denen nur eines gemein war: die Erleichterung. Sowohl diejenigen, die seine Ermordung feierten, als auch die, die sie verurteilten (einige aus humanitären Gründen, andere aus politischen Erwägungen), glaubten, dass nun endlich alles vorbei sei. Moliner war der letzte der Prätorianer. Sein Mörder dürfte ob der vollendeten Tat höchste Befriedigung empfunden haben, wenn auch nur für kurze Zeit. (Er war mit blutigen Händen überrascht und von einer Polizistin niedergestreckt worden, von der Ermittlerin Nora Duarte.)

Es war vollbracht. Der Kreis hatte sich geschlossen.

Auch die Nachricht zog ihre Kreise und reichte bis weit hinein in andere Bereiche der Wirklichkeit. Der in Trinidad weilende Papst hatte bei größtem Zulauf seine Messe gefeiert, während Moliner – in einer Kirche! – ermordet wurde.

Dazu äußerte sich Seine Heiligkeit schon bald: Über die Ermordung hätte er hinweggehen können, nicht aber über die Tatsache, dass ein Gotteshaus zum Tatort eines Verbrechens geworden war.

Und selbstverständlich enthielt er sich jeglichen Kommentars über die Inszenierungsform dieses Todes.

Man hatte Moliner *gekreuzigt*.

Der symbolische Gehalt der Exekution war nicht zu übersehen. Auffällig war jedoch, dass er vollkommen unterschiedlich gedeutet wurde. Einige fanden, die Botschaft sei einfach: Aus der Tatsache, dass Christus an der einen Seite des Kreuzes hing und Moliner an der anderen, könne man ableiten, dass es sich um die beiden Seiten einer Medaille handelte: das leibhaftige Gute und das leibhaftige Böse. Der eine rettete die Menschen, der andere zog sie in die Hölle; Christ und Antichrist. Subtilere Geister betonten, dass es sich um *ein und dieselbe* Medaille handelte, das heißt zwei Aspekte derselben Sache, und das sollte wohl ein deutlicher Hinweis auf die Kollaboration der Kirche von Trinidad mit dem Prätorianerregime sein.

Andere spielten, im Rausch der Begeisterung über die Anwesenheit des Papstes auf der Insel, die Identität des Opfers herunter und deuteten das Ganze als eine atheistische Verschwörung. Handelte es sich nicht um den Versuch, einen Ort zu beflecken, der per Definition unbefleckt war? Warf dieser Tod nicht Schatten auf Calaberts Besuch, wurden dadurch nicht die päpstlichen Vorhaben behindert? (Der Abschiedsgottesdienst sollte in der Kathedrale stattfinden, die jetzt unter der Obhut von Untersuchungsbeamten lag, die Tag und Nacht arbeiteten.) Und der größte Affront: Was war diese Gleichstellung vom Tode Christi und Moliners anderes als ein Sakrileg, ein Angriff auf denjenigen, der in jeder Hinsicht Vollkommenheit verkörperte?

Ein Argument, dessen sich auch Moliners Anhänger bemächtigten. Sein Tod am Kreuz unterstreiche die Opferrolle des Prätorianergenerals. Er war auf dem Altar der Politik geopfert worden, erst von den Ländern im Norden im Stich gelassen (die ihm bei seiner Machtübernahme den Rücken gestärkt hatten), dann von den Mächtigen Trinidads (die damals die Rückkehr der Ordnung und die Möglichkeit zur Gewinnmaximierung ohne staatliche Kontrolle begrüßt hatten) und am Ende von den Medien. Moliner war das Opferlamm. Sein christlicher Glaube lasse es völlig abwegig erscheinen, dass er sich in diesen Tod gefügt hatte, ohne sich seiner Rolle bewusst zu sein: Er büßte für die Sünden anderer. Er hätte mit dem Leben davonkommen können, doch er hatte sein Schicksal angenommen. Hatte denn nicht in der Zeitung gestanden, dass er trotz der Gefahr auf dem Messbesuch bestanden hatte?

Ein politischer Kommentator, der während des Regimes großes Ansehen genossen und später eine Anstellung bei einem Privatsender gefunden hatte, ging sogar so weit nahezulegen, man möge Moliners Leichnam im Auge behalten.

«Wir alle wissen ja», sagte er, «was am dritten Tag geschah.»

II

Calaberts Abschied war kurz. Vor dem Flugzeug, das ihn nach Rom zurückbrachte, gab es noch einen päpstlichen Segen, gegen dessen rasche Abwicklung niemand etwas einzuwenden hatte. Ein jeder verspürte das dringende Bedürfnis, so schnell wie möglich in sein Alltagsleben zurückzukehren, die Feierlichkeiten, Verbrechen und Kümmernisse hinter sich zu lassen, die Trinidad in Atem gehalten hatten.

Wenige Stunden nach der Abreise ließ die Polizei von Santa Clara Félix Rey Pantoja, den Seemann, den man für den Mörder der Prätorianer gehalten und verhaftet hatte, aus Mangel an Beweisen frei.

Die Nachricht erschien zwar auf der ersten Seite, aber kleingedruckt in einer Ecke. Im Mittelpunkt der Schlagzeilen stand ein Skandal um Kabinettsmitglieder, die Waffen an ein Nachbarland verkauft haben sollten. Eigentlich hätte der Fall wie eine Bombe einschlagen müssen, doch die Journalisten berichteten eher beiläufig darüber; auch darin schien sich die allgemeine Erleichterung über die Rückkehr in die Normalität auszudrücken. Solange sich alles auf Korruption, politische Grabenkämpfe und weitere Kniefälle vor dem internationalen Großkapital beschränkte, konnte Trinidad weiter die kühle Meeresbrise genießen, Ciro Chomón sein Bier ausschenken, die Post Briefe zustellen und Señora Antonia mit dem Radio auf dem Rücken ihre Hemden bügeln.

An dem Abend führte der ehemalige Hauptmann Jorge Di Tulio seine Familie zum Essen aus.

Während des Prätorianerregimes hatte Di Tulio als Verantwortlicher für das Gefangenenlager El Foso traurige Berühmtheit erlangt. Die Besonderheit dieses Lagers bestand in seiner geographischen Lage in der Nähe des Zentrums von Santa Clara (es befand sich zwanzig Minuten vom Regierungssitz und wenige Blocks von einer noblen Wohngegend entfernt), der Vielzahl an «Internierten», die durch die Baracken geschleust wurden, und im diskriminierenden Vorgehen von Di Tulio. Juden hatten keine Chance in El Foso: Sie wurden gefoltert, getötet und ins Meer geworfen – so mechanisch und leidenschaftslos, als handelte es sich um eine Fließbandtätigkeit.

Christen hingegen bekamen eine zweite Chance. Di Tulio trat mit einer Bibel auf sie zu, die er wie ein Orakel konsultierte. Von der (stets sehr freien) Auslegung der zufällig ausgewählten Stelle hing es ab, ob sie sofort getötet, ihre Folter ad infinitum verlängert oder ob sie an die sogenannten Rehabilitationsstellen weitergereicht wurden, wo sie Zwangsarbeit leisten mussten, die von Putzen bis hin zu Geheimdiensttätigkeiten reichte.

Di Tulio speiste in Gesellschaft seiner Frau und seiner beiden Kinder, als wenige Meter von seinem Tisch entfernt ein Streit entbrannte. Der hinkende Mann, der sich mit einem Kellner angelegt hatte, schien sich aus dem Gefecht zurückziehen zu wollen, kam dann aber auf Di Tulio zu und schoss ihm in den Hals. Während Di Tulio wie eine Puppe zuckte und zappelte, machte Félix Rey Pantoja einen weiteren Schritt auf ihn zu, hielt die Waffe an seine Brust und drückte nochmals ab.

Di Tulio erfuhr nie, wie schnell ihm sein Mörder auf dem Weg in den Hades folgte. Dumont, der den Auftrag hatte, Pantoja zu beschatten, brauchte einen verhängnisvollen Augenblick zu lang, bis er begriff, dass der hinkende Seemann nicht in das Lokal gegangen war, um dort zu Abend zu essen. Beim Versuch, seine Verfehlung wieder gutzumachen, schoss er Pantoja zweimal in den Rücken, genau zwischen die Schulterblätter.

III

Die Frage um die Identität des wahren Mörders der Prätorianer wühlte die Gemüter auf.

Seit Ferrer und Abellán tot aufgefunden worden waren und die Vorstellung von einem geheimnisvollen Mörder durch die Köpfe der Öffentlichkeit geisterte, konnte niemand der Versuchung widerstehen, Mutmaßungen anzustellen. Obwohl man keine klare Vorstellung davon hatte, wer er tatsächlich sein könnte (man ging von einer Rache der Opfer des Regimes aus, von einer Abrechnung unter Militärs und sogar von einer internationalen Mafia, die die Prätorianer für ihre mangelnde Kooperation büßen ließ; manch einer erinnerte sich daran, dass es eine der ersten Amtshandlungen des Regimes gewesen war, die Internationale EuroBombay-Gesellschaft unter Druck zu setzen, damit sie das Land verließ), erging man sich in wildesten Spekulationen. Es musste ein geheimnisvolles Wesen sein, mächtig und wohlhabend, der wahre Monte Christo. Eine finstere übermenschliche Gestalt, die auftauchen und wieder verschwinden konnte, ohne jegliche Spuren zu hinterlassen.

Die Enthüllung, die Prätorianer seien die Opfer eines zwielichtigen Provinzsergeanten namens Álvaro Benet, rief erst Überraschung und dann zwangsläufig Enttäuschung hervor. Benet war einfach gestrickt, ein Tier, und er hatte weder Frau noch Freunde, die ihn verteidigen, eine Erklärung für sein Verhalten abgeben oder ihn diffamieren konnten. Er tat ihnen nicht einmal den Gefallen, vor die Kameras zu treten und die perversen Motive seiner Taten darzulegen oder ein Publikum zu bespucken und zu beschimpfen, das ihn gehasst hätte. Eine Polizeibeamtin, Sergeant Nora Duarte, hatte ihn – Moliners Blut noch an den Händen – überrascht und auf der Stelle getötet.

Benet war zwar weder geheimnisvoll noch mächtig, aber durchaus ein finsterer Geselle. Er stammte selbst aus den Reihen des Militärs und war später in den Polizeidienst eingetreten. Während des Prätorianerregimes hatte er als Mann fürs Grobe gegolten. Bei ihren Recherchen fanden die Journalisten heraus, dass sein Name mit einer Reihe von Anzeigen in Verbindung stand (je mehr sie im Dreck wühlten, desto mehr Anzeigen tauchten auf), die ihn als Entführer, Folterer und Mörder auswiesen. Bei diesen Anzeigen erschien der Name Benet im Zusammenhang mit anderen mutmaßlichen Entführern, Folterern und Mördern, die von der Justiz nie angetastet worden waren und ihr Leben in absoluter Freiheit weitergeführt hatten, wie zum Beispiel Jorge Di Tulio. Nicht wenige von ihnen waren sogar noch in den Reihen des Heeres, der Polizei, des Geheimdienstes, der Präfektur und der privaten Sicherheitsdienste tätig.

Die Journalisten kamen zu dem Schluss, dass es nicht angeraten war, weiter im Dreck zu wühlen, denn sie würden nur eine stinkende Grube freilegen, die sie lieber nicht betreten wollten, zumal sie selbst im Sumpf standen.

Die Figur Benet rief nur Unbehagen hervor. Da konzentrierten sie sich lieber auf Nora Duarte, die Tochter eines Polizeibeamten, jung, fotogen und mit allem ausgestattet, was für die Rolle der Heldin notwendig war.

Außer mit dem Wunsch, eine zu sein.

IV

Das ist die offizielle Version von Moliners Ermordung:

Benet hatte die Kathedrale betreten, einen Wachmann niedergestochen und die Tür verriegelt, während Moliner sich in der Kirche befand.

Mit der ihm eigenen, sprichwörtlichen Brutalität hatte er den Henker bis zum Kreuz hinaufgezerrt und ihn an die Rückseite genagelt.

Er hatte Pater Barreda, einen der Pfarrer, bedroht, der an einem Infarkt starb, bevor Benet ihm etwas antun konnte.

Er hatte versucht, durch den Notausgang der Kathedrale zu fliehen (einen Tunnel, den die ursprünglichen Architekten unter dem Eindruck des Krieges entworfen hatten), über den man unweit der Dünen nach draußen gelangt.

Während das Wachpersonal und die Verstärkung versucht hatten, in die Kirche zu gelangen, war Nora Duarte zum Ausgang bei den Dünen gelaufen.

Benet kam blutverschmiert und mit schuldbewusstem Blick herausgerannt.

Er wurde von drei Schüssen in die Brust getroffen.

V

Das Begräbnis des Henkers Moliner fand unter Ausschluss der Öffentlichkeit statt.

Sein Sarg glitt an den Seilen in eine drei Meter tiefe Grube. (Man hatte eine größere Tiefe gewählt als üblich.) Nur die direkten Angehörigen waren zugelassen. Moliners Frau hatte um Erlaubnis gebeten, die beiden Hunde mitzubringen, die die gesamte Zeremonie mit ihrem Gebell übertönten. Nach der Beerdigung blieben drei Männer als Wache bei dem Erdhügel. Sie hatten den Befehl, keine Einzelperson und keine Gruppe an das Grab zu lassen; im Notfall unter Einsatz von Waffengewalt.

Die Regierung kümmerte sich um alle Formalitäten. Sogar der Sarg war ein Geschenk. Der Minister persönlich hatte sich darum gekümmert, wie er auszusehen hatte: außen Eiche, innen Stahl. Er ließ nachfragen, welche Legierung normalerweise verwendet wurde. Man gab ihm eine Erklärung, die er nicht verstand. Er fragte, ob es nicht eine widerstandsfähigere Legierung gäbe, das Metall sollte härter sein als üblich. Man empfahl ihm Gussstahl, weshalb der Sarg am Ende so schwer war, dass man weitere Männer und zusätzliche Seile benötigte.

Der Minister wollte keinerlei Risiko eingehen.

Zu Benets Beerdigung erschien niemand außer der Presse.

VI

Nora Duarte erledigte alle Formalitäten des Falles. Sie verfasste seitenweise Berichte. Der nüchterne bürokratische Stil sorgte dafür, dass sie die bedeutsamsten Details der Szene für sich behielt; niemals hätte sie diese in Worte fassen können, ohne dabei ins Melodramatische abzugleiten.

So konnte sie in ihrem Bericht zum Beispiel nicht die Panik erwähnen, die sie befallen hatte, als Benet mit blutroten Händen und offensichtlich unter Schock stehend in den Dünen aufgetaucht war. Es herrschte völlige Dunkelheit. Sie war durchnässt vom Regen und zitterte. In ihren Händen bebte die Waffe, als hätte sie ein Eigenleben.

Sie konnte in ihrem Bericht nicht Benets Blick beschreiben, der überrascht und zugleich beschämt war, sie dort zu sehen – wie ein kleiner Junge, den man in flagranti ertappt hat –, und ihr die roten Hände entgegenstreckte.

Sie konnte den Ton nicht beschreiben, in dem Benet zu ihr gesagt hatte: «Er ist tot, es ist meine Schuld, es ist eine Falle.» Weinerlich, vielleicht?

Sie konnte Benets Gesichtsausdruck nicht beschreiben, in dem Moment, als er die Arme ausbreitete und auf die Mündung der Waffe zustolperte, die Nora in der Hand hielt.

Auch fand sich nichts über die – gelinde gesagt merkwürdigen – Begebenheiten in Benets letzten Stunden in Noras Bericht. Der Vorfall im Gefängnis blieb ein Rätsel. Warum hatte er diesen Häftling geschlagen? (Der Mann lag im Koma im Krankenhaus, man konnte ihn nicht befragen.) Und wer hatte sich beim Gefängnisdirektor für Benet verwendet und veranlasst, dass er sofort ohne jede Befragung entlassen wurde? Es musste jemand sehr Mächtiges gewesen sein. Jemand, dachte Nora, der so groß war, dass er sein Handeln nicht zu rechtfertigen brauchte.

Ein Anruf des Polizeichefs drängte sie zur Eile. Er brauchte den Bericht. Sie werde das bestimmt verstehen, Druck von allen Seiten. Nora sagte, es fehlten noch ein paar Einzelheiten, und der Polizeichef befahl ihr, sie solle sich auf die Geschehnisse beschränken, an denen sie beteiligt gewesen sei.

Nora gehorchte widerspruchslos. Als der Polizeichef ihr mitteilte, der Minister wolle sie sehen, schlug sie die Einladung aus.

Der Polizeichef war sprachlos. Aber das dicke Ende kam erst noch.

Nora sagte ihm, sie wolle unter Verzicht auf ihre Pensionsansprüche den Polizeidienst quittieren. Sie sei fest dazu entschlossen.

Der Polizeichef drohte, bettelte und flehte, doch sie ließ sich nicht davon abbringen.

VII

Nachdem sie das Polizeipräsidium verlassen hatte, marschierte Nora an den Presseleuten vorbei, die ihr Haus belagerten, und schloss sich in ihrer Wohnung ein. Sie ließ die Rollläden herunter und zog den Stecker des Telefons aus der Dose. Am vierten Tag ihres Rückzugs waren nur noch ein paar Fotografen übrig.

Das Leben ging weiter.

Eines Morgens klopfte es wieder an ihre Tür. Sie hatte sich daran gewöhnt und bemerkte das Hämmern schon gar nicht mehr, und so wurde sie erst hellhörig, als sie Nadals Stimme erkannte, der sie bat, aufzumachen und ihn hereinzulassen.

Nora war abgemagert und hatte rote Augen, aber Nadal

fand sie attraktiver denn je. (Beziehungen unter Kollegen waren bei der Polizei verpönt, und so fiel Nadal erst jetzt, da Nora zu einer gewöhnlichen Bürgerin geworden war, auf, wie sehr er sich von ihr angezogen fühlte.) Entgegen seinen Erwartungen schien die Wohnung sehr aufgeräumt. Auf dem Tisch im Wohnzimmer befanden sich eine halb ausgetrunkene Tasse Tee und ein aufgeschlagenes Buch mit dem Titel *Der Spion der Zeit*.

Als er zur Toilette ging, sah er im Schlafzimmer einen halb gepackten Koffer. Er fragte nach, und Nora sagte, ja, sie gedächte eine Weile zu verschwinden. Reisen, viel lesen, neue Leute kennenlernen. Sie hätte genügend gespart, um sich ein Jahr lang über Wasser halten zu können. Was danach käme, würde sie dann sehen. Zum ersten Mal machte sie sich keinerlei Gedanken um die Zukunft.

Nadal sagte, er verstehe das nicht. Er habe immer geglaubt, Nora würde in ihrer Polizeiarbeit mehr sehen als einen reinen Broterwerb. Nora gab ihm recht, erklärte ihm aber auch, dass in ihren Augen die Polizei nicht der geeignete Ort war, wenn man wirklich etwas erreichen wollte. Vielleicht, wenn die Regierung eine andere, das Gesetz ein anderes wäre, aber sie hätten es nun mal mit *dieser* Regierung und *diesem* Gesetz zu tun.

Nadal wusste darauf nichts zu erwidern. Nora tätschelte sein Knie und bot ihm noch Tee an.

Sie stand in der Küche, als Nadal nach Van Upp fragte.

Nora rührte den Zucker in ihrer Tasse wieder und wieder um, endlos. Nadal dachte, sie hätte ihn nicht gehört, und wiederholte die Frage noch bestimmter.

«Ich weiß nichts», sagte Nora.

Nadal sagte, sein Verschwinden sei nicht überraschend. Für einen Pedanten wie Van Upp müsste es schwer sein zu akzeptieren, dass einer seiner Angestellten – zudem noch eine Frau – ihn geschlagen hatte. Vielleicht sollte man im Delta nach ihm suchen. Oder vielleicht war er in die psychiatrische Klinik zurückgekehrt, um sich eine lockere Auszeit mit Beruhigungspillen zu nehmen.

Nora unternahm nicht einmal den Versuch, ihn zu verteidigen.

An der Tür richtete sie Nadals Krawatte und gab ihm einen Kuss auf die Wange.

«Leb wohl», sagte sie.

VIII

Niemand hatte mehr etwas von Van Upp gehört. Die Letzte, die ihn gesehen hatte, war eine Nonne in einem Kloster am Rande von Santa Clara gewesen, die ausgesagt hatte, er habe sich an jenem verhängnisvollen Tag ein paar Stunden dort aufgehalten. Seitdem nichts. Nicht die geringste Spur. Unter größter Geheimhaltung (das Letzte, was der Polizeichef jetzt brauchen konnte, war, der Sensationsgier eine neue Angriffsfläche zu bieten) suchte eine Gruppe von Männern der Abteilung Eins Van Upp zu Wasser, zu Lande und in der Luft.

Aber sie würden ihn nicht finden.

IX

Mitten in der Nacht schreckte Nora Duarte aus einem Alptraum hoch. Sie stellte fest, dass sie auf einem kahlen Bett schlief, die Laken und die Bettdecke waren an einer Seite fast vollständig heruntergerutscht. Sie wollte sich an den Traum erinnern. Normalerweise verschwinden die Ängste, sobald man einen Alptraum im Wachzustand betrachtet, und die Geschichte kommt einem kindisch, jedenfalls weniger unverständlich vor; meist bedient sich der Träumende eines absurden Elementes, um die ganze Handlung ins Unglaubwürdige zu ziehen.

Aber Nora konnte sich an nichts erinnern. Sie hatte den Eindruck, sie habe vor etwas fliehen wollen, aber sie wusste nicht, ob dies tatsächlich Teil einer Erinnerung war oder einfach ein Reflex ihrer antrainierten Reaktionsmuster als Polizistin. (Der Position der Laken nach zu urteilen, hatte sie im Schlaf mit den Beinen gestrampelt.) Weil ihr ihre polizeilichen Fähigkeiten nichts nutzten, blieb eine vage Furcht zurück, die sie nicht mehr einschlafen ließ. Für einen Moment war sie versucht, noch eine Schlaftablette zu nehmen, verwarf den Gedanken aber sogleich: Der kurze Traum war auf chemischem Wege zustande gekommen, und sie wollte das Schicksal nicht herausfordern. Sie legte zwei Holzscheite in die Asche im Kamin und machte sich ein Glas warme Milch.

Den *Spion der Zeit* hatte sie zum ersten Mal gelesen, kaum dass sie sich in ihre Wohnung zurückgezogen hatte, im Hintergrund war noch der Lärm der Presseleute zu hören gewesen. Sie hatte unbedingt wissen wollen, worum es ging, und viel Zeit zu lesen. Etwa zwei Stunden nachdem sie ihn getötet hatte, hatte sie das Buch in Benets Auto gefunden, das wenige Meter vom Strand entfernt stand. Sie war erstaunt gewesen, dass Benet ein Buch bei sich hatte. Und weil es bestimmt niemand vermissen würde, hatte sie es eingesteckt.

Es handelte sich um eine Taschenbuchausgabe. Der Verlag war ihr unbekannt: Edition Jakob, Rom/Madras. Auffällig war, dass es keinerlei Begleitinformationen enthielt: nichts über den Autor, Lux Aeternam – eindeutig ein Pseudonym –, nichts über den Inhalt des Buches (weder Anmerkungen noch Vorwort, noch Widmung), kein Hinweis auf das Genre oder sonstige Aufschlüsse. Ton und Sprache nach zu urteilen, handelte es sich wohl um einen dieser esoterisch angehauchten Texte, die so oft die Bestsellerlisten anführten.

Das Buch begann mit folgendem Satz: «Und solange der Spion in Freiheit bleibt und lebt, und eine seiner zwölf Gestalten annimmt, wird das Reich weiter unter uns sein, wir können es nur nicht sehen.»

Man konnte den Text als Krimi, aber genauso gut als Abenteuerroman lesen. Es war allerdings ein merkwürdiger Roman: Er besaß weder Anfang (es blieb offen, warum die Helden ihre sonderbare Aufgabe übernahmen; später realisierte sie, dass in dem ersten Satz alles steckte, was man wissen musste) noch Schluss (die Mission wurde nie zu Ende geführt).

Bald war ihr die Story klar: Die Helden, Mitglieder des «Ordens», der «Bruderschaft» oder der «Gesellschaft», verfolgten ein geheimnisvolles Wesen, das sie als «Der Spion» bezeichneten, über den ganzen Erdball. Ihre Anweisung war unmissverständlich: Sie sollten ihn töten. Etwas ungeheuer Wichtiges musste von diesem Tod abhängen; was, wurde nicht gesagt. (Manchmal schien es, als ob das Verbrechen des Spions in der Täuschung bestünde, darin, den Platz eines anderen eingenommen zu haben und vorzugeben, jemand zu sein, der er nicht war.)

Doch trotz dieser tapferen, aufrechten Helden, die sich ganz ihrer Aufgabe verschrieben hatten, entschlüpfte ihnen der Spion immer wie ein Aal. Im Verlauf der Lektüre fiel Nora noch eine andere Besonderheit auf. Die Helden mühten sich ab, scheiterten, machten anderen Platz, die alterten und starben, und schon kamen die nächsten; so wie bei einem Gefecht immer einer nach vorne eilte, um die Standarte des toten Soldaten aufzunehmen. Dem Spion hingegen konnte der Zahn der Zeit nichts anhaben.

Er war unsterblich.

Es gab nur eine phantastische Beschreibung von ihm: Man schrieb ihm die Eigenschaften einer «Schlange mit Löwengesicht und blitzenden Augen» zu. An anderer Stelle hieß es, «verglichen mit seiner Mutter war er von hässlicher Gestalt». Und an einer weiteren wurde betont, dass es sich um einen Bastard handelte, da er seinen Vater nie kennengelernt hatte.

Der Spion besaß außerdem die Option, zwölf verschiedene Gestalten annehmen zu können. Er konnte ein Mann sein oder eine Frau, ein Kind oder ein Greis, Asiat oder Schwarzer, ein Hüne oder ein Krüppel. Im mittelalterlichen Prag, hieß es in dem Buch, war er Rabbiner gewesen. In Italien Zofe am Hof der Borgia. Im Manchester der industriellen Revolution Besitzer von Kohleminen.

Wenn er in höchster Gefahr war, schlüpfte der Spion in ein neues Leben, und zwar im Moment der Empfängnis; auf diese Weise schüttelte er seine Verfolger ab, die gezwungen waren, einen Säugling unter vielen auszumachen. Er musste dazu lediglich eine Frau schwängern oder sich schwängern lassen, falls er gerade in einem weiblichen Körper steckte.

Es gab keine Informationen darüber, was sich in der Seele des Spions abspielte, solange er noch ein Säugling, ein Kind, ein Jugendlicher war: Wusste er die ganze Zeit über, wer er war, oder fand er es erst allmählich heraus? Ebenso wenig wurde darüber berichtet, was mit den verlassenen Körpern geschah, wenn der Spion in eine neue Hülle schlüpfte. War der Wechsel erst vollzogen, ließ auch die Erzählung sie hinter sich.

Als sie am Ende des Buches angelangt war, wusste Nora nicht, was sie damit anfangen sollte. Das Buch hatte sie unterhalten, aber sie konnte keine Verbindung zwischen Benet und dieser phantastischen Geschichte sehen. Sie hatte das Buch auf dem Wohnzimmertisch liegen lassen, wo Nadal einen Blick hineingeworfen hatte, und nahm sich vor, es zu vergessen, so wie sie auch den Henker, den Polizeichef und Van Upp vergessen wollte. Dessen Stimme klang ihr noch immer im Ohr; sie war überzeugt, sie an dem verhängnisvollen Abend im Regen gehört zu haben, er hatte ihren Namen gerufen und sie zu den Dünen geführt, zu der Tür, zu Benet.

Nora hatte noch nie jemanden getötet. Seit sie es getan hatte, wurde sie das Gefühl nicht los, Benets Seele habe sich auf sie gelegt, so wie Kautschuk, wenn man ihn verbrennt, und dass sie seitdem zusammenlebten. Aber zugegebenermaßen quälte Benet sie nicht. Sie ertappte sich mehrfach dabei, wie sie mit ihm sprach. Seine Stimme klang erstaunt und tolerant, und sie verstummte, sobald Nora nach seinem Leben, nach Moliner oder nach dem *Spion der Zeit* fragte.

An dem Morgen, an dem sie der Alptraum aufgeschreckt hatte, ging Nora ins Wohnzimmer, setzte sich in ihren Sessel und las das Buch ein weiteres Mal. Sie fürchtete sich nicht. Sie war betäubt. Unter den Pillen, die sie genommen hatte, waren welche, die den Gefühlen jegliche Schärfe nahmen, sie machten sie flach wie glatte Kieselsteine, ununterscheidbar.

Als die Erzählung sich der Gegenwart näherte (sie brach 1924 in Argentinien ab, dort war der Spion zum letzten Mal entkommen), verspürte Nora eine innere Unruhe. Verstört beendete sie die Lektüre wenige Seiten vor dem Schluss und machte das Licht aus. Obwohl die Sonne im Zenit stand, war es dunkel in der Wohnung; die Rolläden waren immer noch heruntergelassen.

Im Halbdunkel schienen die Umrisse der Möbel zu vibrieren, als rängen sie darum, ihre Form zu bewahren. Plötzlich wurden die Linien dieser vertrauten Landschaft ihr fremd.

Sie wollte diesem Gefühl ausweichen, indem sie sich auf die Geräusche von der Straße konzentrierte: ein vorbeifahrendes Auto, das Höflichkeitsgeplänkel der Nachbarn («Guten Tag, Don Luis»; «Hier ist Ihre Post, Señora López, verzeihen Sie die Verspätung»), das Lied eines Kinderreigens. Alles derart vertraute Klänge, dass sie fast lautlos waren; Nora musste sich anstrengen, sie überhaupt wahrzunehmen. Doch etwas an der Angemessenheit der Lautstärke, des Timbres, der perfekt synchronen Abfolge erschreckte sie.

Sie fing an zu glauben, dass der Traum überhaupt erst begonnen hatte, seit sie aus dem Alptraum aufgewacht war. Sie erinnerte sich nicht daran, weil er nie existiert hatte; sie hatte lediglich geträumt, dass sie aus einem Alptraum erwachte, ein Buch nahm, um sich abzulenken, und dass jemand an ihre Tür kam und dort still wartete, ohne zu läuten, jemand (so wusste sie jetzt), den sie kannte, jemand (die Worte dieses kleinen Männchens namens Dufresne verfolgten sie: «Sie haben nicht die geringste Ahnung, nicht wahr? Sie wissen nichts. Sie haben nicht einmal einen Verdacht!»), der Ozeane an Zeit durchquert hatte, um dorthin zu gelangen.

Jemand mit Löwengesicht und blitzenden Augen. Jemand, der sich in seiner Mutter nicht wiedererkennen würde.

Nora stand auf und warf das Buch ins Kaminfeuer. Es war ein Reflex. Sie sah zu, wie es verbrannte. Dann nahm sie das Schüreisen, zermahlte die verkohlten Seiten und vermischte sie mit der übrigen Asche. Das Metall des Feuerhakens wurde heiß, erst da spürte sie, dass sie wach war.

Noch im Nachthemd zog sie Schuhe und Mantel an und machte die Tür zur Straße zum ersten Mal seit vielen Tagen sperrangelweit auf.

Es war niemand da.

Keine Autos. Keine Nachbarn. Keine Kinderreigen.

X

Der Zug Kopenhagen–Hundested war ein Museum auf Rädern.

In einigen Details hatte er sich den Charme vergangener Zeit bewahrt: Deckenventilatoren, Lampenschirme aus Malmö-Kristall und petrolgrüne Polster. Einzige Konzession an die modernen Zeiten war das Heizungssystem. Die Kohlebecken, kleine Metallkunstwerke mit faszinierend klarer Linienführung, waren noch vorhanden, aber leer. Ihre einstige Funktion wurde jetzt von einem elektrisch gesteuerten System übernommen, das die Temperatur in jedem Wagen regulierte und dafür sorgte, dass die Scheiben klar blieben. Die Entscheidung der Zugbetreiber, eine Gesellschaft mit Sitz in Frederiksborg, man solle das Schöne mit ungetrübtem Blick betrachten können, hatte durchaus etwas Poetisches.

Herr Krupke verließ Kopenhagen in diesem Zug. Er hatte seine Wohnung am Strandboulevard abgeschlossen, war zum Schloss Amalienborg gegangen und hatte dort ein Taxi zum Bahnhof genommen. (Zwei hatte er vorbeifahren lassen, erst ins dritte, einen geräumigen Bentley, war er dann eingestiegen.)

Der Fahrer, ein redseliger Zeitgenosse, fragte, ob er jemanden erwartete. Herr Krupke sagte, er habe die Frage nicht recht verstanden. Der Fahrer wies ihn darauf hin, dass er kein Gepäck dabei hätte. Herr Krupke lachte, hob seinen Aktenkoffer ein wenig an und klopfte auf das Leder.

Doch so schnell gab sich der Fahrer nicht zufrieden, er wollte wissen, wohin er fuhr. Herr Krupke erwiderte, er reise nach Grönland, nach Qaqortoq, um genau zu sein. Der Fahrer hatte noch nie von diesem Ort gehört. Herr Krupke erklärte ihm (er wirkte nicht verärgert, dass der andere ihn ausfragte, im Gegenteil, er machte den Eindruck, als genieße er es, die Neugier des anderen befriedigen zu können), Qaqortoq sei ein Dorf in einem Gebiet mit rauhem Klima, es liege knapp unterhalb des Dachs der Welt. Es sehe aus, als habe man es dem Eis abgerungen; das Licht sei gleißend hell, und deshalb nenne man es «den Punkt, an dem alle Farben zusammenfließen».

Der Fahrer wollte wissen, ob er dort geschäftlich zu tun habe. Herr Krupke sagte, er wolle sich in Qaqortoq niederlassen. Geschäftlich, fragte der Fahrer wieder. Nein, erwiderte Herr Krupke, er habe weder Arbeit noch kenne er jemanden in Qaqortoq.

Der Taxifahrer sah seinen Fahrgast im Rückspiegel an. Er kam zu dem Schluss, dass der Kerl sich nicht über ihn lustig machte, er schien die Wahrheit zu sagen. Besorgt fragte der Fahrer, wie er denn seinen Lebensunterhalt verdienen wolle.

Herr Krupke lächelte wieder, schaute aus dem Fenster und gab ihm damit zu verstehen, dass ihn das nicht bekümmerte.

An Bord des Zuges hatte er rasch seine Plätze eingenommen. Er hatte nicht nur ein Ticket gekauft, sondern gleich die drei anderen für die benachbarten Sitze mit. (In den Wagen des Zuges Kopenhagen–Hundested waren die Sitze in Vierergruppen angeordnet.) Die Ausgabe hatte er nicht getätigt, weil er menschliche Gesellschaft vermeiden wollte, es war eine Frage der Bequemlichkeit.

Herr Krupke war sehr groß.

XI

Laut den Dokumenten, die ihn als dänischen Staatsbürger auswiesen, hieß Van Upp Leopold Jan Krupke, er war sechsundfünfzig Jahre alt und lebte in Kopenhagen. Die Wohnung am Strandboulevard, seiner offiziellen Adresse, lag an der vom Hafen abgewandten Hausseite. Der große Unterschied zwischen seinem wahren Alter und dem in seinen Papieren kümmerte ihn nicht weiter: Das fast weiße Haar und die Flecken an den Händen und im Gesicht machten ihn zu einem alterslosen Mann.

In ein paar Tagen entwickelte sich der Schatten über seiner Lippe zu einem feinen Schnurrbart. Die Ähnlichkeit mit dem Mann auf dem Passfoto war verblüffend; eine Feststellung, die ihn gleichermaßen erleichterte wie auch beunruhigte.

Der Wagen des Zuges Kopenhagen–Hundested war fast leer. Dennoch wartete er, bis der Zug die Stadt hinter sich gelassen hatte, bevor er den Aktenkoffer öffnete. Auf der Höhe von Gladsaxe war es so weit. Im Koffer befand sich nichts Besonderes (er beabsichtigte tatsächlich, nach Qaqortoq zu reisen; dem Taxifahrer hatte er es gesagt, weil er sich sicher, fast schon wagemutig gefühlt hatte): Zigaretten, eine Flasche Absinth, ein Buch und ein dicker, in Santa Clara abgestempelter Umschlag.

Der Umschlag trug seinen Namen und seine alte Adresse, von Hand geschrieben. Es stand kein Absender darauf, aber den brauchte Van Upp auch nicht. Er kannte Carranzas Schrift.

Der Brief war am Morgen nach Moliners Ermordung bei ihm eingetroffen, als Van Upp schon im Aufbruch begriffen war.

Es handelte sich zweifellos um eine Nachricht von Carranza. Das Datum des Poststempels war eindeutig: der Tag, an dem er Selbstmord begangen hatte. Der Gerichtsmediziner hatte seinen Abschiedsbrief der stets pünktlichen Post anvertraut. Das war wohlüberlegt, auf diesem Weg konnte nichts schiefgehen, und zugleich gab es keinerlei Spuren.

Van Upp hatte entschieden, ihn erst einmal nicht aufzumachen. Er fürchtete, die Seiten könnten seine Entschlossenheit, seinen Rhythmus, seinen wunderbaren Plan ins Wanken bringen. Aber nicht einmal war ihm der Gedanke durch den Kopf gegangen, den Brief zu vernichten. Dazu kannte er sich zu gut: Er konnte mit der Wahrheit spielen, sie hinauszögern wie ein zartfühlender Liebhaber, aber er war unfähig, ihrem Ruf zu widerstehen.

Er hatte den Brief in den Koffer gelegt und gewartet, dass der Regen stärker wurde. Er fühlte sich sicherer, wenn das Wasser auf ihn herabrieselte. Dann war er auf die Terrasse hinausgegangen, ohne das Licht auszumachen oder die Wohnungstür abzuschließen. Er war auf das Dach des Nachbarhauses gesprungen und über die Feuerleiter in den Hinterhof eines chinesischen Restaurants hinuntergeklettert. Von diesem Hof führte ein Gang zur Straße.

Die Tage nach seiner Flucht hatte er wie ferngesteuert gelebt. Nicht einmal hatte er an den Brief gedacht. Es gab Dringlicheres zu erledigen: die Reiseroute, die Verkleidung, das Erlernen der dänischen Sprache. (Van Upp besaß nicht nur eine ausgeprägte Sprachbegabung, bei ihm war es schon eine mimetische Fähigkeit: Er streifte sich einen Akzent über wie andere Leute einen Handschuh.) Der Brief musste warten. Alles hatte seine Zeit.

Und jetzt, im Wagen des Kopenhagen-Hundested-Zuges, war diese Zeit gekommen.

Van Upp hielt den Umschlag über den Luftaustritt der Heizung. Nach ein paar Minuten wurde der Kleber flüssig.

Der Brief verströmte keinen seltsamen Geruch, lediglich den nach Papier und Tinte.

Van Upp stellte die Füße auf die gegenüberliegenden Sitze und zündete sich eine Zigarette an. In wohlweislicher Voraussicht trug er seine getönte Brille, denn die Landschaft draußen war schmerzlich hell.

Mein lieber Van Upp, begann der Brief, *zunächst einmal möchte ich zum Ausdruck bringen, wie sehr ich das alles bedaure. Ich bin nicht aufrichtig gewesen. In den letzten Tagen habe ich Sie belogen, Sie getäuscht und Informationen zurückgehalten. Das dürfte ausreichen, um jegliche Zuneigung in der Erinnerung an mich auszulöschen; wenn Sie mich für immer aus Ihrem Herzen verbannen wollen, ist das Ihr gutes Recht.*

Doch das ist nicht der einzige Schaden, den ich Ihnen zugefügt habe. Wenn Sie diese Zeilen lesen, wird mein Handeln bereits verhängnisvolle Auswirkungen auf Ihre Karriere gehabt haben. Noch einmal: Ich bedaure das zutiefst. Im Leben, da werden Sie mit mir einer Meinung sein, ist ein treffsicherer Schuss so gut wie unmöglich. Es war unumgänglich, Sie zu verletzen! Verzeihen Sie mir!

Ein paar Stunden hatte ich die Hoffnung gehegt, Sie wüssten alles. Vor ein paar Minuten, im Parkhaus des Präsidiums, glaubte ich, Sie würden es mir ins Gesicht sagen und dem Drama ein Ende bereiten. Ich hätte mich freiwillig ergeben. Aber nichts dergleichen geschah. Sie waren so anders, distanziert. Ich wagte es, Sie zum Spiel aufzufordern, um zu sehen, ob wir immer noch auf derselben Wellenlänge lagen. In Ihrem Auto zitierte ich Hamlet, *erster Akt, fünfte Szene. Sie wissen, wovon ich spreche: die Stelle, an der der Prinz von Dänemark Horatio erklärt, er werde Wahnsinn vortäuschen, während er die Wahrheit herausfinden wolle und – was nicht weniger bedeutend ist – während er Zeit gewinnt, um zu entscheiden, was er tun wird. Von Ihnen kam keine Reaktion. Meine Scham war umso größer. Ich habe mich nicht getraut, Ihnen etwas zu sagen.*

Ich hätte fliehen können, aber dafür bin ich zu alt und zu müde. Ich habe mein Glück überstrapaziert. Mir bleibt nur noch eins: der letzte Sprung, das Schweigen, der Vorhang. Das erspart uns allen viele Unannehmlichkeiten. Aber ich möchte nicht, dass mein Verschwinden geheimnisumwoben bleibt. Ich möchte, dass Sie das Ausmaß meiner Taten begreifen, Sie sollen verstehen, wie ich sie ausgeführt habe und was meine Motive waren, mich auf eine solche Verschwörung einzulassen.

Denn niemand tut, was er tut, weil er den Verstand verliert oder weil sein Urteilsvermögen kurzzeitig getrübt ist. Jede einzelne meiner Handlungen gehorchte einem Plan. Und wenn ich mit meinen Taten das Gesetz übertreten habe, dann tat ich das, weil das Gesetz dem heiligsten aller Prinzipien nicht gerecht wurde: Gerechtigkeit walten zu lassen. Dass jeder Mensch, unterschiedslos, für sein Handeln einzustehen, dass er die Konsequenzen dafür zu tragen hat.

Ich bilde da keine Ausnahme. Wenn Sie das lesen, werde ich mit Sicherheit tot sein.

Ich habe diesen Tod wohl verdient, denn ich habe die Prätorianer ermordet.

XII

Anfangs war es nur ein Spiel. Ich stellte mir vor, wie ich es täte. Ich kann nicht schießen, ich verstehe nichts von Sprengstoff. Ich bin Arzt. Es war vorgezeichnet, in welche Richtung meine Schritte gehen würden.

Das Spiel wurde zu einer Herausforderung. Der Plan schien perfekt zu sein, wie so viele Dinge, über die man tausendmal nachdenkt und dabei weiß, dass man sie niemals tun wird. Bis man eines Tages den ersten Schritt tut. Einen ersten, völlig harmlosen Schritt, der es einem immer noch erlaubt, seine Meinung zu ändern und alles bleiben zu lassen: ein Telefonanruf. Ich rief bei Ferrer an, stellte mich mit meinem Namen und in meiner Funktion als Gerichtsmediziner vor. Unter dem Vorwand, ich hätte eine Leiche auf den Tisch bekommen, in deren Magen sich ein Zettel mit seiner Telefonnummer fand (die Nummer, unter der ich ihn gerade erreicht hätte), außerdem gäbe es noch eine Reihe von Daten, aus denen sich ein Profil erschließe. Es handle sich um die Leiche eines ehemaligen politischen Aktivisten aus dem sozialistischen Lager. Er habe im wahrsten Sinne des Wortes den Kopf verloren, als er mit Sprengstoff hantierte. Ich sagte ihm noch, der zuständige Beamte wüsste nichts von dem Zettel und ich hätte die Nummer nur gewählt, um zu sehen, ob sie korrekt sei. Ich könnte ihm noch mehr sagen, aber die Telefonleitungen wären nicht unbedingt diskret …

Er bestellte mich zu sich nach Hause.

Es war immer noch früh genug, einen Rückzieher zu machen. Wer könnte mir vorwerfen, ein Telefonat getätigt zu haben? Ich könnte so tun, als ob nichts geschehen wäre, und, wenn Ferrer sich an mich wenden würde, behaupten, ich sei es nicht gewesen, da habe jemand meinen Namen zu wer weiß welchen Zwecken benutzt.

Doch dieser erste Schritt hatte so gut geklappt. Es war verfüh-

rerisch. Vielleicht könnte ich den zweiten wagen und, wenn nötig, mittendrin abbrechen, ohne größere Folgen befürchten zu müssen.

Ich ging zu dem Treffen. Meinen üblichen Koffer hatte ich dabei. Das einzig Außergewöhnliche war ein kleines Sprühfläschchen, das ich mit einem Gift gefüllt hatte, das die Mönche von Salerno im Mittelalter Sebrepticium nannten und dessen Rezept ich in einem uralten chinesischen Buch, dem Pen-ts'ao kang-mu *oder* Großen Arzneibuch, *gefunden hatte. (Eine Kopie des Buchs befindet sich in der Stadtbibliothek.) Das Gift lähmt die Atemwege und kann zum Tode führen. Ich stellte eine nicht so hoch dosierte Mischung her. Ich wollte es dafür verwenden, Ferrer kampfunfähig zu machen: Ich hatte das Sebrepticium gewählt, weil es sofort wirkt und die Wirkung lange anhält. Reines Sebrepticium ist bei einer Autopsie leicht zu entdecken: Es sammelt sich in einem Organ an und führt zu dessen völligem Zerfall; berührt man ein solches Organ, klingt es wie verkohltes Papier, das zerbröselt.*

Ferrer öffnete mir persönlich die Tür. Er untersuchte mich auf Waffen. Er wurde nicht fündig, warnte mich aber, dass er sehr wohl bewaffnet sei.

Diese Machtdemonstration besiegelte seinen Tod. Ich hatte mir vorgenommen, ihn persönlich in Augenschein zu nehmen, um mir ein Bild davon zu machen, ob meine Absichten gerechtfertigt waren oder nicht: Ihm Aug in Aug gegenüberzustehen wäre die Wasserscheide. Und als ich vor ihm stand, überzeugte mich die spürbare Angst, sein Gestammel, das ständige Tasten nach der Waffe, das ihm ein wenig Sicherheit geben sollte, davon, dass sein Tod eine Erleichterung für die Menschheit wäre – sogar für ihn selbst. Ferrer hatte Angst, weil er erwartete, dass jemand kam, um ihn für seine Taten zur Rechenschaft zu ziehen. Seine Haltung war nicht die eines Menschen, der seine Schuld eingesteht, sondern eines Menschen, der anderen bis zum Ende Schaden zufügen will. Tötend wollte er diese Welt verlassen, so wie er gelebt hatte. Er schwitzte. So deutlich wie bei Ferrer habe ich noch nie das Ungeziefer gesehen, das sich unter der Haut des Menschen verbirgt.

Er führte mich in die Küche, ich fing an zu husten, hielt mir ein Taschentuch vor den Mund und sprühte ihm mit der anderen das Gift ins Gesicht. Er fiel sofort zu Boden. Ich schleppte ihn in den Garten. Die Hunde ließen mich in Ruhe: Sie mochten Ferrer genauso gern wie ich. Ich zog die Handschuhe an, suchte einen Eimer und zapfte ihm mit einer fast übernatürlichen Ruhe das Blut ab. Dafür benutzte ich die Arme, den Hals – ich hätte auch den Schenkel nehmen können, aber der war schwerer zugänglich. Ich war fast fertig, da stellte ich fest, dass einer der Hunde das Blut aus dem Eimer trank. Das brachte mich auf eine Idee. Ich verteilte den Inhalt der letzten Spritze auf den Stichwunden, die ich ihm beigebracht hatte. Es funktionierte. Den Eimer in der Hand trat ich zwei Schritte zurück, und der Hund schnüffelte an dem Blut auf dem Toten. Ein paar Zungenschlecker an der richtigen Stelle, ein von der göttlichen Vorsehung bestimmter Biss, und schon gäbe es keine Spuren mehr von den Einstichlöchern.

Die mit Blut geschriebene Botschaft war der Gnadenstoß.

Ich war nie ein religiöser Mensch. Die herkömmlichen Religionen entzünden meine Phantasie nicht. Ich bin Wissenschaftler, ich glaube an das, was ich sehe, und daran, dass ich mir das, was ich nicht sehen kann, vermittels meiner Urteilskraft zu erschließen weiß. Eine der Folgen von Lucas' Tod war die Krise meines eigenen Glaubens. Ich verstand, dass es Schmerz gab. Was ich nicht verstand, war die Intensität und die Dauer. Wir unterscheiden uns nicht sehr vom Tier, ich sagte es schon. Wenn Tiere ein Junges verlieren, leiden sie, aber bald schon leben sie weiter; es gibt keine Erinnerung, der Schmerz stirbt, wie das Junge. Lucas, sagte ich mir, war ein lebender Organismus, des-

sen Zyklus abgeschlossen ist. Er kam. Er ging. So wie ich gekommen bin und gehen werde. Das Leben geht weiter. Das Universum pulsiert wie gestern, wie auch weiterhin. Hat sich etwas Wesentliches verändert? Nein.

Und warum war dann da diese Hölle, die sich meines Geistes bemächtigt hat? Dieser mehr als körperliche Schmerz, diese elektrischen Funken an meinen Nervenenden? War das einfach nur die Erinnerung? Ich tat alles, um sie zu verbannen. Ich ließ mich von meiner Frau scheiden, denn alles an ihr sprach von Lucas. Ich zog in eine andere Wohnung, eine weiße Leinwand. Ich stürzte mich in die Arbeit und widmete ihr die gesamte Zeit, die ich wach war. Und ich erlitt Schiffbruch.

Ich war zum Schatten meiner selbst geworden, ein Trugbild von Carranza: jemand, der ihm ähnlich sah, der sprach wie er, der sein Wissen hatte … aber nicht er war. Ich stellte fest, dass ich zu Lucas' Erinnerung zurückkehrte, ich eilte, stolperte zu ihm hin. Ich umarmte ihn. Es tat weh wie immer, wie im ersten Moment. Aber ich bereute es nicht.

In einem Moment der Verzweiflung griff ich auf die Bibel zurück. Ich hoffte weniger, Trost zu finden, als vielmehr Zündstoff für meine Wut. Ich war verblüfft. Als ich wahllos in den Texten las, unvoreingenommen, nicht dem Dogma verpflichtet, entdeckte ich einen Gott, der nichts mit dem gemein hatte, den die Exegeten beschreiben. Es handelte sich um ein einsames, neurotisches, orientierungsloses Wesen. Ein Wesen, das seine Geschöpfe mehr brauchte als sie es. Ein Wesen, in dem der Verdacht aufkeimte, dass ihm seine Geschöpfe trotz seiner Allmacht überlegen waren.

Dieser gewalttätige, unbändige, tyrannische Gott, dieser Gott, der das Herz des Menschen manipulierte und dann verschwand, dieser Gott, der ein ganzes Heer auslöschte, um zu demonstrieren, wie sehr er einen einzigen Menschen vorzog, wäre der nicht imstande, meinen Lucas zu rächen? Es war nicht völ-

lig abwegig, über die Möglichkeit nachzudenken, dass Gott Bergen-Belsen, Treblinka, El Foso hätte verhindern können; de facto hatte er nicht nur größere Massaker zugelassen, sondern, ach, er hatte sie hervorgerufen. Dass er mit seinem Schweigen Völkermorde deckte und dann plötzlich auftauchte, um sich in eine kleinere Angelegenheit einzumischen, war nicht inkongruent, im Gegenteil, es entsprach der Logik, mit der der Gott der Bibel agiert.

Mir kam der Gedanke, dass die Mörder meines Sohnes nichts mehr in Angst und Schrecken versetzen würde, als wenn sie sich genau von dem verfolgt wähnten, den sie zu verehren glaubten. Es handelte sich nicht um eine menschliche Rache von gramgebeugten Überlebenden oder Sektierern, die daraus politisch Kapital schlagen wollten. Es würde sich um eine Macht handeln, die all den Mächten weit überlegen war, die sie sonst zu ihren Gunsten manipulierten. Sie würden der Verfolgung nicht entkommen können, denn wer kann sich schon vor Gottes Augen verstecken? All ihre Rechtfertigungen würden für null und nichtig erklärt, denn Er, der alles vermag, würde mit seinem Zeichen, seinem Stempel, seiner Signatur beweisen, dass er nicht auf ihrer Seite war.

Ich gebe zu, anfangs war es ein makabrer Scherz. Etwas, wozu ich imstande war. Ich weiß, wonach die Beamten bei einem Tatort suchen, ich kenne ihre Methoden, ihren Blick: Unsichtbar zu bleiben war mir also durchaus möglich. Und weil ich auch weiß, dass es ihnen bei der Interpretation an Phantasie mangelt, habe ich bei Ferrers Haus einen Kunstgriff angewandt: die mit Blut geschriebene Erklärung. Mit dem entsprechenden Reagenzmittel war sie einwandfrei zu lesen.

Doch all meine Bemühungen wären um ein Haar vergeblich gewesen. Ich konnte nicht ahnen, wie ungeschickt die Beamten auf allem herumtrampeln würden, fast hätten sie meine Botschaft komplett zerstört. Als ich dann in meiner Eigenschaft als

Gerichtsmediziner an den Tatort zurückkehrte, war es zu spät. Zweimal war ich kurz davor, Kommissar X mit der Nase darauf zu stoßen, in welche Richtung er denken sollte, aber ich hielt mich beide Male zurück, ich wollte mein Glück nicht überstrapazieren.

Ich wollte die Scharade schon aufgeben. Abellán war meine letzte Karte. Wenn niemandem auffiel, auf welche Weise er zu Tode gekommen war …

Andererseits musste ich mich beeilen. Durch die Verwirrung um Ferrers Tod war ich kurzzeitig im Vorteil. Ich wollte zu Abellán vorstoßen, bevor man einen Beamten zu seinem Schutz abstellte, der mich in meiner Bewegungsfreiheit einschränkte; ich fühlte mich noch unsicher. Wieder ein Telefonat. Ich stellte mich vor und sagte, ich müsse ihn im Zusammenhang mit der Ermordung von Ferrer treffen, die, wie er wüsste, ihn direkt beträfe. Abellán fragte mich, ob ich sicher sei, dass es sich um Mord handelte. Ich erwiderte, es bestünde kein Zweifel. Er bestellte mich gleich in sein Haus. Ich bereitete noch etwas Sebrepticium vor und vertraute bei der Mischung der Bestandteile auf mein Gedächtnis; wie sich herausstellen sollte, lag ich falsch.

Meine ursprüngliche Idee war es, ihn ins Bad zu schleppen und dafür zu sorgen, dass er betäubt in der gefüllten Badewanne ertrank. Ich hatte ein Päckchen Meersalz dabei: Abellán würde in Meerwasser sterben, und niemand würde an seinem Körper irgendwelche Spuren von Gewalteinwirkung feststellen. Das musste Kommissar X auffallen. Niemand ertrinkt freiwillig in fünfzig Zentimeter hohem Wasser!

Doch als Abellán mir die Besonderheiten seines Arbeitszimmers erläuterte – gepanzerte, abgedichtete Scheiben, völlige Abgeschiedenheit; ich schwöre, dass er sagte, er wolle sich «vor den Furien und dem Wind schützen» –, inspirierte mich das. Das kleine Waschbecken gab den Ausschlag.

Ich sprühte ihm das Gift ins Gesicht. Ich fing ihn auf, bevor er zu Boden stürzen konnte: Es war wichtig, dass sein Körper nirgendwo anschlug, auch nicht, als er ohnmächtig wurde.

Im Regal fand ich eine Bibel. Es war ein Geistesblitz, ein Augenblick göttlichen Wahns. Ich wusste, wonach ich suchte: nach dem Bericht über die Sintflut im ersten Buch Mose, Kapitel vier bis elf. Da ich Xs Ungehobeltheit nach wie vor nicht traute, entschied ich mich für einen Wink mit dem Zaunpfahl. Die herausgerissenen Seiten waren ein perfekter Verschluss. Binnen einer halben Minute schwappte das Wasser über das Waschbecken. Einen Teil des Salzes schüttete ich dort hinein – zu viel, wie meine Untersuchungen später ergaben –, dann hob ich unter Mühen Abellán vom Boden auf und tauchte seinen Kopf ins Wasser. Er wehrte sich nicht. Ich ließ den Kopf sechs Minuten im Wasser, so lange, wie meine Arme sein Gewicht halten konnten. Am Ende sackte er zu Boden. Ich fühlte seinen Puls: Er war tot. Ich verteilte das restliche Salz auf dem Boden, ging hinaus und verschloss die Tür.

Ich blieb etwa zwei Stunden in Abelláns Garten und sah zu, wie das Wasser stieg. Das Ergebnis übertraf meine verrücktesten Erwartungen: Als ich ging, war der Körper schon komplett untergetaucht.

Der Überschwang des Augenblicks verwandelte sich am nächsten Tag in Niedergeschlagenheit. Die Hypothese vom Selbstmord (ein äußerst komplizierter, fast unausführbarer Selbstmord) war die einzige, die den Polizisten plausibel erschien. Außerdem musste ich noch mit Prades und Moliner abrechnen, den schwierigeren Kandidaten. Der Schmerz um Lucas war nicht einen Zentimeter von der Stelle gewichen. Er war heftig wie immer, pulsierend, nachhaltig. Obwohl Ferrer und Abellán tot waren, diente der Schmerz über Lucas' Verschwinden mir als einziges Maß für Wirklichkeit.

Da geschah das Wunder.

Ich erhielt einen Anruf vom Minister, den ich seit meiner Ju-

gend kannte. Ich hatte, das wissen nur wenige, zwei Jahre lang damit geliebäugelt, Anwalt zu werden, und Jura studiert; er hatte das Studium beendet, war dann aber gleich in die Politik eingestiegen, die ihn erst ins Exil und später an die Macht brachte. Er müsse mich etwas fragen, halbamtlich. Er fragte mich, ob ich den Ermittler Van Upp kennte. Als ich das bejahte, wollte er wissen, wie ich seine Qualitäten einschätzte. Als er meine Begeisterung vernahm, versicherte er sich, ob ich Bescheid wisse, dass er einen Nervenzusammenbruch gehabt habe. Ich sagte, so etwas komme vor, besonders bei Leuten, die immer unter extremem Druck stünden, aber ich glaubte nicht, dass es sich um etwas Bleibendes handelte. Dann kam er zum Punkt: Er fragte, ob ich wüsste, dass Van Upp die Ermittlungen im Fall der Prätorianer leiten solle.

Ich war sprachlos. Mein Verstand kämpfte darum, sich mit dem Gedanken der Vorsehung vertraut zu machen. Am Ende strömten die Worte aus meinem Mund, ungeschickt, aber voller Empathie: Van Upp wäre der richtige Mann! Da gäbe es keinen Zweifel. Er sei gebildet, verfüge über einen scharfsinnigen Verstand und eine so feinfühlige Wahrnehmung, dass man meinte, er sei nicht von dieser Welt. Ein wahrer Künstler! Wenn es jemanden gäbe, dem dieser Fall wie auf den Leib geschnitten sei, dann Van Upp.

Selten in meinem Leben war ich so aufrichtig.

Ich will mir nicht das Verdienst anmaßen, dass man Sie mit der Leitung der Ermittlungen betraut hat. Der Minister wird noch andere befragt haben, wer weiß, wie viele.

Jedenfalls erhielten Sie die höheren Weihen. Und sofort erfüllten Sie meine Hoffnungen: Als Erstes entdeckten Sie die Bibel, aus der ich die Seiten herausgerissen hatte. Dann lasen Sie in Ferrers Garten den Teil der Botschaft, den die Polizisten nicht zertrampelt hatten. Ich konnte es an Ihren Augen ablesen: Sie hatten alles verstanden. Aber Sie hüteten sich, es zu sagen. Da war nur ein kleines Hindernis, das ich in meiner Euphorie nicht einschätzen konnte: Wie könnte ein Ermittler, dessen Geisteszustand angezweifelt worden war, sich dazu bekennen, dass der Mörder, der, der Abelláns und Ferrers Leben ausgelöscht hatte und jetzt Prades und Moliner bedrohte, kein anderer war als Gott höchstpersönlich?

XIII

Die Gasse, in die ich Sie geführt hatte, mein lieber Van Upp, schien eine Sackgasse zu sein. Ich sah, wie Sie die Beweise sammelten und nicht darüber sprachen. Die Logik meines Spiels fraß sich selbst auf. Das Zeichen, das ich mit meinen Verbrechen setzen wollte, war für die Augen der Menschen unsichtbar. Zu unwahrscheinlich oder in jedem Fall zu schrecklich.

Ich hätte es wissen müssen. Wenn der Preis zu hoch ist, wenn uns das Gewissen stärker drückt, als wir es ertragen können, gibt es nur eine Reaktion: wegschauen, das Thema wechseln, so tun, als ob die Sache nicht existierte. Ganze Familien gehen geschniegelt und mit einem Lächeln auf den Lippen zum Bahnhof und besteigen den Zug, der sie geradewegs in die Vernichtung fährt; sie ziehen es vor, den Gerüchten keinen Glauben zu schenken. Ganze Nationen nehmen das Argument hin, es gebe keinen anderen Ausweg als Krieg; sie ziehen es vor, dass jemand für sie entscheidet. Millionen gehen täglich zu einer Arbeit, die sie verabscheuen, dann kehren sie nach Hause zurück, lesen die Abendzeitungen und hören Radio, das ihnen von Leuten berichtet, die intensiver leben als sie; doch sie ziehen die Ruhe ihrer Stellvertreterexistenzen vor. Und ich habe geglaubt, mein kleines Zeichen würde sie dazu bringen, einmal, und wenn auch nur über einen Zerrspiegel, in den Abgrund ihrer Gleichgültigkeit zu bli-

cken. Ich armer Träumer. Niemand dankt es einem, wenn man ihm seine Feigheit vor Augen führt; niemand kann einen Gott lieben, der geflohen ist oder der zurückkehrt, um das zu tun, wozu seinen Geschöpfen der Mut fehlte.

Ich wollte den Kelch leeren, bevor diese Gedanken mir den Mut nahmen. Ich rief Moliner an und brachte einen ähnlichen Vorwand vor wie die anderen Male. Seine Antwort erfolgte rasch, begierig. Einen Moment lang erwog ich, ihn einfach zu töten und basta; mein Zeichen, meine Befindlichkeiten und meine Vorsichtsmaßnahmen zu vergessen, zu seinem Haus zu gehen, meine Dienstpistole auf ihn zu richten und abzudrücken. Ich hatte nichts zu verlieren. Es gab nur einen einzigen Grund, der mich überzeugte, die Phantasie weiter fortzuspinnen: Ich brauchte Zeit. Zeit, um an Prades heranzukommen. Zeit, um den Kreis zu schließen. Und so legte ich die Gegenstände in den Koffer, die ich für den nächsten Schritt ausgewählt hatte. Sie nahmen nicht allzu viel Platz ein. Das einzig Störende war nur ihr Gewicht.

Ich fuhr zum Haus des Henkers Moliner. Er war der frommste, der wortkargste und der älteste der Prätorianer.

Ich hatte Angst. Aber ich wollte ihr kein Gehör schenken. Ich sagte mir, dies würde das leichteste Kapitel der Folge werden. Das war mein größter Fehler. Und definitiv der letzte.

An den Toren der Hölle steht ein Wächter. Sein Name ist Moliner.

Mit einer Willkommensgeste ließ er mich herein.

XIV

Carranzas Brief ging folgendermaßen weiter:

Ich erschien pünktlich zu unserem Treffen. Der Henker führte mich in sein Arbeitszimmer, das ziemlich düster war. Ich fragte ihn, ob er allein sei. «Fast», sagte er und lächelte, während er sich in seinen Sessel setzte; mir bot er keinen Platz an. Erst da fiel mir auf, dass ich ihn in all den Jahren, in denen er in der Öffentlichkeit gestanden hatte, nie hatte lächeln sehen. Zum ersten Mal fiel mein Blick auf seine Zähne. Sie waren alle exakt gleich groß.

Es lief mir eiskalt über den Rücken. Moliner schob sich einen konischen Gegenstand in den Mund, so dass ich sein Gebiss nicht mehr sehen konnte. Für einen Augenblick fand ich meine Fassung wieder und verspürte keine Furcht mehr.

Es handelte sich um eine Pfeife, deren Frequenz nur Tiere hören können. Sekunden später kamen drei Hunde in das Arbeitszimmer, sie trotteten an mir vorbei, als würde ich nicht existieren, und legten sich ihm zu Füßen. Es waren sabbernde Bulldoggen mit Augen wie schwarze Felsen.

Da fragte er mich, was mich zu dem Entschluss geführt hätte, es zu tun. Ich erwiderte, ich wüsste nicht, was er meinte.

«Beleidigen Sie meine Intelligenz nicht», sagte er. «Sie sind nicht wegen Abellán oder Ferrer hier. Sie sind hier, um Ihren Sohn zu rächen, Lucas Carranza.»

Es hatte keinen Sinn zu lügen. Ich sagte, ich hoffte, dass Lucas stolz auf mich sei.

«Oh», sagte er, «wenn Sie wüssten, wie sehr Sie sich irren.»

Und er zeigte mir wieder dieses Lächeln, das mich an eine afrikanische Maske erinnerte. Ich kam nicht dazu, zu fragen, was er damit meinte. Noch bevor ich den Mund aufmachen konnte, fragte er, ob ich einen Unterschied bemerkt hätte.

«Ich meine», sagte er, «was Sie fühlten oder nicht fühlten,

nachdem Sie getötet hatten. Hat es Ihren Schmerz gelindert? Kann Rache heilen oder zumindest betäuben?»

Ich begriff, dass hinter den Fragen keine moralistische Absicht steckte. Sein Interesse war echt.

Ich sagte, er solle mich das noch einmal fragen, wenn ich meine Aufgabe beendet hätte.

Er lachte. Das kränkte mich.

Sobald man mich eingesperrt hätte, sagte er, bräuchte er sich nur noch zurückzulehnen und abzuwarten. Ich erledigte für ihn gerade das, was weder der Amnestie noch der Presse noch dem Geheimdienst gelungen war: ihn wieder zu einem normalen Bürger zu machen. Durch meinen Angriff hätte ich ihn zum Opfer gemacht. Und die Sympathie der Öffentlichkeit gelte immer den Opfern, sagte er.

Außerdem zeigte ihm die Grausamkeit meines Vorgehens, dass die Prätorianer sich nie getäuscht hätten: Der andere, der Feind *war gefährlich und musste in seine Schranken verwiesen werden. Das Bemühen der Angehörigen der Opfer, das Gesetz zu respektieren, selbst wenn es sie benachteiligte, der Glaube an die letzte Wahrheit ihrer Forderung, diese Loyalität gegenüber den demokratischen Umgangsformen, durch die sie sich vom Monster unterschieden, das sie denunzierten, all das sei durch meine Taten mit einem Handstreich ausgelöscht worden.*

«Nicht, wenn ich das vermeiden kann», sagte ich und machte einen Schritt nach vorn.

Die Bulldoggen hoben bedrohlich den Kopf.

Der Henker lachte wieder.

Seine Verachtung war mir inzwischen gleichgültig. Ich musste nur noch einen Schritt näher an ihn heran.

In der Tasche meines Jacketts befand sich das Fläschchen mit dem Sebrepticium.

XV

Er fragte mich, wieso ich ausgerechnet diese Tötungsarten gewählt hätte. Die Anspielungen auf die Bibel seien ihm völlig klar, aber trotzdem verstehe er nicht, was ich damit beabsichtigte.

Ich erwiderte, ich hätte versucht, ihre Herzen mit Gottesfurcht zu erfüllen.

Ich musste Zeit gewinnen. Kaum merklich schob ich meine Füße Zentimeter für Zentimeter weiter nach vorn.

Er wollte wissen, was ich für ihn vorbereitet hätte. Welche Art von Tod. «Welch biblischen Schrecken Sie für mich vorbereitet haben», lauteten seine exakten Worte.

Ich zeigte auf den Koffer. Er bedeutete mir, ich solle ihn ihm geben.

Ich ergriff ihn mit der linken Hand und ging auf ihn zu. Das war meine Chance.

Ich stellte mich ungeschickt an. Irgendetwas an meinen Bewegungen, meinem Gesichtsausdruck, meinen Augen verriet ihm, was ich im Sinn hatte. Es gelang mir gerade noch, das Fläschchen aus der Tasche zu ziehen, aber das war's auch schon.

Sekunden später rollten wir über den Boden, während die Bulldoggen wie verrückt bellten, ohne jedoch anzugreifen.

XVI

(An dem Punkt des Briefes fragte sich Van Upp, wie viele Schicksale durch diesen ungeschickten Kampf zwischen zwei alten Männern wohl besiegelt worden waren.)

XVII

Er verdrehte mir das Handgelenk, und das Sprühfläschchen fiel zu Boden. Einer der Hunde stürzte sich darauf wie auf eine lebende Beute, der man hinterherjagen muss.

Moliner begriff, dass damit der Kampf für mich beendet war. Neugierig betrachtete er das Sprühfläschchen und fragte, ob es sich um Gift handelte. Ich gab ihm keine Antwort. Er hakte nach: Eine andere Art chemischer Waffe? Ein einfaches Schlafmittel?

Mein Schweigen irritierte ihn nicht. Als er feststellte, dass aus mir nichts herauszubekommen war, richtete er das Fläschchen auf die Schnauze eines der Hunde und sprühte.

Der Hund fiel zu Boden wie ein Stein. Moliner kniete neben ihm nieder und tastete seine Seite ab. Das Tier atmete tief und rhythmisch.

Ich stand bereits wieder und wich Richtung Tür zurück.

Moliner ahnte, was ich vorhatte. Er zeigte mir die Zähne.

Aber er tat nichts, um mich aufzuhalten. Er hätte mich mit dem Sebrepticium einsprühen können. Er hätte die Hunde auf mich hetzen können. Aber nein. Wie eine Schlange wand ich mich davon, ich nahm meinen Koffer, hinkte zum Eingang, passierte das Gittertor. Ich schaute kein einziges Mal zurück; ich war überzeugt, ich würde ihn dort sehen, am Fenster, ein schwarzer Teufel mit gleichförmigen Zähnen, der mir einen letzten Gruß auf meinem rasanten Weg in die Arme des Grauens mitgab.

Es war keine Unachtsamkeit seinerseits. Er wusste genau, was er tat.

Seit ich das Sebrepticium verloren hatte, war mir klar, dass der Henker recht hatte. Die exquisite Rache, die ich glaubte den Prätorianern angedeihen zu lassen, würde sie lediglich zu heiligen Märtyrern machen. Durch mein Intermezzo waren sie zu

Opfern brutalster Gewalt geworden, zu Opferlämmern, die sich der Opferung durch einen Sadisten nicht widersetzt hatten. Durch mein Intermezzo hatte ich sie von dem gesellschaftlichen Tod erlöst, der nach der Amnestie ihre einzige Strafe war: Niemand wagt es, einem Opfer Verachtung entgegenzubringen. Durch mein Intermezzo hatte ich dem Kampf derjenigen, die geliebte Menschen verloren hatten, den Dolchstoß versetzt; man sah sie wieder als Verrückte an, die etwas verteidigten, das man unmöglich verteidigen konnte.

Das ist die Hölle, deren Tore Moliner mir geöffnet hat. Die Hölle der Wahrheit. Es gab keinen Schleier mehr zwischen meinem Schmerz und meinem Schicksal, meinem Handeln und seinen Konsequenzen. Ich hätte den Prätorianern keinen größeren Dienst erweisen können, wenn ich für sie gearbeitet hätte. Deshalb hatte Moliner mich entkommen lassen. Das war seine Art, mir meine dreißig Silberlinge zurückzuzahlen.

Ich bin tot. Das erste Mal starb ich, als man meinen Sohn holte. Das zweite Mal, als ich ihn beschämte, indem ich in den Armen des Henkers einknickte. Und ich starb ein weiteres Mal, als ich von Prades' Tod erfuhr. Ich selbst leitete die Autopsie, wie Sie wissen. Seine inneren Organe zerfielen, wenn man sie berührte; sie hörten sich an wie verkohltes Papier, das zerbröselt. So klingen die Organe von Menschen, denen man zu viel Sebrepticium verabreicht hat; ich glaube, das sagte ich bereits.

Wenn mir noch ein Beweis dafür fehlte, dass mein Werk schlecht war, dann hatte ich ihn jetzt vor mir, in Gestalt von Prades' vergiftetem Leichnam. Mein Werk war diabolisch, und Moliner setzte es fort.

Ich bin tot, mein lieber Van Upp. In dem Punkt kann ich nicht irren: Ich bin Gerichtsmediziner. Ein Gerichtsmediziner ist ein Arzt, der immer zu spät kommt. Mein Fehler bestand darin, mich nicht auf meinen Beruf beschränkt zu haben, das Einzige, was ich in diesem Leben gut gemacht habe. Wie üblich kam ich zu spät, um meinen Sohn zu retten, aber ich wollte die Zeit noch einmal zurückdrehen. So ist es mir ergangen.

Ich schreibe diese Zeilen, weil ich Sie um einen Gefallen bitten möchte. Derselbe, um den ich Sie schon im Parkhaus im Polizeipräsidium bitten wollte, als wir uns das letzte Mal sahen.

Ich bitte Sie darum, etwas zu tun, damit mein Handeln nicht denjenigen schadet, die größte Achtung und Rücksicht verdient haben. Ich weiß, dass Sie die Greueltaten der Prätorianer nicht direkt erlebt haben: Während des Regimes hatten Sie das seltene Glück, fern von dieser Welt zu weilen. Betrachten Sie es als Segen. Vielleicht lässt meine Odyssee Sie kalt, vielleicht rührt Sie das alles nicht; auch das würde ich verstehen. Aber denken Sie an all diejenigen, die, gebeutelt von der überirdischen Schlechtigkeit der Moliners dieser Welt, heute weder Liebe noch Gerechtigkeit erleben. Denken Sie an die, denen nichts geblieben ist, außer ihrer Würde; die Würde, die ich gerade dabei bin ihnen für immer zu nehmen.

Vergessen Sie mich. Begraben Sie meine Erinnerung tief, dort, wo kein Sonnenstrahl hinkommt. Sie müssen meinen Namen nicht verfluchen, das tue ich selbst gerade in diesem Augenblick, glücklich, dass dieser Fluch in meinem Samen keine Früchte mehr tragen wird.

Aber denken Sie an sie. An die Würdigen. An die, die Gewalt erlitten und ihr nur den Einspruch der Vernunft entgegengesetzt haben.

Könnte ich etwas für sie tun?

Können Sie etwas tun?

Können Sie?

XVIII

Van Upp bewegte seinen Hals, und es knackte verdächtig. Wie lang hatte er dort gesessen, völlig in die Lektüre versunken, als gäbe es keine Welt außerhalb von Carranzas Zeilen? Der Zug rollte weiter über die Gleise. Zwischen den Seiten und der verschneiten Landschaft existierten keine Übergänge: Das gesamte Universum bestand aus Schnörkeln auf weißem Grund. Ein paar Sitze weiter vorn spielte eine Frau aus Lappland mit ihrem Kind. Sie zeigte ihm, wie man mit Hilfe von zwei Stäben Kunststücke mit einem Holzring vollbringen kann.

Nichts von dem, was er gelesen hatte, hatte ihn überrascht. Der Gedanke, dass es sich um jemanden aus den eigenen Reihen handeln könnte, aus dem Polizeipräsidium oder von den übrigen Sicherheitskräften, war ihm sofort gekommen, als er von dem Fall gehört hatte. Es musste jemand sein, der wusste, wie man sich an einem Tatort bewegt, ohne Spuren zu hinterlassen. Außerdem legte die Ausführung der Morde (das eine Opfer ausbluten lassen, das andere in Salzwasser ertränken, ohne dass es irgendwelche Kampfspuren gab) nahe, dass derjenige sich mit chemischen Substanzen auskannte und damit umgehen konnte, wie im Fall des Narkotikums, das verwendet worden war, um die Opfer kampfunfähig zu machen.

In den ersten Stunden hatte er sich geweigert, Carranza als Verdächtigen in Betracht zu ziehen. Sein Freund war ein gebildeter Mann mit tadellosem Auftreten, der sich beruflich dem Ideal der Perfektion verschrieben hatte und der nie (vielleicht gerade deshalb) etwas mit den Mauscheleien und der Korruption der Politik zu tun gehabt hatte. Aber nach und nach erwiesen sich die Beweise als unwiderlegbar. Auch er hatte im Parkhaus des Polizeipräsidiums auf das Geständnis gewartet. Das Thema hatte ihn derart bedrückt, dass ihm – so musste er gestehen – das Zitat aus dem *Hamlet* entgangen war. Es war treffend; es beschrieb genau seinen Seelenzustand in jenem Moment. Van Upp versuchte Zeit zu gewinnen, um zu entscheiden, was zu tun war, wie er seinen Freund retten konnte.

Da geschah der Selbstmord, und Nora erzählte ihm von Lucas' Schicksal. Das traf ihn unvermutet. In seiner Weltabgeschiedenheit hatte Van Upp nicht geglaubt, dass es einen anderen Grund für die Verbrechen geben könnte als die Tatsache, dass die Prätorianer eben waren, wer sie waren. Er selbst hätte sich am liebsten auf sie gestürzt, als er sie persönlich vor sich sah. Sich diesem Ausmaß an leibhaftiger Gewalt gegenüberzusehen, machte ihn krank. Sein Magen rebellierte, er konnte nichts mehr bei sich behalten. Er hatte sogar Angst zu blinzeln: Immer wenn er die Augen schloss, stürzte er in einen Abgrund.

Während seine Kollegen mit ihrem Kummer kämpften, überprüfte Van Upp Carranzas letzte Schritte. (Was natürlich dafür sorgte, dass man ihn mit noch größerem Befremden ansah; wenn es noch eines Beweises bedurfte, dass Van Upp ein gefühlloser Mensch war, so hatte man ihn nun gefunden.) Er nahm Carranzas Büro auseinander, ohne fündig zu werden. Er ging die Autopsieberichte Punkt für Punkt durch und stutzte bei Prades' zerfallener Leber. (Dem letzten medizinischen Bericht zufolge war Prades kerngesund gewesen für sein Alter.) Genaueres fand er nicht heraus, er erntete nur die wütenden Blicke der Kollegen, die glaubten, er wolle das Andenken des toten Freundes beschmutzen.

Und so gelangte er zu Carranza nach Hause. Hätte er es nur vorher zu Gesicht bekommen ...

In den letzten Monaten hatte Carranza in einem Hotelzimmer gewohnt. Ein Blick in die Räumlichkeiten genügte, um festzustellen, dass ihn nicht mehr viel mit dem Leben verband. Ein paar Kleidungsstücke, eine Flasche Absinth (dieselbe, die Van Upp mit nach Dänemark genommen hatte), Seife, ein Rasiermesser, ein Kamm. Kaum persönliche Gegenstände. Ein Bilderrahmen mit einem Foto von Lucas als Kind, in dem ein Umschlag steckte: Darin fand er eine blonde Haarsträhne. Eine Streichholzschachtel, aber keine einzige Zigarette. Ein Exemplar von *Arturos Tod*. (Sehr abgegriffen; Van Upp dachte, dass er Lucas die Geschichte bestimmt unzählige Male vor dem Gutenachtkuss vorgelesen hatte.) Ein abgenutzter lederner Aktenkoffer, in dem er ein paar medizinische Instrumente und die Waffen fand, mit denen Carranza Moliner hatte töten wollen.

XIX

Es waren nicht viele Menschen zur letzten Messe gekommen, an der Moliner lebend teilgenommen hatte. Fünf alte Frauen und der Priester namens Barreda. Während der Zeremonie hatte keiner der Tatsache besondere Bedeutung beigemessen, dass Moliner nach der Predigt aufgestanden und zum Eingangsportal gegangen war. Dort stand, neben dem Taufbecken, der Polizist, der ihn bewachte. Der Priester hatte Moliner nachgeschaut, bis er hinter der Säule verschwunden war. Danach hatte er sich wieder auf die Messe konzentriert und erst wieder an den Henker gedacht, als dieser fünf Minuten später auf seinen Platz zurückkehrte.

Die Abendmesse endete um sieben. Moliner war auf seinem Platz geblieben, den Kopf nach vorn gebeugt. Er schien zu beten.

Die Frauen verließen müden Schrittes die Kirche. Sie kannten sich von den Messbesuchen und tuschelten auf dem Weg; an dem Tag drehte sich jeder Kommentar um Papst Calabert.

Keine von ihnen bemerkte die Leiche des toten Beamten. Moliner hatte sie hinter dem Glassarg versteckt, in dem sich ein ruhender Christus befand.

Fünf Minuten hatten dem Henker mehr als genügt. Er hatte dem Polizisten ein Zeichen gegeben, er möge ihm zu dem Glassarg folgen, dort hatte er ihm einen Dolch in die Brust gerammt – der Polizist wusste nicht, wie ihm geschah – und die Waffe neben die Leiche gelegt. Er brauchte keine Spuren zu beseitigen; den Dolch hatte er mit demselben Taschentuch angefasst, mit dem er sich den Schweiß von der Stirn wischte, als er zu seinem Platz zurückkehrte.

Als auch die letzte Gläubige die Kirche verlassen hatte, erhob sich Moliner und kehrte zum Haupteingang zurück. Er vergewisserte sich, dass die beiden Zugangstüren (Türen in Türen: kleine in überlebensgroße Türen geschnitzte Eingänge) verschlossen waren.

Auf seinen leisen Gummisohlen strebte er auf das Hauptschiff zu. Keine Spur von Ehrerbietigkeit. Im Gegensatz zu den gewöhnlichen Besuchern, die sich angesichts des großen Mysteriums, das der Bau durch seine Architektur ausstrahlte, klein fühlten, bewegte sich der Henker darin, als sei das Gotteshaus wie für ihn gemacht.

Er ging um den Altar herum auf das Tabernakel zu, schaute nach oben und maß mit dem Blick die Entfernung. Er stieg hinauf. Erst einen Fuß auf den Rand, dann den nächsten auf die Schnecke der Säule. Das Tabernakel war eine perfekte Treppe.

Er musste sich ordentlich abstoßen, um zum Kreuz hinaufzugelangen. Keuchend kroch der Henker zwischen die symmetrischen Balken. Hinter dem Kreuz befand sich eine Art Kammer oder Krypta. Weil das Licht durch die Kirchenfenster nur schwach hereindrang, konnte er nicht auf Anhieb erkennen, wie groß oder tief sie war.

Moliner beschloss, erst einmal zu verschnaufen. Der zweite Wachbeamte, der draußen wartete, würde bald Verdacht schöpfen und Verstärkung anfordern. Aber er musste kurz ausruhen, das Alter forderte seinen Tribut. Das Herz in seiner Brust pochte verräterisch unruhig.

Er robbte in die Kammer. Von dort an war der Plan einfach. Die Kathedrale war Anfang des Jahrhunderts, zwischen den Bürgerkriegen, erbaut worden, und die Planer hatten für die Pastoren und ihre Gläubigen einen Notausgang vorgesehen. Moliner musste bis zum anderen Ende des Tunnels gehen, die Metalltreppe hinuntersteigen, den Bunker durchqueren, und dann würde er bei den Dünen herauskommen, wenige Meter vom Strand entfernt. Dort wurde er erwartet; man würde ihn zur Barkasse eskortieren, und er könnte in ein Nachbarland fliehen.

Er fasste an die Brusttasche seines Jacketts, in der sich die gefälschten Dokumente befanden. Dem Pass nach war er sechsundfünfzig Jahre alt (vier weniger als in Wirklichkeit), Däne, und sein Name war Krupke.

Der Henker machte sich auf den Weg durch die Dunkelheit. Im Moment brauchte er seine Taschenlampe noch nicht. Es drang noch genügend Restlicht aus dem Kirchenschiff herein, dass er wusste, wohin er seine Schritte setzte.

Bei der Metalltreppe wurde es schwieriger. Die Stufen waren glatt; sie mussten voller Grünspan sein. Je weiter er hinunterkam, desto undurchdringlicher wurde die Dunkelheit. Er beschloss, ohne Licht weiterzugehen und die Taschenlampe erst unten anzumachen. Hin und wieder hörte man ein Donnergrollen. Es würde bald regnen; er musste sich beeilen.

Gerade wollte er seine Taschenlampe aus der Hosentasche holen, da traf ihn ein Lichtstrahl mitten ins Gesicht. Er war nicht allein. Es war noch jemand in dem Bunker, der ihn mit dem Schein seiner Taschenlampe blendete und wehrlos machte.

«Sergeant Benet? Sind Sie das?», fragte der Henker.

«Nicht direkt», sagte Van Upp gelassen.

XX

Der Henker wollte wissen, wie er dort hingekommen war.

«Dies ist ein Notausgang», sagte Van Upp und leuchtete auf den Boden zwischen ihnen. (Er ist offensichtlich allein, speicherte der Henker im Geiste ab. Der Ermittler hatte zu seinen Füßen einen Koffer abgestellt und trug in der freien Hand keine Waffe.) «Die Erfahrung des Krieges hat Ihren Freunden aus dem Klerus gezeigt, dass es nicht schaden kann, ein Schlupfloch vorzusehen oder zumindest ein vorläufiges Versteck. So wird es jedenfalls in den Büchern dargestellt. Jeder Architekturstudent weiß von diesem Bunker.»

«Sie haben Architektur studiert?»

«Zwei Jahre. Es hat mich gelangweilt.»

«In meiner Jugend wurden alle Offiziere über den Bunker aufgeklärt. Im Falle eines politischen Aufstands hatten wir den Befehl, die Mächtigen, ihre Familien und jeden, der in der Lage war, seine Flucht mit Gold zu bezahlen, hierherzubringen. Christus ist wirklich die Rettung!»

«Seit wann haben Sie diese Flucht geplant?»

«Lassen Sie mich überlegen ... Seit zwei Monaten vielleicht. Ich wollte mich mit den Räumlichkeiten vertraut machen, sehen, wer wann kommt und geht. Ich bin gläubig, aber nicht so, dass ich täglich die Messe besuchen würde. Das überlasse ich meiner Frau. Alles, was ich mit einem gewöhnlichen Gläubigen gemeinsam habe, ist, dass auch ich die Kirche nutze, um zu fliehen.»

«Warum haben Sie Prades ermordet?»

Das Lächeln verschwand aus seinem Gesicht, aber der Henker zeigte nach wie vor die Zähne.

«Ich gehe davon aus, Sie wissen bereits über Ihren Freund Bescheid? Über den unmöglichen Rächer? Wie war doch gleich sein Name?»

«Carranza.»

«Kurz nach seinem Anruf nahm ich Kontakt mit einem Kameraden in der Regierung auf. Er bestätigte mir, was ich bereits ahnte: Der Sohn Ihres Freundes ist verschwunden. Was ist denn aus dem guten Mann geworden? Sagen Sie nicht, Sie mussten ihn verhaften.»

«Er hat sich umgebracht.»

«Ich hätte zu gern gewusst, welchen Tod er mir zugedacht hatte. Ich weiß, dass er mich mit einem Betäubungsmittel kampfunfähig machen wollte, aber danach ...»

Van Upp schob den Koffer mit dem Fuß vor und ließ Moliner nicht aus den Augen, während er sich bückte, um ihn zu öffnen. Als er die Hand hineinschob, hörte man ein metallisches Geräusch.

«Die hat er eigens für Sie anfertigen lassen», sagte der Ermittler.

Er zeigte ihm etwas, das aussah wie ein Pflock.

Ein dreißig Zentimeter langer, dicker, spitzer Nagel.

In dem Koffer befanden sich noch zwei weitere sowie ein Hammer.

XXI

«Kaum war Carranza aus Ihrem Haus geflohen», sagte Van Upp, «riefen Sie als Erstes Prades an. Nicht um ihn zu warnen. Sie wollten wissen, ob er noch lebt. Sie hatten die Hoffnung, Carranza hätte ihn bereits erledigt. Doch was für eine Enttäuschung! Prades war gesund und munter. Aus irgendeinem Grund hatte Carranza beschlossen, Prades solle der Letzte auf seiner Liste sein. Sie haben Ihren erbittertsten Feind falsch eingeschätzt. Hätte der Anruf Ihnen bestätigt, dass Prades tot war, hätten Sie Ihre Hunde auf Carranza gehetzt, damit sie ihn zerfleischen.»

Moliner schwieg.

«Erzürnt, dass Prades noch lebte, dachten Sie sich eilig einen Plan aus», fuhr Van Upp fort. Er hatte sich aufgerichtet und hielt einen der Nägel in der Hand, der Henker starrte ihn unentwegt an. «Unter irgendeinem Vorwand verabredeten Sie sich mit ihm. Vielleicht benutzten Sie denselben wie Carranza: Sie behaupteten, Sie wüssten etwas über diesen geheimnisvollen Mörder, der Sie beide bedrohte. Ich nehme an, Prades holte Sie mit seinem Coupé zu Hause ab, und Sie lotsten ihn aufs Land. Keine Ahnung, woher Sie von diesem Landhaus wussten und wie Sie ihn dazu gebracht haben, in den Wassertank hinunterzusteigen. Ich stelle mir vor, Sie sind mit ihm hineingeklettert, haben ihn hinuntergestoßen und ihm dann den Bauch aufgeschlitzt. Die Waffe fehlt mir ebenfalls. Sie haben sie nicht zufällig bei sich?»

Moliner verfluchte sich. Er dachte an seinen Bewacher, an den Christus im Glassarg, an den Dolch ohne Fingerspuren: Er hätte die Waffe nicht so schnell aus der Hand geben sollen …

«Und dann kehrten Sie zum Coupé zurück, fuhren ein paar Kilometer, ließen es am Straßenrand stehen, gingen ins Dorf und nahmen den Zug. Niemand hat Sie erkannt: Ohne Uniform sehen Sie aus wie ein gewöhnlicher alter Mann. Eine Stunde später waren Sie wieder in Santa Clara. Man könnte fast sagen, wir kamen gleichzeitig bei Ihnen zu Hause an, mit einer Differenz von ein paar Minuten.»

«Brillant, aber unlogisch», sagte Moliner und führte seine Hand an die Lippen. «Ich weiß nicht, warum, aber ich habe das Gefühl, mit diesem Satz ist Ihr ganzes Leben zusammengefasst.»

«Sie sind ein scharfsinniger Beobachter», sagte Van Upp.

«Sie haben nichts gegen mich in der Hand. Nicht einen einzigen Beweis.»

«Das ist richtig.»

«Und warum Prades? Was sollte mir sein Tod bringen?»

«Geld wohl kaum. Zu der Kategorie Leute gehören Sie nicht. Ich glaube eher, es ging um Eitelkeit. Dass Carranza sich Prades für den Schluss aufheben wollte, muss Sie tödlich gekränkt haben. Das bedeutete, dass jemand mehr an Prades' Version glaubte als an Ihre.»

«Was für ein Schwachsinn», donnerte Moliner los.

Ununterbrochen drehte Van Upp den Nagel zwischen Daumen und Zeigefinger.

«Und wenn ich behauptete, ich hätte es für Ihren Freund getan?», fragte der Henker, immer noch aufgebracht. «Er tat mir leid! Er hatte sich eine Aufgabe auferlegt, die über seine Kräfte ging, und ich mag keine halben Sachen.»

Es entstand ein längeres Schweigen, als hätte jemand den Bunker luftdicht abgeschlossen. An irgendeiner Stelle, wo es absolut dunkel war, hörte man Wasser tropfen.

Van Upp machte seine Taschenlampe aus.

XXII

Moliner schob verzweifelt die Hand in die Hosentasche. Er suchte nach seiner Taschenlampe. Der Gedanke, dass Van Upp ihn mit diesen Nägeln in der Hand umkreiste, verursachte ihm Gänsehaut.

«Carranzas Plan war die Gelegenheit für Sie», hörte er Van Upp irgendwo hinter sich sagen.

«Wo sind Sie?», fragte der Henker zitternd. Seine Finger gehorchten ihm nicht mehr.

«Sie ertragen es nicht, noch länger in diesem Land zu leben», sagte Van Upp.

Er hatte sich im Dunkeln bewegt, denn die Stimme kam jetzt woanders her. Oder hatte der Henker selbst sich bewegt, ohne es zu merken?

«Sie ertragen es nicht, dass die Menschen Sie nicht als den Helden sehen, für den Sie sich halten. Haben Sie Ihre Aufgabe denn nicht erfüllt? Haben Sie denn nicht verhindert, dass das Land in die Hände eines Systems fällt, das nichts als Unheil gebracht hätte? Warum hasst man Sie dann? Warum beschimpft man Sie auf der Straße? Warum macht man es Ihnen so schwer, essen oder spazieren oder ins Kino zu gehen? Warum bedrängt man Sie und zwingt Sie, sich in Ihr Haus zurückzuziehen? Warum tun Ihre Freunde in der Öffentlichkeit so, als ob sie Sie nicht kennten? Warum wollen selbst Ihre Kinder nichts mit Ihnen zu tun haben?»

Mit einem triumphierenden Lächeln knipste der Henker seine Taschenlampe an. Doch Van Upp war nicht da, wo er ihn vermutet hatte. Alles, was er sah, war eine graue Wand, ein niedriger Bogen, eine Pfütze.

«Ganz einfach», sagte Van Upp von einer anderen Stelle aus. «Sie hassen Sie, weil Sie sie an ihre Sünden erinnern. Sie erinnern sie daran, dass sie dank Ihrer Ämter sehr wohl essen oder spazieren oder ins Kino gehen können. Sie erinnern sie daran, dass unter jeder Straße, unter jedem Haus, unter jedem Stein eine Leiche liegen könnte. Sie haben die Drecksarbeit erledigt, General. Jetzt müssen sie sich wieder als ehrenwerte Menschen und Demokraten empfinden, und da sind Sie denen ein Dorn im Auge. Der lebende Beweis für ihr schlechtes Gewissen. Deshalb haben Ihre Freunde in der Regierung Ihnen auch nicht von der Flucht abgeraten, als Sie sie um Hilfe ersucht haben, obwohl Sie das Land eigentlich nicht verlassen dürften. Man hat Sie lediglich gebeten, erst dann zu gehen, wenn man einen Modus gefunden hätte, den politischen Schaden Ihres Verschwindens möglichst gering zu halten. Und da trat Carranza auf den Plan.»

«Lassen Sie die Spielchen», sagte Moliner kraftlos. Er leuchtete in alle Richtungen – leere Etagenbetten, Toiletten, noch mehr niedrige Bögen –, doch er konnte seinen Feind nirgends entdecken.

Van Upps Hand legte sich auf seine Schulter.

«Sie wollten Carranzas Plan zu Ende bringen», fuhr Van Upp in demselben ungerührten Ton fort. «Sie würden Prades töten und es so aussehen lassen, als handle es sich um ein weiteres Verbrechen aus der Serie. Aber Sie haben zu dick aufgetragen, das hat Sie verraten. Wo Carranza fast schon Mitleid hatte, waren Sie extrem grausam.»

Moliner ließ die Hand mit der Taschenlampe sinken. Sie leuchtete seine Füße an.

«Die Idee war pervers», sagte Van Upp. «Wenn Sie inmitten dieser Serie von Verbrechen verschwänden, würde niemand an Flucht denken, alle würden glauben, Sie seien tot. Man würde Ihre Leiche suchen, das Land umgraben, die trockenen Flussbetten ausbaggern. Man würde die Tausende und Abertausende von Leichen finden, die Sie im ganzen Land verteilt haben. Natürlich wäre keine davon Ihre, aber zugleich wären sie es alle. Und Ihren Feinden hätten Sie den Wind aus den Segeln genommen. Wann immer sie nach Wiedergutmachung für die Opfer verlangten, würden sie es auch für General Moliner tun.»

Van Upp stand jetzt wieder vor ihm, riesig wie eine Mauer, und Moliner fühlte sich kleiner und älter denn je.

«Sie überschätzen mich», sagte er dennoch mit letzter Kraft. «Die Regierung soll mir die Hand gereicht haben? Sie wissen ja gar nicht, was Sie da reden.»

«Es gibt mindestens zwei Beweise dafür, dass Sie das Ganze nicht allein entschieden haben», sagte der Ermittler. «Der erste bin ich. Wer mich auch mit den Ermittlungen beauftragt hat, setzte darauf, dass ich scheitern würde oder dass man jedes Untersuchungsergebnis vom Tisch wischen könnte, indem man auf meine allseits bekannten Probleme verwiese.»

«Sie brauchen einen Therapeuten», sagte Moliner. «Ihr Minderwertigkeitskomplex ist unerträglich.»

Van Upp schlug ihm die Taschenlampe aus der Hand. Jetzt war er völlig wehrlos.

«Der zweite Beweis ist Benet, mit dem Sie sich am Ausgang des Bunkers treffen wollten», sagte Van Upp. «Oder wissen Sie vielleicht nicht, für wen Benet arbeitet?»

Van Upp schaltete die Taschenlampe aus.

Wieder standen sie im Dunkeln.

Moliners Stimme fragte vorsichtig: «... Geld?»

«Interessiert mich nicht», sagte Van Upp. Er schien immer noch vor ihm zu stehen. «Das ist eins von zwei Dingen, die wir gemein haben.»

«Und welches ist das andere?»

«Dass auch ich keine halben Sachen mag.»

«Ich verstehe nicht.»

«Ich werde Sie töten», sagte Van Upp.

XXIII

Unter all den Überlegungen, zu denen *Hamlet* Van Upp inspirierte, war eine, die ihn nicht losließ, in der dritten Szene des dritten Aktes. König Claudius, der den Thron bestieg, indem er seinen Bruder ermordete, bekommt Gewissensbisse. Er kniet nieder und betet und bittet um Verzeihung. Hamlet, der Sohn des getöteten Königs, sieht seine Chance, Rache zu üben, aber im letzten Moment hält er inne: Er glaubt, wenn er ihn in diesem Moment der Andacht tötete, würde er lediglich erreichen, dass Claudius direkt in den Himmel kommt. Van Upp hatte sich immer schon gefragt, ob es Hamlet nicht mehr Größe verliehen hätte, wenn er ihn in diesem Zustand der Gnade getötet hätte. Er war sich sicher, dass man auf diese Weise alle späteren Tode, den der Königin, von Polonius, Ophelia, Rosenkrantz, Güldenstern, Laertes und von Hamlet selbst hätte vermeiden können. Der Haken war nur: Wenn Hamlet Claudius in der dritten Szene des dritten Aktes getötet hätte, gäbe es keine Tragödie, gäbe es keinen *Hamlet*. Er hatte sich gefragt, ob das ein gerechter Preis dafür wäre, die Vorstellung, die Geschichte umschreiben zu können, in die Tat umzusetzen.

XXIV

Wie fast alle Erinnerungen Van Upps bestanden auch die an den Abend seines Zusammenbruchs lediglich aus Fragmenten: das blendend rote Feuer, das Timbre einer vertrauten Stimme, die im Raum schwebte, die Schüsse.

Vor zehn Jahren, während einer Dürreperiode (die Verbrechensrate hatte kurz vor dem Staatsstreich ihren absoluten Höhepunkt erreicht), hatte Van Upp einen überraschenden Anruf von Miguel Urquiza, seinem Mentor und Adoptivvater, erhalten, von dem er seit drei Jahren nichts mehr gehört hatte. Urquiza teilte ihm mit, er sei zurück in Santa Clara. Van Upp hatte sich beschwert, nicht vorher davon erfahren zu haben, so dass er ihn hätte vom Flughafen abholen können. Er sei auf dem Seeweg angereist, hatte Urquiza erwidert, und habe vorher kein genaues Datum nennen können. Van Upp hatte gleich den Vorwurf nachgelegt, dass all seine Briefe unbeantwortet geblieben waren, und ihn gefragt, wo er die ganze Zeit gesteckt habe. Worauf Urquiza erst nur vage Andeutungen gemacht, ihm dann aber gesagt hatte, er habe in Bangalore, in Delhi und Madras gelebt.

Sie hatten noch für denselben Abend ein Treffen verabredet. Eine Weile lang waren Van Upp noch Gedanken wegen des Treffpunkts durch den Kopf gegangen (warum ausgerechnet ein so ungemütlicher Ort wie Kai 17, mitten in der hektischen Betriebsamkeit des Hafens?) und Überlegungen, warum sein Vater so niedergeschlagen geklungen hatte. Er hatte es auf die Müdigkeit wegen der langen Reise geschoben.

Die Adresse gehörte zu einem Lager der EuroBombay-Gesellschaft. Seit Urquiza sich aus dem Schuldienst zurückgezogen hatte, arbeitete er als Dolmetscher für das Unternehmen. Die Zeitungen hatten in den letzten Wochen mehrfach angedeutet, dass es in der lokalen Niederlassung der EuroBombay Probleme gäbe. Auf den Fluren des Polizeipräsidiums waren die Anschuldigungen eindeutiger und schwerwiegender. Die Gesellschaft wurde des Schmuggels beschuldigt, aber auch von Drogenhandel war die Rede. (Was gäbe es für eine bessere Tarnung als eine Importfirma, deren Schiffe in allen Häfen der Welt anlegen?) Man hegte den Verdacht, hinter dem Unternehmen stecke ein Verbrecherring. Kommissar X, der Leiter der Abteilung Sechs, ermittelte in einem Mord an einem Kurier, der anscheinend nicht die gesamte Ware abgeliefert hatte.

Van Upp musste Urquiza über den Stand der Dinge in Kenntnis setzen. Es wäre besser, wenn er sich während seines Aufenthalts in Santa Clara nicht mit den bekannten Gesichtern der örtlichen Niederlassung sehen ließe.

Bei dem Lager handelte es sich um ein altes, auf Holzpfähle gegründetes Gebäude mit Steinmauern. Es gab keine Fenster, sondern nur verrußte Luken im oberen Abschnitt.

Van Upp klopfte an die Tür. In Meernähe war der Wind kräftiger. Die Feuchtigkeit beschleunigte seinen Atem. Er fasste an die Tasche, in der sich sein Asthmaspray befand, und war beruhigt.

Eine junge Chinesin führte ihn in einen unpersönlichen Saal. Sie war klein und grazil und schwebte fast durch den Raum. (Jetzt erst kam ihm der Gedanke: Sie sah Mei ähnlich.) Mit grenzenloser Höflichkeit bat sie ihn um seinen Mantel. Van Upp lehnte dankend ab und wollte ihr erklären, was ihn an diesen Ort führte. Die junge Frau lächelte kokett und bedeutete ihm, ohne das Ende des Satzes abzuwarten, ihr zu folgen.

Sie durchquerten ein Lager voller Kisten mit Stempeln ferner Länder und Schriftzügen in verschiedensten Sprachen. Ein Sammelsurium von Waren aus Orient und Okzident: kostbare kleine Päckchen und riesige Pakete, Haushaltsgeräte und Holzfiguren aus Afrika, ovale Spiegel und birmanische Drachen, Maschinen, Intarsienarbeiten und Bilder; es wirkte wie eine Auswahl von Kunstwerken, die auf das selektive Auge eines Kurators warteten. Außerdem gab es Schubkarren, Gepäckwagen, und auf dem Boden lagen Reste von Verpackungsmaterial, Wollfasern, Metallhaken und Sägespäne. Van Upp und seine Führerin gingen zwischen den Kisten entlang, ohne einer Menschenseele zu begegnen. Das Lager war einsam und verlassen wie ein Museum. Von draußen hörte man hin und wieder die Sirene eines vorbeifahrenden Schiffes.

Als die junge Frau zur Seite trat, um ihn vorbeizulassen, rutschte sie auf den Sägespänen aus. Van Upp fing sie mit sicherem Griff auf. Sie war federleicht, wie die Marionetten aus Bali, die er gerade in einer der Kisten gesehen hatte. Sie errötete und deutete auf die Tür in Form eines Schlüssellochs.

Van Upp klopfte dreimal an und trat ein.

Es handelte sich um einen riesigen Raum, der geschmackvoll in verschiedene Bereiche eingeteilt war, als hätte der Kurator, den er sich vorgestellt hatte, hier schon seines Amtes gewaltet. Ein französischer Schreibtisch stand darin, der durch eine spanische Wand von den Sesseln und dem flachen Tischchen abgetrennt war, die eine Art Wohnzimmer darstellten. Es gab einen durch warme Steine klimatisierten Wintergarten. An der Wand hingen ein Picasso und ein Rembrandt, beide unbekannt, vielleicht auch das Werk eines sorgfältigen Fälschers. Des Weiteren sah er neben dem Steinway-Flügel einen Perserteppich, einen zwanzigarmigen Kerzenleuchter und einen mit grünem Filz überzogenen Spieltisch, an dem vier gutgekleidete Männer Poker spielten. Einer von ihnen war Urquiza.

Noch niemals hatte er Urquiza beim Glücksspiel gesehen. Er war ein unwirscher Zeitgenosse, der Vergnügungen nicht sonderlich schätzte. Doch da saß er, vor sich ein Two Pair und eine Reihe von Jetons, die von seinem Reichtum kündeten.

Er hatte sich nicht sehr verändert, abgesehen von der gegerbten Haut und dem weißen Leinenanzug, der besser in die Tropenhitze passte als in die launischen Nächte von

Santa Clara. Dünn war er, und seine Falten waren stärker ausgeprägt. Ansonsten war er immer noch der Mann mit den buschigen Augenbrauen, der allen Kindern im Waisenhaus Angst eingejagt hatte, mit Ausnahme von Van Upp.

Van Upp wusste immer, dass seine unerklärliche Fähigkeit, Wissen in sich aufzusaugen, Urquiza zutiefst rührte und ihn sanftmütig und großzügig stimmte. Jahrelang hatte er sich, ohne zu murren und ohne ihm zu widersprechen, von ihm leiten lassen, weil er sich dafür erkenntlich zeigen wollte, dass Urquiza an ihn glaubte. Dieser Glaube rechtfertigte alles. Wenn jemand an einen glaubt, kann man den Himmel erobern.

Dieses magische Band hatte sich aufgelöst, als Van Upp ihm gesagt hatte, er wolle Polizist werden. Urquiza hatte schon bei seinem Architekturstudium geschluckt, weil er fand, dass Van Upp damit unterfordert war. Zähneknirschend hatte er es akzeptiert und sich gesagt, vielleicht sei Van Upp dazu gemacht, Brücken zu bauen, neue Varianten von Babel zu entwerfen und die Schwerkraft herauszufordern. Aber Polizist? Urquiza war durch das ganze Haus gelaufen, hatte die Türen zugeschlagen und aus den Fenstern gebrüllt. Wie konnte er sein Talent nur derart vergeuden?

Van Upp hatte erwidert, er wolle sich nicht zum Sklaven von Talenten machen lassen, die er nicht gewählt hatte, sondern die ihm mitgegeben wurden. Was war der Sinn darin, eine Begabung für etwas zu besitzen, das einem keine Freude bereitete? In dem Fall würde das Talent zu einem Fluch. Zudem, auch wenn seine Größe dem zu widersprechen schiene, habe er kein Interesse daran, herausragend zu sein. Er habe ein ehrliches Interesse an der Wahrheit, und der Polizeidienst sei für ihn eine einfache Möglichkeit, hinter etwas noch Größerem verschwinden zu können.

Urquiza hatte angedeutet, die Entscheidung hänge womöglich damit zusammen, dass Van Upp seine wahren Eltern nicht kannte; er verschiebe den Wunsch, Aufschluss über seine Herkunft zu bekommen, auf Wahrheiten, nach denen auch andere suchten. Vielleicht war es aber auch eine Form, ihn zu ehren, indem er das wurde, was Urquiza aus gesundheitlichen Gründen verwehrt geblieben war. Van Upp hatte gesagt, für ihn gebe es keinen anderen Vater außer ihm, außerdem sei das unwichtig, denn das Herz entscheide, wen es liebe und wen nicht.

Mehrere Jahre lang hatten sie nicht miteinander gesprochen. Van Upp stand bereits im Polizeidienst, als Urquiza bei ihm aufgetaucht war, um ihm zu sagen, dass er das Land verlasse. Er hatte das Interesse an der Schule verloren und seine Ersparnisse aufgebraucht. Das Angebot der EuroBombay kam wie gerufen. Alles, was er tun musste, war reisen und neue Geschäftsstellen eröffnen, charmant und zivilisiert auftreten und zwischen den Leuten vor Ort und den Ausländern vermitteln. Die Distanz würde ihm guttun.

Und jetzt, drei Jahre später, saß er dort am anderen Ende des Tischs und streckte eine zitternde Hand aus, die Van Upp gerührt umfasste. Er hätte ihn umarmt, wären da nicht so viele indiskrete Zeugen gewesen. Einer der Männer stand auf, um ein Glas zu holen, ein anderer verschwand hinter einem Vorhang.

Der dritte war Asiat: ein Mann um die zwanzig, von elegantem Äußeren, mit Spitzbart und einem Anzug aus der Savile Row. Sein Name war David Chiang. Er rührte sich nicht vom Fleck, als gehe das Treffen auch ihn etwas an.

XXV

Van Upp setzte sich zu ihnen. Seine Gefühle waren gespalten. Er brannte darauf, Urquiza nach all diesen Jahren zu fragen, nach Bangalore, nach Delhi und Madras, nach den Kasten und dem Monsunregen. Er wollte ihm sagen, dass er ihn vermisst hatte, ihm berichten, dass er glücklich war mit seiner Wahl; er war überzeugt, jetzt würde er ihn verstehen. Aber seine natürliche Zurückhaltung und die Anwesenheit des Zeugen hemmten ihn.

Er nahm einen Whisky. Urquiza ebenfalls. Chiang wollte nichts. Der Spieler, der sie bedient hatte, kehrte zu dem Schrank mit den Getränken zurück und ordnete die Flaschen.

Chiang wurde ihm als Leiter der örtlichen Niederlassung der EuroBombay vorgestellt. Van Upp begriff, dass er der direkte Vorgesetzte seines Vaters war. Ihm blieb keine andere Wahl, als die Regeln des Treffens zu akzeptieren, um Urquiza nicht zu erzürnen; die persönlichen Bekenntnisse vertagte er auf später.

Es gab ein kurzes Höflichkeitsgeplänkel. Urquiza erklärte, er sei nicht zu seinem Vergnügen da, sondern mit einem dienstlichen Auftrag, Chiang merkte an, Santa Clara sei eine faszinierende Stadt, Van Upp erwiderte auf Nachfrage, er sei für Mord zuständig und nicht für Wirtschaftskriminalität. Darauf wurde es still. Van Upp suchte nach Worten, mit denen er seine Kollegen nicht verriet, und sagte, man sei beunruhigt wegen der Aktivitäten der EuroBombay in Trinidad. Chiang erwiderte souverän, die Gesellschaft sei unbegründete Anschuldigungen gewohnt. Leute, die durch die ganze Weltgeschichte reisen, exotische Leute, Konvois voller Waren ...

Aber, fuhr er fort, es sei schon etwas Wahres daran, dass

die EuroBombay andere Interessen verfolge. Die Papiere, die es ihnen erlaubten, sich hier und dort aufzuhalten, seien sehr nützlich, um sich frei bewegen zu können, ohne Verdacht zu erregen. Schwierig, da zu verhindern, dass der eine oder andere Angestellte zu seinem persönlichen Vorteil Handel betrieb, die Aufmerksamkeit der Polizei auf die Firma lenkte und so das eigentliche Ziel gefährdete.

Spätestens in diesem Moment begriff Van Upp, dass das Treffen einer geheimen Tagesordnung folgte. Er befürchtete schon, sein Vater sei einer dieser Angestellten, die Chiang beschuldigte. Urquiza bedeutete ihm kaum merklich, er solle weiter zuhören.

Chiang sagte, die Gesellschaft sei eine Organisation mit einer jahrhundertealten Tradition. Ihre Männer seien mit Marco Polo, Vespucci, Verrazano und Magellan, mit Stanley und Peary über die Weltmeere gereist. Sie seien Kopisten in Iona, Kildare und Armagh gewesen, und sie hätten die Schriftrollen vom Toten Meer studiert. Sie wären der Katastrophe von Byzanz mit Originaltexten des heiligen Ireneus, des Valentinus und des heiligen Epiphanius entronnen, allesamt weise Gnostiker, und sie wären in das Warschauer Ghetto gegangen, um eine Kopie des *Geheimen Buchs des Johannes* zu retten.

Anfang des zwanzigsten Jahrhunderts, als die Welt zunehmend von der Wirtschaft und ihren Belangen regiert wurde, war die Gesellschaft in EuroBombay, Import – Export, umbenannt worden. Sekten und Geheimorden hätte man mit wachsendem Misstrauen betrachtet, während kapitalistische Unternehmen wohlangesehen waren. Die Männer der Gesellschaft lebten über den ganzen Erdball verteilt, und sie müssten mobil sein. Das Import-Export-Geschäft sei da eine naheliegende und zudem rentable Möglichkeit. Chiang gab zu, in den Anfangsjahren habe die EuroBombay keinen Unterschied zwischen legaler und illegaler Ware gemacht, weil es ihr darum gegangen war, möglichst rasch möglichst großen Gewinn zu erwirtschaften. Und schon früher habe sie beispielsweise eine ebenso entscheidende wie unbemerkte Rolle beim ersten englisch-chinesischen Konflikt Mitte des neunzehnten Jahrhunderts innegehabt, indem sie sich auf die Seite des Opiums geschlagen habe.

Ein lautes Zischen hinter ihm ließ Van Upp auffahren. Die junge Chinesin hatte Wasser auf die glühenden Steine im Wintergarten gegossen, und der Raum füllte sich mit dichtem weißem Dampf.

«Die naheliegendste Frage», sagte Chiang, «haben Sie nicht gestellt: Was ist das Endziel der Gesellschaft?»

Van Upp ging nicht darauf ein und fragte Urquiza, ob er in die Sache verwickelt sei. Er wollte nicht noch mehr Dinge hören, die man seinem Vater anlasten könnte.

Urquiza wischte sich mit einem Taschentuch über die Stirn (es war sehr feucht in dem Raum geworden) und bat ihn, er möge weiter zuhören.

Unbehaglich rutschte Van Upp auf seinem Stuhl hin und her. Mit spöttischem Unterton fragte er Chiang, ob die Gesellschaft vielleicht die Weltherrschaft anstrebe.

Chiangs Gelächter rief den Spieler zurück, der hinter dem Vorhang verschwunden war. Es handelte sich um einen etwa dreißigjährigen Mann, der das lockige schwarze Haar mit Pomade gebändigt und auffallend große Fingerknöchel hatte. Er blieb dort stehen und behielt den Tisch im Auge.

«Sie sind auf dem Holzweg», sagte Chiang. «Die Geschäfte der EuroBombay mögen dubios sein, aber das Anliegen der Gesellschaft ist philanthropisch.»

Im Verlauf der Jahrhunderte habe die Gesellschaft eine unglaubliche Fülle an Wissen über die Natur und das Universum gesammelt. Heterodoxe Quellen wie der Gnostizismus und der Buddhismus hätten ihr anfänglich dazu gedient, die Welt als eine Falle zu sehen, eine trügerische Vorstellung, ein Spiegelkabinett, das Endlosigkeit vorgaukelte. Einige hätten es wie ein Labyrinth ohne Ein- und Ausgang beschrieben. Andere später als Möbiusband, ein in sich gedrehtes Band, das nur eine Seite hat, wie man es auch wendet.

«Life's but a walking shadow, a poor player / That struts and frets his hour upon the stage / And then is heard no more», sagte Van Upp. «*Macbeth*, fünfter Akt, fünfte Szene.» Er zündete eine Zigarette an und fing an zu husten. Zu viel Feuchtigkeit lag in dem Raum, es schnürte ihm die Brust zu.

Chiang sagte, lange Zeit habe man darüber gestritten, ob diese Täuschung ein konstitutives Element des Universums sei, etwas, das wesentlich zu seinem Aufbau gehöre und unveränderlich sei, oder ob man, im Gegenteil, sehr wohl etwas ändern könne. Einmütig sei man zu demselben Ergebnis gekommen: Ja, man könne etwas tun, um die Mauern des Labyrinths einzureißen. Im primitiven Denken wurde ein Schwindler, ein Engel namens Samael, dafür verantwortlich gemacht. Er habe uns eingeredet, er sei Gott, und um sich vor Strafe zu schützen, habe er sich – und damit auch uns – in diesem Universum eingeschlossen. Solange Samael lebte, sei Gott in der Nähe, aber wir könnten ihn nicht sehen.

«Ich bin Wissenschaftler», sagte Chiang, «und ich ziehe es vor, dieses Agens als Virus zu bezeichnen. Ein pathogener Organismus, der schwer zu entdecken und außerordentlich widerstandsfähig ist und sich nur fortpflanzt, wenn er bedroht ist.»

Ein Telefonklingeln fror die Szene ein. Chiang schaute zu Van Upp, Van Upp schaute zu seinem Vater, der schwitzte und unter dem Licht immer dünner zu werden schien. Einige Augenblicke verharrten sie reglos. Am Ende nahm der Mann, der die Flaschen ordnete, den Hörer ab; es war nur ein kurzes Gespräch, und was er sagte, war nicht zu verstehen. Er legte auf, kam auf Chiang zu und flüsterte ihm etwas ins Ohr. Der Chinese verlor völlig die Contenance, er war leichenblass und entsetzt; als habe er gerade die schlimmste Nachricht der Welt erhalten.

Er machte eine wütende Armbewegung, und die beiden Spieler gingen zu einem Glasschrank. Jeder nahm ein Gewehr und prüfte, ob es geladen war.

Van Upp stützte beide Hände auf den grünen Filz. Wie sollte er seinen Vater schützen? Seine Dienstwaffe lag zu Hause.

«Dafür haben wir jetzt keine Zeit», sagte Chiang zu Urquiza.

Der alte Mann nahm alle Kraft zusammen und baute sich vor dem Chinesen auf. «Doch», sagte er ernst und deutete mit dem krummen Finger auf Chiangs Gesicht. «Sie haben es mir versprochen. Und ich werde Sie zwingen, Ihr Versprechen zu halten.»

Urquiza schob die Hand in die Tasche seines Jacketts, zog eine versilberte Pistole heraus und legte sie zwischen die Karten und das Whiskyglas.

XXVI

Die bewaffneten Männer verließen den Raum. Urquiza setzte sich wieder, seine Finger strichen über den Pistolenkolben. Van Upp hatte das Gefühl, keine Luft zu bekommen. Er wollte zu seinem Asthmaspray greifen, aber es war nicht in der Tasche, in der er es gewöhnlich aufbewahrte. Er dachte an die junge Chinesin, an ihren passenden kleinen

Sturz, ihre grazilen Bewegungen. Ein Gedanke bekümmerte ihn: Wer, wenn nicht sein eigener Vater, hätte ihr sagen können, was sie in seinen Taschen fände?

«Ich bin nicht dieser Virus», sagte er keuchend zu Urquiza.

Chiang fragte, woher er das wissen wolle.

Van Upp erwiderte, er müsse ja wohl wissen, wer er sei.

«Die Identität ist eine Konstruktion», sagte Chiang. «Sie glauben zu wissen, wer Sie sind, haben aber immer schon den Verdacht gehabt, dass Sie jemand anders sind.»

«Wenn ich ein anderer wäre, würde ich mich daran erinnern», sagte Van Upp.

«Es gibt Techniken, um zu vergessen», sagte Chiang.

«Ich habe nichts Böses getan», sagte Van Upp.

«Das ist eine philosophische Frage», sagte Chiang, «ist das Böse etwas, das man tut oder das man ist?»

Van Upp sah seinen Vater mit aufgerissenen Augen an. Er war dabei, zu ersticken.

«Sie haben mich angeheuert, weil sie diesen Verdacht hatten», sagte Urquiza, gequält. «Sie haben mir Beweise, Dokumente und Zeugen, präsentiert. Ich wusste, wer deine Mutter war. Sie wussten von deinem Vater, dem Überträger. Sie hätten dich getötet, aber ich habe sie um einen Gefallen gebeten.»

«Du hast mich ausgeliefert.»

«Ich will dich retten», sagte Urquiza.

Van Upp stand auf, wandte sich um und suchte nach dem Ausgang. Er konnte nicht mehr atmen, sich kaum bewegen. Sein Rücken war gekrümmt, alles Hünenhafte war von ihm abgefallen.

Urquiza spannte die Waffe und zielte auf ihn.

«Ich habe sie gebeten, dir eine Chance zu geben», sagte er. «Ich habe gesagt, wenn du verstehen würdest, dass dein Opfer alles ändern kann, würdest du es gern erbringen. Ich habe dir diese Waffe mitgebracht, damit du sie gegen dich selbst richtest.»

«Vater», sagte Van Upp und sank auf die Knie. Seine Brust explodierte förmlich, trotzdem drang nicht ein Sauerstoffatom ein.

«Dafür haben wir jetzt keine Zeit», sagte Chiang noch einmal.

«Ich habe ihnen gesagt, ich sei krank», protestierte Urquiza und ließ die Pistole sinken.

«Ihr Überlebensinstinkt funktioniert bestens», sagte Chiang.

«Wie können Sie sicher sein, dass er es ist», fragte der alte Mann verzweifelt.

Chiang wandte sich an Van Upp und bat ihn, ihm seinen Namen zu sagen.

«Ehyeh-Asher-Ehyeh», erwiderte Van Upp, ohne zu wissen, wie oder warum.

Der alte Mann hob die Pistole und richtete sie wieder auf ihn.

XXVII

«Ich kann es nicht tun», sagte er schließlich.

Der Kerl mit den riesigen Knöcheln tauchte mit dem Gewehr in der Hand hinterm Vorhang auf und rief, die Polizei sei schon da.

Chiang fluchte und versuchte Urquiza die Waffe zu entreißen.

Es gab ein kurzes Gerangel und zwei Schüsse. Gleich darauf noch mehr Schüsse, aber die kamen von draußen.

Van Upp kroch wie ein Reptil über den Boden, ohne sich umzuschauen.

Das Feuer im Lager wurde durch eine Kugel ausgelöst. Das Füllmaterial und die Wollfasern fingen sofort Feuer und entzündeten den Rest. Die Steinmauern mit den Luken waren der perfekte Kaminabzug.

Van Upp saß im Zug Kopenhagen–Hundested und erinnerte sich nur noch an die rettende Tür, an die Polizisten, die auf ihn zielten, die Atemnot, und wie er in helfende Arme sank und versuchte, alles auf einmal zu sagen, wie sehr es ihm leid tat, dass er geflohen war, dass er seinen Vater verloren hatte, dass dort drinnen alles verbrannte, was er geliebt hatte und was er gewesen war, er wollte, dass man ihn noch einmal zurückließ, denn es müsse einen Weg geben, alles zu regeln, das Möbiusband zu durchschneiden, dort, wo es schwach war, wo er war, diesmal hätte er den Mut, diesmal würde er nicht kneifen, und wie er entsetzt feststellen musste, dass einzig und allein die Worte über seine Lippen kamen, die er in den ersten Tagen, Wochen und Monaten noch so oft wiederholen sollte.

«*Ehyeh-Asher-Ehyeh*.

Ich bin, der ich bin. Der ich sein werde.»

Bis die Betäubungsmittel und das Vergessen ihre Wirkung entfalteten.

XXVIII

Es heißt, Absinth sei ein gefährliches Getränk. Im Übermaß genossen, führe es zu Krämpfen, Blindheit und miserablen Gedichten. Die Gesundheitsbehörden auf der ganzen Welt sind sich darin einig, dass man den Verkauf verbieten muss.

Großbritannien ist eins der Länder, die zu den Verlockungen dieses Schnapses nie nein sagen konnten.

Absinth trinkt man nach einem Ritual. Es wird empfohlen, ein Glas mit kurzem Stiel, eiskaltes Wasser und ein Stück Würfelzucker zur Hand zu haben. Von diesen drei Dingen ist der Zucker das einzig Unverzichtbare. Erst wenn man ihn in dem Glas auflöst, bekommt der Absinth seine grüne Farbe und seinen pikant-herben Geschmack.

Das war alles, was Van Upp bei der Bedienung vom Bordrestaurant bestellte: ein Stück Würfelzucker. Der Mann, der durch den Zug ging und die Bestellungen für das Mittagessen aufnahm, notierte es ganz ernst, verabschiedete sich und ging weiter seines Weges. Van Upp konnte sich ein Lächeln nicht verkneifen. Er stellte sich vor, wie der Mann in die Küche kam und dem beleibten Koch die Liste vorlas: Einmal Bœuf Bourguignon, eine Minestrone, einmal Würstchen mit Sauerkraut und ...

Als seine Bestellung eintraf (der Mann war so zuvorkommend, seine Bestellung vorzuziehen), legte Van Upp den Würfelzucker auf seine Zunge und nahm einen großen Schluck aus der Flasche. Er blieb so sitzen, mit geöffneten Augen, während der Zucker sich auflöste und die chemische Reaktion unter dem Gaumen beschleunigte.

Es wurde dunkel. Der Zug Kopenhagen–Hundested durchquerte ein Tal zwischen zwei weißen Bergen, ein bedächtiger, sauberer Schriftzug auf dem Papier der Landschaft.

Das Kind aus Lappland war eingeschlafen, sein Kopf ruhte auf dem Schoß der Mutter.

Er nahm den Koffer und verließ den Wagen.

Der eisige Wind, der durch eine offene Tür hereindrang, brachte ihn ins Taumeln. Er hielt sich am Geländer fest.

In dem Koffer war alles, was Carranza mit dem Tod der Prätorianer in Verbindung brachte, angefangen bei dem Brief bis hin zur blonden Haarsträhne, deren Zellen Lucas' Stempel trugen. Er schaute auf die Uhr. Wenn seine Berechnungen stimmten, musste der Zug bald aus dem Tal heraus auf die schmale Brücke über dem Isefjord fahren, ein perfektes Grab für das große Geheimnis.

Der Koffer war alt, aber immer noch elegant, aus bordeauxfarbenem Leder, das durch die Zeit und die Abnutzung schwarz geworden war. Er kam ihm viel schwerer vor, als die Gegenstände darin vermuten ließen. Er spielte mit dem Verschluss, ließ ihn immer wieder auf- und zuschnappen. Ein einfaches Design, drei Metallteile, Federn, die goldene, von Säure zerfressene Lackierung. Er fragte sich, wie viele Jahrhunderte an Technologie notwendig gewesen waren, um diesen Verschluss herzustellen. Er stellte sich vor, wie ihn andere Menschen zu einer anderen Zeit in Ruinen fanden; ein plumper Gegenstand von zweifelhaftem Nutzen, aber Ausdruck der Entschlossenheit der Menschen, die ihn geschaffen hatten.

Er öffnete die Tür und warf den Koffer hinaus in die leere Weite. Die Brücke war noch in weiter Ferne, doch er wollte nicht länger warten.

Der Koffer beschrieb eine Parabel. Van Upp hörte nicht, wie er aufschlug. Er fragte sich, ob ihn jemand im Schnee finden würde, so wie er das Spielzeug von Chi-Chia im Matsch gefunden hatte.

Es roch nach Wasser. Der Zug fuhr auf die Ebene hinaus und erhob sich langsam über die Erde. Die Brücke war nicht mehr weit.

XXIX

Er hatte vor, zu den Hügeln von Qaqortoq hinaufzusteigen und sich dort zwischen dem gefrorenen Wasser und dem Wind aufzulösen. Das wäre ein gutes Ende. Von dort oben würde er alles sehen; er könnte sich von allem verabschieden.

Der Verstand sagte ihm, das Opfer war sinnlos. Und wenn Samael oder der Virus oder was es auch sein mochte, gar nicht mehr in seinem Körper waren? Wenn er ihn am Abend des Gewitters an Meis Leib weitergegeben hatte? Warum tat ihm der Kopf nicht mehr weh, obwohl er keine Tabletten mehr nahm? Warum diese plötzliche Hautirritation wie bei Calabert?

Alle Zweifel waren wie weggeblasen, als er tief einatmete und seinem Atemrhythmus folgte. Er konnte den Gedanken nicht mehr ertragen, dass jemand (nicht einmal *dieser* jemand, der sich vielleicht in Meis Leib befand) seinetwillen litt. Er ertrug es nicht, diesen Zustand noch länger aufrechtzuerhalten, dieses Spiegelkabinett, dieses Möbiusband. Wenn er daran dachte, zu fliehen, befiel ihn Schwindel, Unwohlsein. Wenn er das Richtige tat, fühlte er sich leicht. Sein Organismus war eine Maschine, deren Instrumente er endlich synchron bedienen konnte.

Wenn sein Opfer sinnlos war, dann schadete er damit niemandem außer sich selbst; er war einer mehr auf der Liste der Toten. Aber wenn noch etwas von Samael in ihm war …

Warum also warten? Jede Minute, die ihn von Qaqortoq trennte, war eine Minute, die der Versuchung geschenkt war.

Das weiße Blatt unter ihm war nicht mehr der Boden, sondern die zugefrorene Fläche des Sees. Wenn er fiele, würde er sie durchbrechen und an diesem Punkt in die dunklen Wasser eintauchen.

(Der Schlusspunkt.)

Carranza hatte sich geirrt. Es stimmte nicht, dass ihm alles Menschliche fremd war. Im Gegenteil, er konnte sich in allem wiedererkennen. In Dumonts jugendlichem Drang und in Nadals Vernunft. In Carranzas Einsamkeit und in Noras Leidenschaft. In Benets Gewalttätigkeit und auch in seiner Schuld. In der stümperhaften Liebe seines Vaters. In Prades' Ego, das so viel Schaden angerichtet hatte. Und selbst in der reinen Bösartigkeit des Henkers, dessen Blut ihn befleckt hatte und immer noch wie Feuer in ihm brannte.

Er spürte den schneidenden Wind, den Zucker, der zwischen seinen Zähnen knisterte, das weiße Licht, das seine Augen wusch. Er nahm das Brummen der Maschine und den Geruch von verbranntem Öl wahr; die Erfindungskraft des Menschen erfüllte ihn mit Freude. Das Opfer war sinnlos. Aber deshalb würde es die Welt retten.

Mit weit geöffneten Armen stürzte er sich ins Nichts.

Dank

Die folgenden Texte waren für dieses Buch von unschätzbarem Wert: *God, A Biography* von Jack Miles (Vintage Books, 1995); *The Book of J* von Harold Bloom und David Rosenberg (Vintage Books, 1991); *The Gnostic Scriptures*, in der Übersetzung und mit Anmerkungen von Bentley Layton (Doubleday, 1987); *The Hidden Face of God* von Richard Elliot Friedman (Harper Collins, 1995) und *Omens of Millenium* von Harold Bloom (Riverhead, 1996).

Das Gedicht von William Butler Yeats, aus dem die Zeilen des Mottos stammen, ist Teil des Bandes *Michael Robartes and the Dancer* aus dem Jahr 1921.

Die Zeilen aus *J.B.* von Archibald MacLeish sind der Ausgabe des Verlags Houghton Mifflin (1986) entnommen.

Die Shakespeare-Zitate entstammen der Ausgabe *Four Great Tragedies* von Signet Classics (1982) [das deutsche Zitat auf S. 45 in der Übersetzung von August Wilhelm Schlegel]. Zu diesem Thema waren folgende Beiträge grundlegend: *The Meaning of Shakespeare* von Harold C. Goddard (Phoenix Books, 1960); *Shakespeare's Language* von Frank Kermode (Penguin Books, 2000); *Shakespeare, The Invention of the Human* von Harold Bloom (Riverhead, 1998).

Bei den Impressionen von Kopenhagen habe ich mich von *Fräulein Smillas Gespür für Schnee* von Peter Høeg inspirieren lassen.

Die Kapitel IX, X und XI des ersten Teils, die schrecklichsten Passagen des Romans, basieren auf realen Gegebenheiten. Sie stammen aus dem 1984 erschienenen Buch *Nunca más*

[*Nie mehr*], dem Abschlussbericht der Comisión Nacional sobre la Desaparición de Personas (CONADEP, Nationalkommission über das Verschwinden von Personen), in dem das Vorgehen der Militärdiktatur in Argentinien in der Zeit von 1976 bis 1983 aufgedeckt wurde.

Ich danke Marcelo Piñeyro und Ricardo Piglia, die sich an die ersten Versionen des Manuskriptes herangewagt haben. Miriam Sosa, die alle gelesen hat und mich mit wertvollen Informationen zum Thema Engel versorgt hat. Dank an Ana Tagarro, die den Roman zu ihrem persönlichen Kreuzzug erklärt und letztlich alles überhaupt möglich gemacht hat. Dank auch Cynthia Lejbowicz und Paula Álvarez Vaccaro, die mich stets zum Schreiben ermuntert haben. An Juan Gordon, der in dem Roman gleich einen guten Stoff für einen Film sah. Dank an Juan Hitters und Sergio Olguín.

Mein Dank gilt auch Amaya Elezcano, Lucía Luengo Martínez und Ton Munné in Spanien und Fernando Esteves und María Fasce in Argentinien.

Und ich danke meinen Töchtern Agustina, Milena und Oriana, *the chance which does redeem all sorrows.*

Marcelo Figueras
Kamtschatka
Aus dem Spanischen von Sabine Giersberg
Roman. 320 Seiten, gebunden
ISBN 978-3-312-00377-8

Kurz nach dem Militärputsch in Buenos Aires 1976 taucht ein regimekritischer Anwalt mit seiner Familie in einem abgelegenen Landhaus unter. Was für die Eltern bitter-gefährliche Überlebenstechnik ist, wird für die beiden Söhne zu einem grandiosen Abenteuer mit Codes, Agenten und Verstecken. Figueras verwebt aus der Sicht des zehnjährigen Harry Bedrohung und Spiel, Spannung und Angst zu einem tragikomischen Roman voll existentieller Kraft und mit einer wunderschönen Erzählstimme.

«Marcelo Figueras hat für ein Geschehen voller Brüche und Schrecken Gleichnisse von solch herzzerreißender Sanftheit gefunden, dass mitunter das Weiterlesen schwerfällt.»
Marko Martin, *Deutschlandradio*

N&K

Marcelo Figueras

Das Lied von Leben und Tod

Aus dem Spanischen von Sabine Giersberg

Roman. 528 Seiten, gebunden

ISBN 978-3-312-00417-1

Pat Finnegan versteckt sich mit ihrer kleinen Tochter Miranda in einem Dorf in Patagonien vor einer mysteriösen Gefahr. Durch Zufall treffen die beiden auf Teo, einen Sprengmeister aus Buenos Aires, der sich unsterblich in Pat verliebt. Die beiden werden ein Paar, doch allmählich beginnt Teo an Pats Geschichte zu zweifeln. Ist Mirandas Vater wirklich tot, wie sie behauptet? Wovor genau ist Pat auf der Flucht? Teo entdeckt außerdem, dass Miranda über Kräfte verfügt, die eher zu einer Zauberin als zu einem kleinen Mädchen passen.

Marcelo Figueras entfaltet mit Herz, Witz und grandiosem Erzähltalent ein farbenprächtiges Panorama des Lebens, seines Glücks und seines Schreckens, und bereitet ein unvergessliches Leseerlebnis.

«Figueras verfügt über ein unbändiges Erzähltalent, über eine unerschöpflich anmutende Fantasie, über einen kraftvollen, zwischen Humor und Traurigkeit pendelnden Stil und eine mit glanzvollen Metaphern durchsetzte Sprache.»
Christoph Kuhn, *Tages-Anzeiger*

N&K

Glenn Taylor
Die Ballade von Trenchmouth Taggart
Aus dem Englischen von Renate Orth-Guttmann
Roman. 304 Seiten, gebunden
ISBN 978-3-312-00463-8

Es ist die Geschichte eines Außenseiters in West Virginia, einer Art Forrest Gump des Hinterlands, dessen Leben das ganze 20. Jahrhundert durchmisst. Im Alter von einhundertacht Jahren berichtet er seine Erlebnisse einem Journalisten. Taggart ist ein Antiheld und Abenteurer, der ein Leben lang auf der Flucht war, immer wieder auf die Füße fiel, ein Held mit einem Makel, der Glanz und Schatten des amerikanischen Traums verkörpert. Die Geschichte seines Lebens ist voller Derbheit, Witz und Melancholie. Und sie spielt in einer Landschaft, großartig schön wie die Brokeback Mountains, und ist durchzogen von einer Rockabilly-Blues-Stimmung wie von Johnny Cash. Dieser deftige Debütroman ist eine unvergessliche Reise durch das Herzland der echten Pioniere.

«Taylors Prosa ist so souverän unangestrengt, dass sie die Kluft zwischen Unterhaltung und Literatur mühelos überbrückt. Ein literarischer Pageturner, überraschend und eigenständig, der beweist, dass es noch Leidenschaft, Feuer und Brillanz gibt im amerikanischen Roman.»
Eric Miles Williamson, *Houston Chronicle*

N&K